古典新訳コレクション

平家物語 1

古川日出男 訳

河出書房新社

目次

二の巻

三の巻

前語り――この時代の琵琶法師を生むために

平家は成長する物語だった。このことを「訳者前書き」ふうのこの文章のなかで私・古川は言っておきたい。平家には多くの人間の手が加わっていると前々から聞いていたが、実際に現代語訳に取りかかると、本当のことなのだと皮膚で捉えられた。わかるのだ――「今、違う人間が加筆した」と。ふいに書き手が交代したことがはっきりと感知されるのだ。文章の呼吸が変わる、と説明したらいいのか。また構造面でも然(しか)り。やはり了解される――「今、誰かがお話を挿(はさ)んだ。この箇所に、もともとは存在していなかったものを」と。

もちろん、だから悪いのだとは私は言っていない。そうした増補は平家に厚みを与えている。この物語を豊饒(ほうじょう)にしているのは事実だからだ。私はもともと、人工的な手つきでコントロールされた文学はあまり好んでは読まない。むしろ平家のようなあり方（成長）のほうに拍手喝采を浴びせたい。なにしろ平家は日本文学の古典中もっとも異本が多い。その一点をとっても痛快だ。

しかし理念はよいとして実態はどうなのか？　どの増補にも意味はあるのか？　これについては、否（ノー）、としか言えない。最初に成長する以前の平家があり、そこに続々挿話が足され、嵌（は）め込まれ、文章も書き換えられ、継ぎはぎされ、どんどん膨らんでゆき、諸本ごとに編集され——平家には多数の作者がいたが、同時に多数の編集者もいたのだ——、なんと言おうか、無節操なものになった。なにしろ、平家がいわゆる軍記物語だと思い込んでいる人は仰天するだろうが、この作品には四巻めに至るまで、合戦の描写はない。そこまでにあるのは、むしろ政治、政治、政治だ。あとは宗教。そして恋愛。

つまりマイナスの効果を及ぼす増補が多々ある、と私は断じ切れる。

で、断じ切れた私はどうしたのか？

つまらない挿話は省いたのか。無意味だと判断した書き足しを削ったのか。すっきりさせて「ダイエット版の現代語訳『平家』」を生んだ？

否（ノー）だ。

私はほとんど一文も訳し落とさなかった。敬語だって全部訳出した（むしろ増やした）。章段の順番もいっさい入れ換えなかった。私は現代の編集者になろうとはしなかった、ということだ。それは、なんというか、筋（すじ）が違う。

が、にもかかわらず私は、これを面白いものにしようと努めた。一冊として読める現代語訳を生むのだと決意した。平家には、仮に現在の文学作品の水準に照らしたとするならば、どうしても構成力がない。すなわち「構成」さえ与えれば最高度もめざせる。しかし物語の中味に改変の手を入れず、どうやって「構成」を付す？

私は、平家が語り物だったという一点に賭けた。

その時代、琵琶法師たちがこの物語を語り広めていたのだ、という史実に、賭けた。

つまり読者とは聴衆だったのだ。

そして、だとしたら——誰が今、この時代に語るのだ？

その妥当性を、何者（たち）が持つのだ？

私は全身全霊でこの物語を訳した。

鎮魂は為せたと思う。

いきいきとした合戦は四巻めになるまで登場しないが、しかし、安心して繙いてもらいたい。

平家物語　1

一の巻

祇園精舎（ぎおんしょうじゃ）——耳を用い、目を用い

祇園精舎（ぎおんしょうじゃ）の鐘（かね）の音（ね）を聞いてごらんなさい。ほら、お釈迦（しゃか）様が尊い教えを説かれた遠い昔の天竺（てんじく）のお寺の、その鐘の音を耳にしたのだと想（おも）ってごらんなさい。諸行無常（しょぎょうむじょう）、あらゆる存在（もの）は形をとどめないのだよと告げる響きがございますから。それから沙羅双樹（さらそうじゅ）の花の色を見てごらんなさい。ほら、お釈迦様がこの世を去りなさるのに立ち会って、悲しみのあまりに白い花を咲かせた樹々（きぎ）の、その彩りを目にしたのだと想い描いてごらんなさい。

盛者必衰（じょうしゃひっすい）、いまが得意の絶頂にある誰であろうと必ずや衰え、消え入るのだよとの道理が覚（さと）れるのでございますから。

はい、ほんに春の夜（よ）の夢のよう。驕（おご）り高ぶった人が、永久（とこしえ）には驕りつづけられないことがでございますよ。それからまた、まったく風の前の塵（ちり）とおんなじ。破竹（はちく）の勢い

の者とても遂には滅んでしまうことがでございますよ。ああ、儚い、儚い。

はるかな異国に前例を求めますならば、次のようにも王朝の名と叛臣の名とを挙げることができましょう。秦の趙高、漢の王莽、梁の朱异、唐の安禄山、こうした大陸の叛逆者どもは皆、以前の主君の治め方や先代の皇帝の政に背き、めいめいの快楽を極めることばかりを考え、周囲の者の諫めには耳を貸さず、天下が乱れることをわきまえもしませんでした。そのように人民の苦しみも歎きも顧みることがありませんでしたから、やはり栄華など保てなかった。まもなく滅亡してしまったのでございます。

それでは近いところで、我が日本国の先例はどのように尋ねられましょうか。年の名と叛臣の名とを同じように挙げますならば、承平年間に乱を起こした平将門、また、天慶年間の藤原純友、康和年間の源義親、平治年間の藤原信頼、こうした叛徒どもは皆、その驕り高ぶる心も猛勢をふるった様も、それはもう一人ひとりが格別でございました。それぞれの派手さ、その異例さたるや。

しかしながら、ごく最近の例こそは格別ちゅうの格別。ええ、六波羅の入道でございます。賀茂川の東、五条大路の末と六条大路の末とのあいだの辺土に邸を構えた、前の太政大臣、平朝臣清盛公にございますよ。この人のありさまを伝え聞きますと、はて、どうしたものか。あまりにも想像を絶しておりまして、いかなる言葉をもって表わせばよいのやら。

ならば系譜でございます。六波羅の入道の、この平清盛と申した人物の、先祖をさかのぼるに如くはないと思われますよ。

平安京をお開きになられました桓武天皇がいらっしゃる。その桓武天皇に、第五の皇子として一品式部卿の葛原親王がいらっしゃる。この九代の子孫にあたるのが讃岐の守の正盛で、正盛の孫こそは六波羅の入道。

また正盛の子は刑部卿の忠盛朝臣。その忠盛の嫡男こそ、清盛。

ええ。さらに系譜には注をいたしましょう。葛原親王の御子、高見王は無位無官のままにお薨れになりました。その御子であられるのが高望王、このお方が初めて平という姓を賜わったのでございます。上総の介におなりになって、以降はただちに皇族を離れ、人臣の列に入られたのです。

高望王の子が鎮守府将軍の良望にございます。奥州の蝦夷どもを鎮める武人の長を務めましたこの良望は、後には名を国香と改めます。国香から正盛に至るまでの平家の六代は、諸国の受領に任じられはしたのですけれども宮中での昇殿は許されておりませんでした。これこれの国の守に、これこれの国の介にと用いられはしたのですけれども、殿上人になることは果たせずにいたのでした。

殿上闇討——忠盛の未曾有の昇殿

ところがでございます。清盛の父の忠盛が。このころ忠盛は備前の守でありました。その忠盛、鳥羽の上皇様の勅願で得長寿院を建立し、献上いたしまして、しかも三十三間の御堂を建て、一千一体の御仏を安置いたしました。天承元年三月十三日にその法要がございました。この多大なる功労を嘉しまして、上皇様は国守が欠員となっている国を与えようとおおせられ、折りも折り、但馬の国が空いていたものですから忠盛を守に任じたのです。褒美はこれにとどまりません。上皇様はなおもご感心のあまり、忠盛に内裏の清涼殿の間に昇ることをお許しになりました。

時に、忠盛は齢三十六。

いよいよ殿上人となって、天子のお側に侍ることをば許されたのです。

しかし新入りというのは歓迎されぬもの。昔からの殿上人たちがこの出世を妬みます。同じ年の十一月二十三日、五節豊明の節会の夜に、忠盛を闇に紛れて襲ってしまおうとの密議がこらされます。これを漏れ聞きました忠盛は、このように思い定めました。

「五節の舞が奏される宴の夜に俺を打ちのめすだと。ほう、なんたる謀りだ。俺は、文官の身ではないぞ。平家という武勇の一門に生まれて、にもかかわらず思いがけない恥辱をいま受けようとしていることは実に、実に情けないわ。我が家門のためにも俺自身のためにも情けないこと極まりない。唐土の古書には『自分の身を安全無事に守って、そのうえで主君に仕える』との文句が見えたはずだが、これに学ぶが最善だろうよ」

かくして準備を始めたのです。いかに備えたのでしょうか。忠盛は、宮中に参上する一等初めから、鍔のない腰刀のずいぶん大きいのを用意しました。太刀ではありません、鞘巻です。これを出仕のための正装の束帯の下にわざと無造作にさしました。あえて目立たせたのです。それから、殿中では灯りがほんのり広がっているようなところに行って静かにこの短刀を抜き、鬢にひきあてました。その一瞬の刃の光、まるで氷さながら。

殿上人らは、誰も彼も、はっとして目を凝らしました。

備えはそれだけではありませんでした。

忠盛の郎等には、もとは平家一門であった木工の助の平貞光の孫にして進三郎大夫家房の子の、左兵衛の尉の家貞という者がありました。その夜は殿上の間に面した小庭にこの家貞が待機していたのです。畏まって控えていたのです。そして、畏まってはいたのですが薄青の狩衣の下には大仰にはならない鎧を着ておりまして、すなわち徒歩武者用の例の腹巻という軽い鎧でございますが、この腹巻は萌黄色の糸でその札を綴った縅し方をしておりまして、さらには弦袋をつけた太刀をば小脇に挟んでいたのです。

さてそうなりますと、当然ながら蔵人の頭やその手下が怪しみます。「これはいったい、何者なのだ」とです。そうして位階は六位である蔵人が頭領に命じられてこのように誰何いたします。

「おい、雨樋の内側の鈴の綱のあたりにいるそこの者、無紋の狩衣姿でいるお前は何奴だ。無礼である。退れ退れ」

この無紋の狩衣というのは六位より下の人間が着る平服なのですが、これを纏った家貞は申します。

「どうして退出できるものでしょうか。私が先祖代々お仕えしている主、備前の守殿たる忠盛様が今宵その闇に紛れて乱暴されると承りましたので、こうして控える次第。成り行きを見届けようと待機している次第なのですよ。ならば退出できるわけはないでしょう」

と応じて、そこに畏まって控えつづけるのでありました。いやはや、これではどうにもなりません。このような様子等々から、この夜の闇討ちというのは取り止めとなったのでした。

しかしながら暴力に訴えるばかりが旧来の殿上人らの手ではありませんので。揶揄がございます。揶揄、これこそが次なる手段でございます。忠盛が御前に召されまして舞を披露いたしますと、以前からの殿上人らは歌の拍子を変えて、「伊勢の平氏は、すがめであるよ」と囃されました。やんややんやと歌い囃されました。平家の一門は、ええ、その、口に出して説明するのは憚られるのですけれども、その、桓武天皇のご子孫とは申しましてもひところは都に暮らすことも滅多にない、六位以下の地下人という昇殿など夢また夢の家柄になり果てており、在地の伊勢の国にずっと住まっております。その伊勢は、徳利を、すなわち瓶子を産することで有名な国でございます。そこで瓶子と平氏を掛けたのですね。そのうえ忠盛は目が眇でもあったので、これを粗悪な酢甕とも掛けたのですね。二重に歌いまして、囃したのでございます。

とはいえ替え歌なぞはただの替え歌。揶揄はひたすらただの揶揄。どうにもしようがございませぬ。忠盛は、まだ歌舞と管絃のお遊びも終いにならぬうちに、そっと中座することにいたしました。例の短刀、あえて目立つように腰にさしていたあの鞘巻は、紫宸殿の北廂の間におき、そばの殿上人の見ておられるところで、あえて女官を呼んで預けました。この女官というのは殿上の雑用係で、官名、主殿司でございます。のち、退出なされました。

「さて、いかがでございましたか」と尋ねたのは忠盛を待ちうけ申していた郎等の家貞。これを受けて忠盛は、考えます。もちろん殿上人らの辱めをああもこうも言いたいとは思いましたが、もしも言おうものならば、家貞というのは殿上の間にだって斬りのぼるのは必至の性分。それはまずい。それで忠盛は「おう、別に変わったことはなかったぞ」と答えられたのでした。

ここで五節についての解説を少々。五節の饗宴では普段から、「白薄様、濃染紙の紙、巻上の筆、巴を描いた筆の軸」などというように、さまざまに面白いことを詠みこんだ歌をうたい、舞っております。ひところ、そう遠くない昔に大宰の権帥の季仲卿という方がありました。あまりに色が黒かったので、黒帥、などと渾名されておりました。この方がいまだ蔵人の頭であったときに、やはり五節で舞っておりまして、当時の殿上人らはここでも歌の拍子を変えて「ああ黒い黒い、黒い頭だな、誰が漆を塗ったのだろう」と囃したてたのでした。もちろん頭領の意のその頭に頭という言葉を掛けたのです。また、こうした例もございます。花山院家の前の太政大臣、忠雅公がいまだ十歳のおりでございまして、父親の中納言忠宗卿に先立たれて孤児でおられたのを、いまは亡き中御門家の藤中納言こと家成卿が、そのころは播磨の守であったのですけれども、娘婿にして派手に暮らさせたのです。そのために忠雅公も、五節の折りには、ああやはり、「播磨に産する米は、木賊なのかな椋の葉なのかな、人を贅沢に磨いているなあ」と大いに歌い囃されたのです。

いま二例を挙げましたが、人々もまた、これらの先例を引き合いに出しました。そして、ああ、不安であることよと申しました。昔はこんなふうではあったけれども、別段なんの事件ともならなかった、けれども我々がいるのは末法の世だ、人心の頽廃した世界であるからして、ああどうなるのであろう、おぼつかないぞと言い合ったのです。

そうして、やはり、案じられたとおりでした。五節が終わると殿上人らは口を揃えて鳥羽院に、ですから鳥羽の上皇様に訴え出ました。ことさらめいて威儀を正した口ぶりにて、めいめいが「そもそも、その身に大剣を帯びて公けの宴に列席し、護衛となる随身を召し連れて宮中に出入りする者はあ、みな、例外なく法令の定めと礼儀を守るべきでありまするう。それこそが勅命によって定められた昔ながらの由緒ある規則でありまするう。それなのに忠盛朝臣は、ああ、ああ、ああ」と続けて、「なんとしたことでありましょうか。年来の家来だと称して無紋の狩衣姿の武士を殿上の間の小庭に待機させてしまう。はたまたあらわに刀を腰にさして、節会の座に出席してしまう。この二つ、前代未聞の狼藉でありまするう。二つ、そうなのであり、狼藉はすでに重なっているのでありまするう」と畳みかけて、「逃れられる罪科ではございませぬう。早々に殿上人としての籍を除いて、解職いたすべきで、ありまするう」と進言いたしました。

驚かれたのは上皇様でございましたよ。忠盛をその御前に召します。忠盛よ、そなたの地位を剝奪せよとの訴えがあったぞ、とお告げになって詮議なさいます。

これに忠盛が釈明いたします。

「まずは家来が小庭に控えていた一件ですけれども、私のまるで予期しないことでした。しかしながら、どうでしょうか。近頃はこの忠盛に対する陰謀があると知って、年来の家来がそのことを伝え聞き、その動きを摑み、私という士人が辱めを受けるのを食い止めようとして行動を起こしたのだとしましたら。この者が私にも知られないようにして小庭に伺候しておりました仕儀、私の指導の及ぶところではありません。もし、もしも、それでもお咎めがあるのでしたら、その家来の身柄をさし出すべきでしょうか。次いで刀のことでございますけれども、あの刀は主殿司にすでに預けてあります。該当する女官にお問い合わせになりまして、問題の刀をお召し出しになり、ご確認いただければと存じます。それが本物の刀であるか、否かをでございます。その後に私の罪科のありなしをお決めいただくのが妥当でもあろうかと存じる次第です」

実にもっともなことですし、上皇様もそのようにご判断なされました。刀をお取り寄せになって、ご覧になります。外見は、ええ、鞘巻です。尋常な腰刀です。黒く塗ってあります。しかし中身は、おやおや、なんとまあ木刀でした。木造りのものに銀箔を貼ってあるだけなのでした。

鳥羽院はおっしゃいました。

「当座の恥辱をまぬかれんがために、刀を帯びているように見せかけ、しかし、後日の訴訟があることを見通して、このような木刀を佩帯していた。お前のこの用意周到さは大したものだ。弓矢に携わる一門の出の深謀とは、かくありたいものだよ。同様に、その家来が小庭に伺候していたことも、これは主人に仕える武士としては当たり前の行為ではなかろうか。どうだ、一面、そう見えないか。うむ、ここに忠盛の罪はないぞ」

忠盛は、かえってお褒めにあずかりました。あえてお咎めの沙汰は、むろん、ございませんでしたよ。

鱸――躍り入った神恵

こうして忠盛が重んじられる人物となり、平家一門の状況は変わったのです。息子たちは諸衛の次官、佐でございますね、これに任用されて昇殿いたしましたが、今度は揶揄もなければ謀略もありません。この一門に道は拓かれたのです。

さて忠盛の、武人としてのみならず風流人としてのその横顔も紹介しておきましょうか、ここいらで。あるとき、忠盛が備前の国から上京することがありまして。鳥羽の上皇様がそこで「明石の浦はどうだったか」とお尋ねになりました。明石は月の名所でございますから、その風情をお訊きになったのです。すると忠盛はお答えに歌を詠みました。

有明の　　明け方の
月も明石の　　残月も明るい、あの明石の
うら風に　　浦の風に
浪ばかりこそ　　ああ、波ばかりが
寄るとみえしか　　寄ると見える夜でした

このような一首です。上皇様はたいそうご感心なさいます。結果、この歌は金葉集に入れられております。

忠盛はまた、鳥羽院の御所にお仕えする最愛の女房がおりまして、夜ごと通っていました。そして、ある日、この女房の部屋に一枚の扇を忘れて帰ってしまいました。端に月が描かれている品です。すると仲間の女房たちが「まあ、これはどこから射し込んだ月光なのかしら。出所がわからないわねえ。おぼつかないわあ」などと笑いあわれます。これを受けて忠盛の思い人がどう振る舞ったかと申しますと、このような歌を詠んだのです。

雲井より　　雲間から
ただもりきたる　　ただ自ずと漏れてきた
月なれば　　まるっきり「ただもり」な月ですもの
おぼろけにては　　ちょっとのことでは
いはじとぞ思ふ　　お答えいたしかねますわ

後日、忠盛はこの一件を聞いて愛情をますます深められました。歌人の恋するは案の定歌人、「似ている人間を友とする」との諺がございますが、まさにそうしたありさまでした。忠盛が風流を好むのと同じほどに、こちらの女人も歌才に秀でていたのですね。余計なことながら、この女房が忠盛とのあいだに儲けた息子こそ平家随一の歌人として後世知られます薩摩の守の忠度でございます。

さあ、そろそろ忠盛を語ることも終いにしましょう。かくて忠盛は刑部卿にも任じられ、仁平三年の正月十五日に五十八歳で亡くなりました。そして、嫡男というのは清盛ですから、跡を継いだのはもちろん清盛でございました。

これより清盛の一代記にと入ります。

その異例の昇進はこのようなものです。まずは保元元年の七月、清盛はそのころ安芸の守を務めていたのですが、宇治の左大臣藤原頼長が叛乱を起こされたときに後白河天皇側にお味方し、その勲功から播磨の守に栄進いたしました。保元三年には大宰の大弐に任じられもしました。次いで平治元年の十二月、藤原信頼卿の謀叛に際しても上皇となられた後白河様側のお味方で、賊党を討ち平らげたことからその恩賞は重く与えられて当然だ、殊勲は一度だけではないのであるから当然だと言われて、翌年、正三位に叙せられました。何階級もの特進です。ひきつづき、参議、衛府の督、検非違使の別当、中納言、大納言と進んでいって、そのうえ大臣の位にのぼり、本来ならば右大臣から左大臣と順番に歴任しなければならないところをいきなり内大臣から太政大臣に昇進します。その位階は従一位。しかも近衛の大将でもないのに兵仗宣下を賜わって、武装した随身たちを召し連れるのは当たり前、牛車や手車の許可の勅命を受けて、乗車したままで宮中を出入りします。ひとえに摂政関白も同然でした。

いやはや、いやはや。職員令にはなんとありますでしょうか。「太政大臣は、天皇の師範として、天下の模範となるべき人間である。国を治めて道義を説き、自然界の運行をおのずから調える人物である。もしも適任者がいなければ、空席にしておけ」と、こうです。そのために太政大臣は則闕の官、ええ、則ち闕けよのそれとも名づけられているのです。すこぶる資格が問われるわけですが、しかし清盛は任用されてしまった。すでに天下をその掌中に握っていて、そうして太政大臣にのぼりつめた。そうである以上はどうのこうのと言えるものではありません。

平家の栄耀は始まっていたのです。

このように繁栄した謂れはなんなのかと尋ねれば、どうも紀州の熊野権現のご利益のようです。来歴をばご説明いたしましょう。昔、清盛公がいまだ安芸の守であった当時、伊勢の海から船で熊野に参詣されたことがございました。その途次、大きな鱸が船の中に躍り入ったのです。これは何事か、何事であろうか。参詣を先導しておりました修験者は、「熊野権現のご加護です。急いでお食べになるがよろしい」と申しました。そこで清盛は「そうだった。周の武王の船に白魚が躍り込んできたという外国の故事があったぞ。よってすなわち、これは吉事だぞ」と言われて、直前まではあれほど厳しく十戒を守り、精進潔斎を続けてきた道中ではあったのですけれども、この鱸を料理いたします。それから「家の子」という一門の庶流となる武士たちに、また「侍」と呼びならわされるそれ以外の家来たちに食べさせました。そのためであったのでしょう。以後、吉事ばかりが続いたのです。太政大臣という極位にいたったのですよ。清盛に限ったことではございません。その子孫の官位昇進も、まあ速やかなことでした。竜が雲にのぼるよりも速やかでしたよ。

ああ、めでたい。葛原親王から正盛までの九代にわたる前例は、越えられた、越えられた。

禿髪――三百人の童たち

では清盛公が六波羅の入道と呼びならわされるにいたった謂れです。病いが原因だったのでした。仁安三年十一月十一日、齢五十一で病気に罹り、生き存えるためにというので急に出家をしたのです。剃髪をしたとはいえ在俗のままで仏道に入りましたから、まさに入道。法名は浄海と名乗られました。その効験でありましょう、久しい大病もたちまちに癒えて、天寿を全うすることができました。

そして譬喩を用いますならば時勢と平家の勢いとはまさに吹く風、降る雨。世の人々がこぞって従いついている様子は、吹く風が草木を靡かせるようです。世の人々があまねく仰ぎ敬う様子は、降る雨が国土を潤すようです。六波羅殿のご一家の公達とさえいえば、どのような名門の出の公家でありましても面と向かい合い肩を並べることはできません。そのために、たとえば平大納言こと時忠卿はこうものたまったのです。

「この平家の一門ではない人間なぞ、そも人の数のうちにも入らぬわ」

入道相国、相国とは太政大臣の唐土での呼び方でありますが、その相国清盛の小舅にあたります時忠卿が、はい、そうおっしゃったのでした。

このような情勢ですので、どなた様も平家の縁者になろう、なろうと努めました。

流行ひとつとってもそうです。装束の着こなしの要点から烏帽子のしゃれた折り方まで、なんであれ六波羅様といえば天下に真似ない人はいないのです。

　さて、いかなる賢王賢主のご政治でありましても、摂政関白のご執政でありましても、巷には文句というのは生まれます。ろくでなしの無頼な連中などが、人の聞いていないところでなんとなく悪口を叩く、これは世間によくあることですが、この清盛全盛の時代にはそれがない。いささかもない。なぜでございましょうか。入道相国が謀りましたことには、十四歳から十五、六歳の少年を三百人揃える、これらの髪を短く切って揃えて童形のあの禿というのにする、赤い直垂を着させて恰好も揃える、そうやって召し使う。この少年どもを京の市じゅうに満ちみちさせて、往来させたのです。偶然にも平家を悪しざまに言う者がおりますと、ただ一人が聞きつけても仲間にたちまち触れ回る、その批判者の家に揃って乱入する、家財道具を没収する、当人を縛りあげる、六波羅に引っ立てる、とまあこうした始末。これでは世間が黙りに陥るのは当然でして、平家の横暴をいろいろと目撃して心の中では憤りましても、口に出しては非難しない。なにしろ、六波羅殿の禿とさえ言えば道を通る馬も車も避けてゆきましたから。

　かの長恨歌伝には「皇居の門を出入りするけれども、姓名を問われることがない。都の役人たちは、見て見ぬふりをしている」とありますけれども、これと同様でありましたね。物恐ろしいことです。くわばら。

吾身栄花 ——一門、頂点へ

このように平清盛は栄華を極めて、それは一人、我が身のことには限られません。一門がともに栄えるのです。

嫡男、重盛は内大臣の左大将となりました。次男、宗盛は中納言の右大将。三男、知盛は三位の中将。嫡孫の維盛は四位の少将です。全部で一門の公卿は十六人。それから殿上人が三十余人でして、諸国の受領、衛府の役人、その他もろもろの官省の役人を併せると六十余人。まるでもう政界には平家以外に人材がないのではないかしらと思わせるご様子でした。

どれほど未曾有の事態だったかを理解いただくために、兄弟か左右の大将に並んだ先例を尋ねてみましょうか。その昔、聖武天皇の御代の神亀五年に、朝廷に初めて中衛の大将が置かれまして、大同四年にこの中衛が近衛と改められたのですが、以来いままで兄弟が左右の大将に揃って任命された例しはわずかに三、四度しかございません。文徳天皇の御代には、左に藤原良房が右大臣兼任の左大将、右にその弟良相が大納言兼任の右大将、これらは閑院の左大臣こと冬嗣のご子息たちです。朱雀天皇の御代には、左に藤原実頼すなわち小野宮殿、右には弟師輔すなわち九条殿。いずれも貞信公のご子息です。後冷泉天皇の御代には、左には藤原教通すなわち大二条殿、右にはその異母兄の頼宗すなわち堀河殿。ともに御堂関白と世に言われました道長のご子息です。二条天皇の御代には、左に藤原基房すなわち松殿、右にその異母弟の兼実すなわち月輪殿。このお二人は法性寺殿こと忠通のご子息です。おわかりでしょうが、これら全員、由緒ある藤原摂関家の出。それ以下の家柄のばあいというのは一例もございません。

思えば不思議なことです。先ほどまで語っておりました忠盛の時代には、旧来の殿上人たちからああした仕打ちをうけたといいますのに、その忠盛の子孫が、なんとまあ。禁色雑袍を許され、綾羅錦繍をその身に纏い、要するにいっさい約束事にとらわれない華やかな恰好をして宮中に出入りしております。そして大臣と大将の地位を兼任するわ、兄弟で左右の大将に並ぶわなのですから、さすがは末代、末法の世ならではといいましょうか、しかし、それにしてもそれにしても。

ご子息たちの話はこれまでにして、ご息女にも目を転じましょう。八人、清盛には娘がおられました。皆、それぞれに幸福を得ておりました。一人は桜町の中納言こと成範卿の北の方になられるはずだったのですが、八歳の年に婚約をされただけで、平治の乱の後に解約されて花山院家の左大臣兼雅公の奥方になられました。若君を多数儲けられました。

桜町の中納言につきましては、一くさり。成範卿をこのように申したわけは以下でございます。この人、たいへんに風流であられ、いつも吉野山の桜に憧れておりました。お邸の一町に桜を植樹なさいました。そこに家屋までも建てて、住まわれてしまいました。それで、毎年の春ごとにその桜を眺める方々が「これは桜町だなあ」と申したのです。桜は、咲いて七日で散るものです。ですが成範卿、名残り惜しみまして、天照大神にお祈りをされたことがございます。すると二十一日間も花は散らずに咲き残ったそうです。やはり、当時は主上も賢君であられたので、天照大神のご威徳というのも顕わされて、それに花にだって心はあるものですから、二十日の寿命を保ったのですね。

では、清盛の娘の残りにつきまして。一人は后にお立ちになりました。皇子がご誕生になって、皇太子に立ち、即位されましたので、院号をお受けになりました。はい、建礼門院と申します。入道相国の娘御であるうえに天下の国母であられます。その栄耀はあれこれ申しあげるには及びませんね。

また、一人は六条の摂政殿、基実公の北の方になられます。摂関のご正室ですから北の政所とお呼びしましょう。高倉院がご在位の時分、ご養母ということで准三后の宣旨をいただき、白河殿と言われまして重んじられたお方です。また、一人は普賢寺殿こと藤原基通公の北の政所になられます。また、一人は冷泉大納言と呼ばれた隆房卿の北の方、一人は七条の修理の大夫の信隆卿に連れ添われました。また、安芸の国の厳島神社の内侍の腹にも娘が一人おられて、このお方は後白河法皇のもとに参られて、まるで女御さながらに遇せられました。

そのほかには、九条院にお仕えしていた雑仕女の、常葉の腹にも一人。常葉は、源義朝の寵愛を得ていたあの美女。それを平治の乱の後、清盛が寵遇していたのです。そうやって生まれた娘は花山院家の左大臣殿の上臈女房となりまして、廊のおん方と申しあげました。

秋津島と言われておりますこの日本には、わずか六十六カ国があるばかり。そのうち平家が領地として支配しているのは三十余カ国に及び、すでに半数を超えております。これ以外にも荘園や田畑が数知れずあるのでございます。この隆盛ぶりをどのように言葉で飾りましょうか。本朝文粋の詞文なんぞに倣いますれば、綺羅が充満して堂上は花のごとし。美しく着飾った人々が満ちあふれていて、殿中は花が咲きこぼれるようでございます。それから、軒騎が群集して門前に市をなす。門前には牛車や馬がわんさと集まって、その賑わいが市場さながらでございます。綺羅を纏うのは平家一門の人々ですよ。門前とは六波羅のそこですよ、一門のお邸の前にでございますよ。揚州の金に荊州の珠、呉郡の綾に蜀江の錦、などなど、唐土に産する種々の珍しい宝物も一つとして欠けるものはない。六波羅には、あるのです。六波羅にならばあるのです。歌舞を奏します大きな建物もある、幻術に曲馬の芸まである、だとしたら宮廷がこれに伍するでしょうか。院の御所はどうですか、及びますか。ねえ。六波羅にはそこまでの繁栄があったのです。

祇王――女人往生の一挿話

ところで、たとえば、こんなこともございました。

何事の例を引こうとしているのかと申しますと、これは入道相国の横暴のそれにございます。清盛公は、天下をまさに掌中に握られましたから、世間から批難されることなどいっさい構いつけませんし、人々に嘲られるかどうかなと気にもしません。そのため、どんどん非常識な行ないに走られたのです。

ここに一つ挿みますのは、その例話にございます。登場いたしますのは女たちです。当時、京の都には評判の高い白拍子の名手に、祇王、祇女という姉妹がおりました。この二人は、とじという名の白拍子の娘でした。すなわち母子とも芸の道に生きた女たちです。入道相国の清盛公はこのうちの姉の祇王を愛しました。そうした次第でしたので、妹の祇女も世間ではとびきりの人気を見せました。母のとじも清盛公から立派な住まいを頂戴して、しかも毎月、百石の米と百貫の銭というご厚意に与ったものですから、一家は揃って富み、たいそうな幸福を味わいました。

白拍子とは、もとは歌舞の拍子の名でございます。これが転じて、舞い手の女人を指すようになったのでございます。そもそも我が国での白拍子の起源はいつかと説きますと、鳥羽の上皇様の御代でした。島の千歳、それから和歌の前という二人がおりまして、この女たちが舞い出したのでした。最初のころは男装束である水干を着て、頭には立烏帽子を被り、腰には銀の金具をつけた鞘巻をさして、と、こうした恰好をして舞ったものですから、この新たに出現した芸能は男舞と呼ばれました。それが、時代が今に今にと近づきますと烏帽子と刀が除けられて、水干だけが用いられるようになりまして、そこで白拍子と改めて名づけられたのです。

京じゅうの白拍子は、祇王がいかに結構な男運を得たかという一々のありさまを噂に聞いておりました。うらやむ者もあって、いっぽうで妬む者もありました。うらやむ者たちは「ああ、もう、祇王御前はなんという結構な男運なのでしょう。おんなじ遊女の身であるというのならば、誰だってみんな、あのようになりたいものだわ。なるほどきっと、これは祇という文字を名前につけたことに秘密があるに違いないわ。それが幸いを招き寄せたのよ。いざ、私たちもつけてみましょうよ」と言って、あるいは祇一とつけ、祇二とつけ、あるいは祇福、祇徳と名乗るような白拍子も出てきました。しかし、妬む者たちは同調しません。「あのね、どうして名前や文字が関係しているなんていう、そんな理（ことわり）があるの。幸いというのはね、これはもう、ただ前世からの宿縁で生まれついてくるものよ」と言って、祇という文字をつけない白拍子も多かったのです。

こうして三年が経（た）ちました。

祇王が入道相国の清盛公に寵愛（ちょうあい）されて三年です。

ふたたび京の都に評判の高い白拍子の名手というのが現われました。新進気鋭の人気者です。加賀（かが）の国の出で、その名を仏（ほとけ）といいました。年は十六歳であるということでした。並々ならない褒めそやされようでして、身分の上下を問わない京じゅうの人間が、「昔から数多くの白拍子がいたわけだが、これほどの舞の上手（じょうず）は見たことがないぞ」と口にしておりました。そして、その当の仏御前（ほとけごぜん）がこう言ったのです。

「私の名声は天下に聞こえるようになりました。けれども、どうなのでしょうか。当代にあれほどの権勢を誇っていらっしゃる平家の太政入道（だいじょう）、あの清盛公からは、お声が全然かかりませんわ。これは、どうにも残念ですわ。遊び者の習いとして、お邸（やしき）にこちらから押しかけて参上することに支障などは一切ありません。さあ、さてはさては勝手に参りましょうよ」

そうとばかりに、ある時、めざしたのが西八条の入道相国の別邸でした。

その邸内での事の成り行きはこうでした。まずは取り次ぎの者が参って、入道に申したのです。近ごろ都にその名が知れ渡っております仏御前がこちらに来たようなのですが、と。これを受けて入道は、なんだそれは、と言われたのです。そのような遊び者は、きちんと人から招かれて後に参上するというのが理だろうが。いきなり自分のほうから推参いたしましたなどという、そんな無体があるか。あるか、おい。そのうえにだ、ここには祇王がいるぞ。俺の祇王がこの西八条にはいるのだわい。神であろうと仏であろうと参ることは許されぬわ、とおっしゃられたのです。

「そうだろうが。おい、そいつが道理だろう、道理。さあ、さっさと立ち去れや。そう言え」

冷淡な拒絶でした。こう取り次がれましたから仏御前は退出しかけていたのですが、このとき、祇王が口を開いたのです。それは取りなしの言葉でした。

「もし、入道様。遊び者がこのように押しかけますはむしろ世間一般の習わしでございます。しかも、若いといえばまだ若すぎるほどの年齢だそうで。たまたま推参しようと思い立ってこちらの西八条殿に来てしまった者を、あまりに冷たく追い返しなさってはちょっとかわいそうですわ。その仏御前にも辱でしょうし、そんな仏さんが、私は気の毒です。あの、入道様、白拍子という芸の道はこの祇王が身を立ててきた道ですから、他人事とは思われません。そこで、いかがでしょうか。たとえ舞をご覧にならず歌をお聞きにならないにしても、その仏さんにご対面だけはなさって、それからお帰しになるというのは。私にはこれは無上のお情けだと思えますけど。どうか枉(ま)げてお召し返しになられて、ご引見なさってください」

「ぬう、そうか。そうかそうか。お前がそうまで言うならば、ちょっと会ってやってから帰そうか」

これが入道の返事でした。入道は、ですから、使いをやって仏御前をお召しになったのです。

ですから仏御前は、もう追い払われたつもりで牛車(ぎっしゃ)に乗って西八条の邸宅を退きかけていたのですけれども、戻ったのです。

きちんと召されて、入道のところに参上したのです。

「俺はだ、今日は会うことにはしないつもりだったのだ」と入道は対面して言われました。「しかし、この祇王が何を思ったのか、あんまり俺に勧めるのだ。それで、おお、会ってやった。どうだ、仏よ。会ったからにはそなたの声を聞かないというのも妙だろう。今様(いまよう)を一つ歌ってもらおうか」

「承知いたしました」

仏御前は答えました。

それから当世流行の七五音で四句の歌を、すなわち今様を、求められたように一つ、歌ったのです。こうでございます。

君をはじめて　あなた様にこうして初めて
見る折は　お会いいたしまして
千代も経ぬべし　まあ、千年も寿命が延びそうな
姫小松　姫小松のこの私ですわよ
御前の池なる亀岡に　こちらのお邸のお池の中島は亀岡なのですし
鶴こそむれゐて　亀といったら鶴、これら目出度い鳥が群れて
あそぶめれ　あらまあ、「長寿、長寿」と遊んでおるようですわよ

以上を繰り返し繰り返し、見事に三度歌ってのけました。見聞きしていた人々は、あるいは目をびっくりさせ、あるいは耳を驚かせました。他ならぬ入道もです。入道もすっかり興深く思われました。

「そなたの今様は、上手であったわい」とおっしゃいました。「このぶんでは舞も相当に巧みなのであろうな。俺は、見たい。一曲見たいぞ。さあ、鼓打ちを呼べ」

そうして召し出されました仏御前の同行者が、鼓を打ちます。それに合わせて仏御前が舞を一番、舞います。ああ、仏御前という遊女は、髪の形をはじめとして眉目がぜんたい美しく、また声もよく、また節まわしも上手で、どうして舞を失敗するなんてことがありましょうか。想像をずっと、ずうっと超えて見事に舞い納めたのでした。

入道相国はそんな舞に感じ入ります。痛く感動なさって、魅了されます。

仏に心を移されます。

祇王から、仏御前に。

そして口にするのは憚られる、男女の間のあることがあったのです。しかし、これは、いくらなんでもどういう仕儀なのか。さすがに仏御前は入道に申しました。

「あの、これはいったいなんとしたことでしょうか。私はもともとお召しもないのにここのお邸に伺った者です。それで追い返されましたものを、誰あろう祇王御前の、そうです、祇王様その人のお取りなしによって呼び戻されたのでした。それなのに目下のような事のなりゆきとなり、ああ、こうして別室にて二人きり、あることがあってしまい、お側に召し置かれてしまうなどとは。祇王様がどのようにお思いになっておられるかと考えまするると、この身がただただ恥ずかしいばかりです。早くお暇を下さいませぬでしょうか。ええ、退出させていただきたいのです」

「そんなのは、おい、ぜんぜん駄目だぞ」

入道は率直におおせになります。さらに続けます。

「ただし、なあ、仏よ、今のは祇王がおるからの遠慮か。この西八条に祇王もまたおるからの遠慮か。そういうことならば、俺は、祇王をこそ追い出そう。ここからだ」

「そのような、そのような」と仏御前は申します。「あってはならないことですわ。私は祇王様といっしょに召し置かれるのも心苦しいのです。この私、仏はつらいのです。それなのに、まして祇王様をここ西八条殿よりお出しになって、この仏一人が召し置かれなどしましたら、ああ、祇王様のそのお心に対しまして、どうにもどうにも恥ずかしい。もし万一、私を後々（のちのち）までお忘れにならないのでありますれば、召されてまた参りますわ。ですから、今日は。ああ今日はお暇を」

「馬鹿、何を言うか」

入道はお答えになります。

「そんなことを許すか、馬鹿め。俺は祇王をさっさと追い払うぞ」

実際、それから三度も重ねて祇王のもとにお使いをお出しになったのです。お部屋に。この西八条の邸（やしき）より退出せよ、ただちにな、と。

祇王にはもとより覚悟はございました。いずれはこうした展開も来ようとの前々からの覚悟です。それでも昨日今日のこととまでは思いもよらなかったのでした。急いで出ろとの催促がしきりにありますので、侍女たちにそれまでの部屋を掃除させます。それまで三年間住まっておりました部屋より、塵（ちり）を拾わせます。見苦しいものはちゃんと始末します。そうやって、いよいよ出ることになったのでした。別れの悲しさとは世の常です。一本の樹の下に雨宿りしあったり、同じ川の水を掬って飲んだり、そうした旅中のちょっとした出会い一つをとっても別離のときには悲しいのですから、まして三年間も暮らし慣れたところとなれば、これはもう。名残りは、惜しい。悲しい。そして詮ない涙がこぼれるのでした。しかし、そのままではいられません。祇王には許されている時間がございませんから、今はもう立ち去るしかない。ただ、自分がそうして消えてしまった跡の忘れ形見とでも思ったのでしょう、襖に泣きながら一首の歌を書きつけました。

萌え出づるも　　春を待って芽を出す草も、それから
枯るるも同じ　　枯れてしまうのもおんなじ
野辺の草　　ただの野辺の草なのよ
いづれか秋に　　それゆえに、秋にはいずれ
あはではつべき　　飽きられる、野辺の遊女は飽きられるの

それから祇王は、車に乗り、我が家に帰り、襖のうちに倒れ伏し、そして泣きました。依然泣いているばかりでした。ほかに何もしないし、何もできないのでした。「どうしたの、どうしたというの」と訊いたのは母や妹ですが、わけなど口にされません。お供をした女のほうに尋ねまして、母のとじと妹の祇女は初めて具体的なあれこれを知ったのです。

じき、入道の毎月のご厚意であった百石の米と百貫の銭が、送られることもなくなります。

代わって、ほかの一家一族が富み栄えます。

そんなふうに裕福さを満喫しだした一家一族とは、ええ、あれですよ。もちろん仏御前の縁者たちですよ。

祇王のこの悲境は、しかし、身分の上下を問わない京じゅうの人々には朗報でした。入道様より祇王がお暇をいただいたというぞ、西八条のお邸から出たというぞ、さあさあ、祇王に会って遊ぼう、とばかり、手紙を届ける人もあり使いの者を寄越すのもありました。ですが、いまさら人と対面して遊び戯れるなど、そんなことはできません。そのような気持ちには毫もなれません。祇王は、手紙を、受け取りはしませんでした。使いの者にちゃんと会って応対することもしませんでした。できないのでございますよ。そして、できないことが積み重なるたびに、ああ、涙が。ああ、ああ、さらに涙が。

祇王は、さあ、涙に沈むばかり。

そうして年は暮れます。

翌る春のころに、入道相国が次なる非情の行ないに出ました。一人の使者を祇王のもとへ立てたのです。その使者を通してこう言われたのです。

「どうだ、祇王。その後はどうしているか、祇王。それで、こちらではな、仏御前がな、あんまり所在なげに見えるんでな、ちょっと参上してくれないか。今様を歌ったりだな、舞なんかを舞ったりしてだな、ちょっと仏を慰めてやってくれよ」

　あまりのことです。

　祇王は、なんともお返事できません。

　しかし入道の非情さは、その祇王の沈黙（しじま）に対しても追い討ちをかけます。

「おい、祇王。なんでお前はなんとも返答を寄越さんのだ。西八条殿に参上しないという腹づもりなのか。俺が召したのに、そうなのか。参上しないならば理由を言え。この俺にも、いいか、祇王よ、この浄海（じょうかい）にも考えというのがあるわい」

　悲しんだのは母親のとじです。これはもう、何をどうしたらよいのやら。とりあえず泣きながら、こう教え諭します。

「ねえ祇王御前、とにもかくにもお返事です。お返事を申しなさいって。このようにお叱（しか）りを受けるよりは。ねえ」

「お邸（やしき）に参じようと思っているのでしたら」と祇王は切り出しました。「すぐその場で『参ります』と申しましょうよ。ただし、私は参らないつもりなのです。だとしたらどうお答えすればよいのですか。これが私にはわからない、だから二進（にっち）も三進（さっち）もゆかないのです。入道様のおっしゃった『こんど呼びだしても参らぬならば、考えがあるぞ』というのは、都の外への追放か、そうでなければ祇王の命を召されるのか、この二つ以上のことではないでしょうよ。たとえ、都から追い出されたとして、それが何。いったい何。たとえ命を召されたとして、この身はそんなに惜しむような代物（しろもの）ですか。それほどのものですか。いいえ、ぜんぜん。この祇王は、ねえ、おわかりでしょう、入道様に一度厭（いと）われたのです。二度と顔はお見せできませんわ」

　こう言って、なお、お返事をしません。

　母のとじは重ねて諭すしかありません。

「そうは言っても、この日本国（にっぽんこく）に住んでいる間は、どうにも入道様のおおせには順（したが）うしかないのですよ。ねえ、ほかにはないのですって。あのね、男女の仲は前世からの定めです。そういう因縁（いんねん）は、今に始まったことではないのです。千年万年をいっしょにと契ったって別れてしまう夫婦もいますよ。仮初（かりそ）めだと思っていても、生涯添い遂げるようなのだって。この世に定めのないものが男女の仲なのです。それなのにお前はこの三年ものあいだ入道様のご寵愛を得ていたのだから、ねえ、これだけで本当にありがたいわ。お召しになったのに参上しないからといってそれだけで命をお奪いにはならないでしょう。まさかね。ただ、都の外への追放はあるかもしれない。そうやって仮に都を追い出されたとして、お前たちは若いからいいですよ。お前と妹は。どんな辺鄙（へんぴ）なところでも生きていけるんでしょうよ。しかしこの母は、ほら、老いて衰えているんですよ。そんな身で追放されることになって。そして住み慣れない鄙の暮らしを強いられるなんて。想像するだけで、つらいのよ、悲しいのよ。ねえ、どうか私を都の中で死なせて。この一生を過ごさせて。それこそが現世と来世との二つの親孝行なんですよ。ねえ、母はそう思っているんですよ」

教え諭しはこう終わりました。

祇王は、もちろん、西八条殿への参上は堪えがたい。しかし、親の命は命です。背けるものではないし、背いてはならない。ですから泣きながら出かけていったのです。

入道相国の清盛のもとに、また。

その心中はいかばかりか。

その痛ましさは。

さすがに一人で参るのは気が重すぎますから、妹の祇女も連れていきました。その他に二人の白拍子と、総勢四人で一つの車に乗り、西八条殿に参上しました。しかし通されたのは以前お召しを受けていた間ではありません。ずっと下手のところに座席が用意してあったのです。はっきりと、格下げでした。

「ああ、これはいったい。ああ」と祇王は思ったのでした。「我が身にはなんの咎もないにもかかわらず入道様から見棄てられてしまったということだけで、ええ、苦しみは本当に甚だしいのに、今度は板敷きのところに臨時で設けた座席。座席なぞに通されるという、こんな扱いを受けてしまうのだわ。ああ、この新たな、第二の甚だしい苦しみはどうしたらいいというの」

しかし祇王は、その心中の思いを他人に悟られまいとします。気丈にふるまわんとして、悔し涙は袖で抑えますが、それでもぽろぽろとこぼれてしまいます。

これを目にとめたのが誰あろう仏御前です。

「まあ、いったい」と言ったのでした。「なんという気の毒な。日頃お召しにならなかった場所がここだというのならわからないでもないですけれど、祇王様でしたらむろん、いつもこちらの間にお召しになっていたではありませんか」と入道に向かって申したのでした。「どうか、『いらっしゃい』とお呼びなされませ。それがご無理でしたら、どうかこの仏に一瞬のお暇を下さいませ。こちらから出て行って、祇王様にお会いいたします」

しかしその願いを容れる入道ではございません。

「おい、それはもう、ぜんぜん駄目だぞ」

こう言われるだけです。仏御前はどうにもならず、その座にそのまま参いたのです。上の座に。

そして入道は、祇王の心中をけっしておわかりにはなりません。こうおっしゃいます。

「どうだ、祇王よ。その後はどうしていたか。達者か。こちらではな、仏御前があんまり所在なげであったぞ。だからなあ、祇王よ、今様を一つ歌ってくれ」

祇王は、参った以上は、とにもかくにも順うしかないと決意しております。ですから、落ちる涙を抑えて今様を一つ、歌います。

仏も昔は　　仏様もその昔は
凡夫なり　　ただの凡人でしたのよ
我等も終には　　私たちも終いには
仏なり　　仏様になれますのよ
いづれも仏性　　どなた様も仏性を
具せる身を　　具えていらっしゃるのです、それを
へだつるのみこそ　　分け隔てて扱いなさって
かなしけれ　　悲しい

泣きながら二へん歌いました。仏御前に聞かれながら、凡夫の、凡人の白拍子を自ら認じた祇王が歌いました。その座には数多くの平家一門の公卿、殿上人、諸大夫、侍にいたるまで並んでおられたのですが、みな、感じ入って涙を落とされました。入道はといえば、やはり他の者と同様、興深いと思われました。そこで、こう言われたのです。

「殊勝なことだ。この場に臨んでは実に見事に感心な歌いっぷりだったぞ、祇王よ。さて俺はお前の舞も見たいのだけれど、今日は用事ができた。これからはな、俺に呼ばれないでもこちらに参ってよい。いつも参って、今様を歌い、舞なんかも舞ってだ、なあ、仏を慰めてくれや」

祇王に、お返しする言葉はありません。

涙を抑えて退出いたしました。

迎えた母と妹と、祇王は何を語らったでしょうか。母子の会話はこうでした。まずは祇王が口を開いたのです。

「母様、親の命には背いてはならないと私はそう思ったのでした。だからこそ、つらいお召しに応じたのでした。そうして二度この祇王は大きな恥辱を受けたのでした。この世にこうして生きつづけていれば、つらさは必ず繰り返すに違いありません。そこで私、決心しました。身を投げます」

すると祇女が言ったのです。

「姉上が身投げをなさるならこの妹も。私も、身を投げます」

母のとじは、これを聞いて、悲しいし途方に暮れるばかりです。それでも教え諭すしかないとばかりに泣きながら口を開きました。

「ええ、お前が恨むのはもっともですよ、祇王御前。こんな成り行きになるとも知らないで、お前を諭して、西八条殿に参じさせてしまったことの、なんという慚愧の念でしょう。この心の苦しさでありましょう。ただし、ねえ祇王御前、お前が身投げをすれば妹もいっしょに身投げをすると言っているのですよ。二人の娘にそんなふうに先立たれて、ねえ、ねえねえ、この老いて衰えている母は生きていたって詮ないでしょう。私も自害しますよ。私もいっしょに身を投げますよ。さて、どうですか。いまだ死期も来ていない女親に身を投げさせてしまうって、それはまさに母親殺し、五逆罪の一つじゃありませんか。この世はね、仮の宿ですよ。恥辱を受けても受けないでも、どうでもいいじゃあありませんか。恐ろしいのは地獄ですよ。地獄の、闇ですよ。長い長い死後のそれですよ。この世のことはね、とにもかくにも、あの世でねえ、お前が悪事の報いの世界に堕ちてしまうのは、ああつらい。つらいわ」

つらい、つらいと涙を流しながら口説きました。

祇王はこれに、涙をこらえて応じます。

「そうですね。まことに私は、そのような仕儀ならば五逆罪は疑いありません。それでは私は自害は思いとどまります。こうして都にいつづければ、またも大きな恥辱を浴びましょう。今は、ただ、都の外へ、出ましょうよ」

これが祇王の決意でした。

祇王は二十一歳でした。

尼になりました。

嵯峨の奥にある山里に柴葺きの粗末な庵をむすんで、ひたすら念仏を唱える暮らしに入ったのです。

それから、妹の祇女です。姉上が身投げをなさるならば私も、と約束した祇女は、そう約束した私ですもの、まして世を厭うのに誰にも後れはとらない私ですもの、というわけで十九歳で髪を切りました。

祇女は尼となったのです。祇女も。

姉と同じところに籠りました。そうして後世の幸福を願っているのですから、哀れなことでございます。

それから、母のとじです。この成り行きを見ると、ああ若い娘たちですら髪を下ろして尼姿となってしまった、そしてこの母はほら、老いて衰えているんです、そんなのが白髪をつけていてなんになりましょう、と思って四十五歳で剃髪しました。

尼になりました。

祇王、祇女の二人の娘といっしょに念仏修行にひたすら勤しんで、一途に後世の、あの世での安楽を願うのでした。とじも。

春を過ぎ、夏、その夏も盛りを越え、秋、その秋の初風が吹きはじめると、七夕のころ。それは牽牛と織女の二星が会うという天の川を眺めながら、その天の川の瀬戸を渡る船の楫と音の通じる梶の葉に人々が願いごとを書く季節です。依然として祇王と祇女、とじの母子は涙を流しております。夕日が西の山の端に隠れるのを見ても、ああやって日の沈んでいかれるところは西方極楽浄土だと考え、いつかは私たちもあそこに生まれて、何もつらい思いをしないで過ごすことになるのだと考え、ただ、そういった瞬間にも過ぎし日の悲しみが想い起こされて、やはり涙、涙。たそがれ時も過ぎましたので、竹の編戸は閉ざして、幽かに灯火をともして、三人は念仏いたします。すると、竹の編戸が鳴りました。

ほとほと。

ほとほと。

と、誰かが叩いているのでございます。やや、ややや、これは恐ろしい。母子三人の尼たちは肝を潰します。

「まあ、卑しい私たちが念仏しているのを妨げようとばかりに魔物が来たのね。だって、昼間ですら人が訪ねてこない山里ですもの、その柴葺きの粗末な庵のうちですもの、こんな夜深けに訪問者があるわけないわ。しょうもない竹の編戸は、こちらから開けないでも押し破るのは簡単。いっそのこと私たちのほうから開けてしまって、その魔性の物を入れてしまいましょう。それでもあちらが情けをかけてくれず、こちらの命を奪ろうというのならば、私たちが年来お頼み申しあげている阿弥陀如来の本願というのを固く信じて、ええ、弥陀のですよ、そしてただただ間断なく南無阿弥陀仏、南無阿弥陀仏、南無阿弥陀仏と幾度でもお唱えしましょう。だって、南無阿弥陀仏の六字を唱えるその声をこそたよりに、仏菩薩がたは衆生を極楽浄土へ迎えに来てくださるのですもの。どうしてどうして、それがないということがありましょうか。さあ、けっして念仏を怠らないで」

こう心を戒めあったのでございます。

えい、とばかりに竹の編戸を開けたのでございます。

するとそこにいたのは魔物にあらず、さにあらず。仏御前でした。

白拍子の仏が現われたのです。

「これは夢なの、現なの」と言ったのは祇王です。「仏御前とお見受けするけど、どうしてなの」

仏御前が、涙を抑えます。

それから口を開きます。

「このようなことを申しますと、今更らしい言い訳となるのは承知しておりますが、申さなければ申さないで人情をなんらわきまえぬ身ともなってしまいそうですから、一々のはじめからを申します。私は、もともとお召しもないのに西八条の入道様のお邸に押しかけたのでした。この仏は、一度はそうして追い返されたのです。そんな白拍子の私が召し返されたのは祇王御前のおとりなしがあってのこと。ひとえにそうだと承知しながらも、しかし女というものは、ああ儚い。我が身を思うにまかせることができません。入道様のもとに無理に留められまして、それも私一人が召し置かれまして、ああ、苦しかったのです。それからまた、いつぞや祇王様がお召しをうけ、お邸で今様をお歌いになったとき、あれは思い知らされるようでした。いずれはこの仏の境涯もまったく同じようになるだろうと想像できますから、うれしいなどは毫も、とても思えませんで。それから襖に、また、『いづれか秋にあはではつべき』とお書き置かれた筆のお跡、あれが、ええ本当にそうだわと私にも思われて。その後は、祇王様のお住まいがどことも存じなかったのですが、しかしついにお噂を聞いたのでした。祇王様は母子の三人揃ってご出家なさって、一ところにいらっしゃるのだと。一途に念仏修行をなさっていらっしゃるのだと。それが私、あまりに、あまりにうらやましくって。つねづね入道様にお暇を願っていたのです。そして入道様は、いつもいつも、お許しくださらなかったのです。私は、つくづく考えました。この世の栄華なんて夢のなかで見る夢のようなものだぞって。富み栄えたからといって何になるのかって。六道講式に『人身は請けがたく、仏教には遇いがたし』とあるそうです。そもそも六道輪廻のあいだに人間界に生まれることのほうが稀で、仏教に出会うというのは大変なのに、そのうえ今度、地獄に沈むようなことになりましたら、ああ、どれほどの回数を生まれ変わってもどれほどの長の歳月を経ても、沈んだところから浮かびあがるのはむずかしいのです。そうなのですって。年の若いのに安心してはいられません。この現世は、老いている人が先に死んで若いのは後、と定まっているのではないのですから。いざ命を失くすとなったら、それはほんの一瞬で、ひと呼吸の間よりも短いのです。蜻蛉や稲妻より、もっと儚いんだわ。ひと時の栄耀を誇って来世のことをぜんぜん顧みないなんて、悲しい。だから私は、この仏は、今朝がた入道様のお邸を忍び出て、このような姿になって参上いたしました」

仏御前は、頭から被っていた衣をとりのけました。

そこに現われたのは一人の尼でした。

尼姿になっていたのでございますよ。この、仏御前もまた。

「こうして髪を下ろして尼となって参りましたので、どうか祇王様、私のこれまでの罪をお許しください。許そうとおっしゃってくださるなら、ぜひお三方とごいっしょに念仏をして、いずれは極楽浄土のおんなじ蓮のうえに生まれあいましょう。ただ、祇王様、これでもなおお気がすまないようでしたら、私は、今からどこへとでもさ迷い出ますわ。たとえ、どんな苔の地面のうえにでも松の根もとにでも倒れ伏して、そこで野宿して、この命ある限り念仏して、極楽往生の願いを遂げようと思いますわ。この仏は、そう思うのです」

さめざめと仏御前は訴えます。

祇王は、涙をこらえて、言います。

「本当に、私、これほどにあなたがお思いになっていることを夢にも知りませんでした。私は、この憂き身は、つらい境涯は、そもそも憂き世の性なのだともこの世の嵯峨の地にいるのだから当たり前なのだとも、そう思おうとしておりました。しておりましたが、駄目でした。ともすれば、あなたのことが怨めしかった。こんな人では極楽往生の願いは遂げられるはずはないと思っていた。なんと言ったらいいのかしら、現世のことも来世のことも両方とも、中途半端にやり損なった気持ちでいた。だけれども、あなたはこうして剃髪してお出でになったのね。もう罪などありませんわ。今までの罪科と呼べるようなものはすっかり消え去りましたわ。ええ、これならば私だって疑いなく往生できます。この祇王も、あの世では極楽に生まれることが叶います。そうやって往生の念願をこのたび遂げられることは、なによりもまたうれしいの。世間では私たち母子が尼になったことを類例のないことのように言っていて、それに私じしん例がないだろうなと思っていたけれども、でもね、この剃髪にはちゃんと然るべき理由があった。女としての怨恨があって歎きがあった。こんなの、あなたの出家に比べたら、ぜんぜん問題にもならない。だってあなたには恨みもないし歎きもないんだもの。今年やっと十七歳になるというあなたが、そのお年で穢土を、この穢らしい世界を厭い、浄土を、御仏（みほとけ）の住む浄（きよ）い浄いところを願っての発心（ほっしん）は、これこそ真の大道心（だいどうしん）だわ。あなたこそ、あなた様こそ私にとってうれしい導き手です。この善道（ぜんどう）の友なのです。さあ、ごいっしょに往生を願いましょう」

四人は以後、一（ひと）ところの庵に籠りました。祇王と仏御前、それから祇女ととじ、いずれも出家前は白拍子として芸道に生きていたこれらの女人たちは、朝に夕にと仏前に花や香を供えて一心に往生を願いました。それゆえ死期の早い遅いはもちろんあったのですけれども、この尼たち四人はきちんと全員揃って、本懐どおりに極楽往生したのだと言われております。女たち四人は、一人残らず。はい、ですから後白河（ごしらかわ）法皇の長講堂（ちょうこうどう）の過去帳にも「祇王、祇女、仏、とじらの尊霊（そんりょう）」と、この四人は一ところに書き入れられているのでございます。

ああ、尊い。ああ、ああ、ほんに尊いことで。

二代后（にだいのきさき）——無理強い（むりじ）の入内劇（じゅだいげき）

さて源平（げんぺい）のこと。昔から今にいたるまで源氏と平氏が武士（もののふ）として朝廷に召し使われておりました。この源平両氏がともども、天皇のおん政（まつりごと）に従わない者を懲らしめ、朝廷の威権を軽んじる者を戒めてまいりましたので、世に乱れはなかったのでございます。が、どうでしょう。保元の乱では源為義が斬られました。崇徳の上皇様の側にお味方したがゆえの斬罪です。それから平治の乱では、その息子義朝が討たれました。これはまさに、平清盛に敵対して誅されたのです。以降、源氏の末流の者たちというのは、あるいは流罪にされたり、あるいは殺されてしまったり、まあ散々です。現在は平家の一門ばかりが繁栄を極めて、源氏の側から頭をもたげようとする者はありません。今後とて、まず平家の栄華は揺らぐまいと思われました。しかし世情はといえば、いかに、いかに。鳥羽の上皇様、いえ法皇様が崩御された後は、戦乱ばかり続いて、それから死罪に流刑に解官に停任、とまあ、日本国内は穏やかどころではありません。世の中はぜんぜん落ちつかないのです。

とりわけ、永暦から応保年間のころよりですが、天皇親政と院政と、という対立も生じます。後白河院の近臣たちを二条天皇のほうからご処罪になり、と思えば二条天皇に近侍いたします者たちを後白河院が罪せられたり、とこうした始末。官位の上下を問わずに誰もが恐れおののきまして、不安に思っていたのでございます。まるっきり深淵に臨んで薄氷を踏んでいるのとおんなじです。このときの天皇と上皇とは父子のおん間柄ですぞ。ですから何の隔てもございませんでしょうに、これが思いのほかに、あれやこれや、いろいろと。やはり世も末だからでしょうか。人が悪事にひた走るからでしょうな。天皇はつねづね上皇のおおせに言い返されておられました。そうした中にも、もっとも世間の人々をびっくりさせた一件がございます。見聞した目と耳とを驚かせて、囂々の批難となった事件でございますよ。

またも出来事の中心に登場いたしますのは女人でして。そのお方は、亡き近衛院の后、当時は太皇太后宮と申され、大炊御門家の右大臣公能公のおん娘です。先帝、近衛天皇の崩御ののちは内裏を出て、近衛河原の御所に移り住んでおられました。なにしろ先帝の皇后ですから、ひっそり、目立たぬようにとお暮らしになっておられましたが、永暦のころには二十二、三歳におなり遊ばしていられたでしょうか、女の盛りは少し過ぎていらっしゃるお年頃でした。しかしながら天下第一の美人だとの評判がおありでした。じつにそのためです、二条天皇はまあ好色のお心を持ちまして、この皇太后にこっそり艶書を送られたのでございます。これはかの玄宗皇帝が高力士に命じて内裏の外にひろく美人を探させたという唐土の故事に倣ったようなものでございます。もちろん皇太后はぜんぜん聞き入れようとなさいません。するとと天皇はもう、こっそり、も、ひっそり、もありません。后としてご入内なさるよう右大臣家に宣旨を下される。そうなのですとも、公けにですとも。

まあ天下の一大事です。

一大不祥事です。

公卿たちは会議をいたします。めいめい意見を言います。このような具合です。

「まずは異国の先例だ。調べてみるに、大陸には則天皇后がいる。唐の太宗の后で、高宗皇帝の継母にあたる。そして太宗が崩御ののちに高宗の后にお立ちになった。が、これは外国の先例だぞ、だから特別なる例なのだぞ、まるっきりな。それでだ、我が国ではしかし、神武天皇よりこのかた人皇七十余代のこの今日にいたるまで、いまだに二代の天皇の后に立たれた例は聞かないぞ」

公卿たちは全員、口を揃えたのです。揃えて申し出たのです。

後白河院も同じです。「朕が思うに、一向よろしくないぞ」とお窘めになります。

これらにお応えした二条天皇はといえば、しかし、こうでした。

「『天子に父母なし』というではないか。そして天子の位に即いた自分は、前世で十善戒を守った功徳によって日本国の天皇に、天子になったという次第ではないか。この程度のことがどうして意のままにならないなんてことがあるのか。いいや、ないぞ」

二条天皇はただちにご入内の日を定めてしまったのでした。宣下なさったのでした。これでは後白河院もお力は及びません。

皇太后はこのことをお聞きになってからは涙に暮れておられます。先帝に先立たれた久寿二年の秋の初めに、ああもしも、同じ野原の露とも消えるか出家をしてこの世を遁れるかでもしていたら、こんなふうに今、つらいことを耳にすることもなかったでしょうにとお歎きになります。父の右大臣は、どうにか言葉でうまく宥めようと次のように言われました。

「旧典には『世に従わない者を、狂人とする』と書いてあるのです。もう詔は下されてしまったのだから、ああだもこうだもない、ただ速やかに参内なさるべきなのです。考えてみなさい、もしも皇子がご誕生になったら、あなたも国母と呼ばれて、この年寄りの私だって外祖父だ。母方の祖父だとして仰がれるようなそんな吉兆なのかもしれない。そうなったら、もう、あなたが父親を助けられる最上の孝行になるのですよ」

そう言われたのですが、お返事もないのです。

皇太后はそのころ、思いついたところを随に書きとめなさる合間にこのような一首を詠まれました。

うきふしに　　憂しと思いながら、水に浮いて
沈みもやらで　　ぜんぜん沈みもしないで
かは竹の　　つまり私は川辺に生える竹ね
世にためしなき　　どこにも先例のない
名をやながさん　　憂き名を流してしまうのね

この歌が、どんな次第で世間に漏れたのでしょうか。人々は、いやあ、あわれだな

あ、あわれだなあ、かつ大変に雅びやかだわい、などと話しあったのでした。

そしていよいよご入内の当日です。父の右大臣はお供の公卿や出し車の儀式のことなど、いろいろ濃やかにご手配なさってお送りになったのでございます。皇太后その人はといえば、お気の進まぬこと甚だしい、ですから急いでは車にお乗りになりません。すっかり夜も深けて、夜半になったのちに、やっと人に支えられてお乗りになったのでした。

ご入内後は麗景殿におられました。

二条天皇には、ひたすら政務に精をお出しいただければ、お出しいただければとお勧めになっておられました。そうしたご様子でございました。

さて、ここで語り添えておきたいのですが、皇居そのもののご様子というのはいったい、いかに。じつに、このような名品が目に入るのでございます。言わずと知れた紫宸殿には、大陸の賢人たち聖人たちの肖像を描いた障子が立てられております。伊尹、第五倫、虞世南、太公望、甪里先生、李勣、司馬でございます。それから清涼殿には手長足長を描いた障子に馬形の障子というのもございます。鬼の間には白沢王が鬼を斬る絵が、陣の座には李将軍の姿をじつに見事に写しました絵がございます。尾張の守の小野道風が、その賢人たち聖人たちの障子の銘を書くのに七回も書き直したというのも、まあもっともなこと。それから、清涼殿には画図の御障子がありまして、その昔に巨勢金岡が絵筆を執りました遠山の有明の月が今も残っているということでございます。

さあ、その御障子です。亡き近衛天皇がいまだ幼君でおられた時分、お手慰みをちょっとなさって、この有明の月を墨で汚して曇らせなさったことがあったのです。皇太后は、いえ、以前は近衛天皇の后でしたけれども現在は二条天皇の后であるその女は、ですから二代の后はですね、入内し直した皇居にてこの御障子をいまさらにご覧になったのです。有明の月、しかも曇った月。しかも先帝のお手で。

ああ、当時のまま、少しも変わっておりません。

その時代が恋しい。

たぶん、そうお思いになったのでしょう。次のように詠まれました。

思ひきや　　思うはずもなかったのです
うき身ながらに　　こんな悲しい身の上で
めぐりきて　　また「雲井」と呼ばれる皇居に来て
おなじ雲井の　　ああ、おんなじ雲間の
月を見むとは　　ああした陰った月を見るなんて

亡き近衛天皇とこの女とのおん間柄は、そうなのですよ、なんとも言いようがありません。しみじみとあわれで、あんまりに優しい。

比(たぐ)いのない感慨にあふれておりましたよ。

額打論(がくうちろん)——大悪僧(だいあくそう)たち登場する

さらに政情を見てみましょう。時勢をば見ましょう。永万(えいまん)元年の春のころから二条天皇はご病気との噂(うわさ)があったのですが、夏の初めになると思いのほかのご重態となられました。すると世間では次の噂です。大蔵(おおくら)の大輔(たいふ)の伊吉兼盛(いきのかねもり)の娘のおん腹にできました第一皇子(おうじ)で、二歳になられましたお方を皇太子になさるというのです。そして同年の六月二十五日、急に親王の宣旨(せんじ)は下されて、その夜ただちに天皇の位に即(つ)かれたのでした。ああ、これには、世の中もざわざわと慌てましたよ。

その当時の物知りたちが言いますには、我が国で幼少の天子の例を挙げますと、まずは清和(せいわ)天皇が九歳にして文徳(もんとく)天皇から皇位を譲りうけておられます。このときには周公旦(しゅうこうたん)が幼い成王(せいおう)に代わって政(まつりごと)を執(と)り、万事にわたる務めを果たされた大陸の先例に倣(なら)って、外祖父の忠仁公(ちゅうじんこう)が幼主をお輔(たす)けになったのです。これが摂政のはじめです。これらほかには、鳥羽(とば)天皇が五歳で、また近衛(このえ)天皇が三歳でご即位されております。これらの前例におきましても、まあ早すぎます。なのに今回はおん年がわずか二歳。どこにもこんな先例はございません。性急にすぎるのではと申しますか、なんと申しますか、そもそも言葉ではどうにも表わしきれるものではございませんが。

そうするうちにでございます。同年七月二十七日に二条の上皇様が崩御になったのです。ああ、ついに。二十三歳でありまして、蕾の花が散ったようでした。後宮にいらっしゃる皇妃がたは、玉の簾や錦の帳の内側で、みな、おん涙に咽ばせられました。ご遺体をばその夜ただちに香隆寺の北東にあります蓮台野の奥の、船岡山にお納めしました。さてこのご葬送のときに騒動が起こったのです。延暦寺と興福寺、この二つの大寺の衆徒が額打論というのをやり出して、そうなのです、両寺が互いに乱暴に及んだのです。

作法というものは、そもそもはこうでございます。天皇がお亡くなりになり、ご墓所にお送りするさいには、奈良と京都の衆徒が皆ながらお供をして、ご墓所の四方の門にそれぞれ自分たちの寺の額をかける、これが作法です。そして順序もあります。第一番は聖武天皇の勅願で建立されました東大寺の額を、これは異議を唱える寺もございませんので、かけます。第二番に淡海公藤原不比等の同様のそれ、御願寺でありますところの興福寺の額をかけます。こうした額は、打つ、と申しますね。それで奈良の二寺に続いて京都のほうではどの順番で額を打つかというと、興福寺に相対して延暦寺、それから次に天武天皇の御願寺の、教待和尚と智証大師の草創となる園城寺の額を打つのです。

しかしながら、このたびは。延暦寺の衆徒が、どういう気だったのでしょう、作法の先例に背いたのです。東大寺の次に、すなわち興福寺より先に額を打ってしまったのです。奈良の衆徒は、まあ憤慨しました。どうしてやろうか、こうしてやろうかと論議しているところで、二人が登場したのでした。

興福寺の大悪僧(だいあくそう)、たいへんにたいへんに暴れ者の僧、西金堂(さいこんどう)に属しましたる名立たる二名、観音房(かんのんぼう)と勢至房(せいしぼう)です。

観音房は、黒い糸でその札(さね)を綴(つづ)った緘(おど)し方の腹巻(はらまき)をつけております。これぞ黒糸威(くろいとおどし)。それから柄(つか)を白木にした長刀(なぎなた)。その白柄(しらえ)を刃(やいば)のほう近く短めに握っております。

勢至房は、青色黄色の間色(あいだいろ)した萌黄威(もえぎおどし)の腹巻にて、大太刀(おおだち)はその鞘(さや)と柄とが黒い漆(うるし)塗(ぬ)り。

そんな二人が、つっと走り出ます。前に、前に。

延暦寺の額を切って落とします。

めちゃめちゃに叩(たた)き割ります。

それから延年舞(えんねんまい)の「うれしや水、鳴るは滝の水、日は照るとも絶えずとうたえ」という歌を囃(はや)しながらひきあげて、二人の大悪僧たちは奈良の衆徒のうちに紛(まぎ)れてしまったのでした。

清水寺炎上――そのとき六波羅は

延暦寺側の衆徒はどう応じたか。なんと、その場ではぜんぜんひと言もなかったのです。ここで暴れ出せば興福寺側は当然ながら手向かいすることになったでしょう。が、なにやら深く思慮を廻らしたと見えました。それにしても二条天皇の崩御のおりです。心なき草木も悲しんでよいところなのに、この騒動のなんたるあさましさ。貴賤上下の人間たちがそれぞれに驚愕いたしまして、みんな四方にぱあっと退散いたしました。その同じ月、七月二十九日の正午ごろにございます。延暦寺の衆徒がどっと山を下りたらしい、比叡山から京の都に向かったらしいとの噂が立ち、武士や検非違使が比叡山の麓の西坂本に馳せていきました。そして、入洛を防ごうとしたのですけれども果たせず、これをものともしない延暦寺勢に押し破られてしまいました。

この乱入は都に流言を生みました。誰が言い出したのでしょうか、「後白河の上皇様が延暦寺の衆徒にお命じになったぞ、平家を追討なさるとのことだぞ」と、蜚語の内容はこうでございました。軍兵たちは内裏に参じました。四方の門を警固しました。平家の一門の人々はといえば、みな六波羅に急ぎ集合いたしました。いえ、平家ばかりにはあらず、後白河院その人もまた急ぎ六波羅へ御幸なさったのです。

この大騒動の出来は、清盛公がまだ大納言であった当時のことでございます。噂に違い、後白河の上皇様は平家を頼られたのでございました。その清盛公、事のありさまや風聞に大いに驚かれて動揺されておりました。ご嫡男の小松殿こと重盛卿は「どうして我ら一門が攻められるようなことが今ありましょうか」とお鎮めになるのですけれども、どうしてどうして、六波羅じゅう身分の上下を問わずに人々は慌てふためいております。そして、延暦寺の乱入勢がどう動いたかと説けば、六波羅へは押し寄せませんでした。関わりのない清水寺に押し寄せまして、その仏閣や僧坊を一つも残らず焼き払ってしまったのです。これは去るご葬送の夜の、あの受けた辱を雪ぐためだったということです。清水寺というのは興福寺の末寺であったからですね。

　さて翌朝、炎上した清水寺の大門の前にはこのような札が立ちました。

「『や。観音火坑変成池はいかに』と問うぞ。観音様を信仰すれば火の燃える坑とて池に変じて、火難を逃れられるはずだったのでは。清水寺のご本尊はその観音様なのでは」

　これに対して次の日、返答の札もありましたぞ。

「『歴劫不思議、力及ばず』と答えます。まあ永久にわかりませんな。そういうのが観音様のご利益ですな。人力では、はてさてどうにも」

　こうして延暦寺の悪僧たちは比叡山に帰っていったので、後白河院も六波羅から御所へお帰りになりました。これにお供いたしましたのは重盛卿だけで、父、清盛卿は院の御所へは参られませんでした。やはり、まだ用心しているからかとの世間でのもっぱらの噂です。重盛卿が院の御所からお帰りになると、父の大納言、清盛卿がおっしゃいます。

「後白河の上皇様がこの俺の邸に御幸とはな。いやはや畏れ多い、畏れ多い。ただしだ、気にするべきは風聞のほうだな。あの流言蜚語の中身のほうだぞ。もともと上皇様が俺の一門に対して思われることがあって、それを口に出されているからこそ、ああした噂が出たのではないか。おい重盛よ、お前も心を許すのではないぞ」

しかし重盛卿が応じられたところは、こうでした。

「そのようなこと、けっして父上はおん振る舞いやお言葉に出されますな。他人に気づかれるようなことになってはかえって悪い結果を招きます。そして、それにつけてもです。上皇様のお心に背かれないで世の人のためにお情けを施されますれば、必ず神仏の加護があるはずです。そうなれば父上のご心配はいっさい無用となりましょう」

そして座を立たれたのでした。

「ぬう。重盛卿は」と父親の清盛卿はおっしゃいました。「恐ろしいほど、度量があるな」

六波羅から院の御所に目を転じましょう。後白河上皇は、そちらにお帰りになってから日頃からの親しい側仕えの院司たちが大勢おられるところにて「さても不思議なことだったわ」とおっしゃいました。「何を申し出した流言なのか。朕はそのようなこと、少しもお考えにならないのだよ。上皇であられるこの自分は。のう、そうであろうが」

これに応じたのは院の御所の切れ者、西光法師でございました。ちょうどお側に伺候しておりまして、次のように語ったのです。

「『天に口なし、人をもって言わせよ』と申します。それではございませんか。平家があまりにも身分不相応に出過ぎておりますので、天のおん警めなのではございませんか」

その場におりました人々は、ああ無駄なことをとんでもないことを、と言いあいました。囁きあいながら諺まで出したようでございますよ。

「『壁に耳あり』というだろうに。おお、恐い恐い」

東宮立――次なる天皇

その年はさて、諒闇でした。新帝ご服喪の期間です。それゆえ御禊も大嘗会も執り行なわれません。同じ年の十二月二十四日、後白河上皇の第二の皇子に親王宣下がございました。上皇の后でいらっしゃいます建春門院はこの当時はまだ東のおん方と申していたのですけれど、そのおん腹に生まれた宮様でした。

翌る年には改元がございまして、仁安と号しました。

その同じ年の十月八日、去年宣旨をお受けになられた親王が東三条の御所にて春宮にお立ちになりました。

これは、しかし、いったいどうした次第でしょう。春宮は、時の六条天皇のおん叔父にあたられまして、六歳。その六条天皇が春宮のおん甥でして、三歳。ぜんぜん父子長幼の順序にあわないではございませんか。まあ先例はないわけではありません。寛和二年に一条天皇が七歳にて即位なされ、三条天皇が十一歳で春宮にお立ちになっておりますから。

さて六条天皇のその後でございますが、二歳にて皇位をお受けになって、それからわずかに五歳となられた二月十九日に春宮が皇位を継がれましたので、位をお退きになって新院と申されました。まだご元服もなくて、太上天皇の尊号をお受けになったのです。こうしたことは和漢の両朝で初めてでしょうね。

仁安三年の三月二十日に新帝が大極殿にて即位なされました。高倉天皇がお生まれになったわけでして、なんともはや、ますます平家の栄華と思われます。おん母の建春門院が平家一門なのでございます。そうであるどころか、入道相国の北の方の二位殿のおん妹でもあったのです。また平大納言として知られるあの時忠卿こそは建春門院のおん兄君。時忠卿は、そうなのです、今では天皇のご外戚です。内、すなわち内裏との関係のうえでも、外、すなわち朝廷外の清盛公との関連でも絶大な力がある。いわゆる執権の臣とみえます。位階授与の叙位も諸官任命の除目も、この人、時忠卿の意のままでございました。これはもう唐土にて、楊貴妃が玄宗皇帝の寵をひとり占めにしていた時分に、その縁故から楊国忠が栄えたのとおんなじです。世間の声望もけっこう、その当時のご威勢もけっこう、そんな時忠卿でした。入道相国も天下のことであれば大事も小事もと漏らさずこの義兄弟に相談なされたので、世間は時忠卿をば平関白とも言ったそうで。

殿下乗合——悪行の第一、ここに

とこうするうちに、嘉応元年七月十六日に後白河上皇が出家されました。法皇様となられたのですけれども、これ以降も天下の政治をなさいましたので、その院の御所、すなわち院庁というのと本来の内裏と、ぜんぜん区別がないのでした。院司として後白河法皇の側近に召し使われている公卿や殿上人、それから北面の武士の四位まで進んだ上の者から六位の下の者にいたるまで、官位、俸給はみな身にあまるばかりです。

しかし人間の心というものは、いやもう、満足を知らない習いですね。この院庁にて親しい者たちが寄りあってはこう囁いているのです。

「ああ、あの人が失脚すればあの国のあの守の地位が空きますなあ。ああ、この人が死んだならばその官職がもらえますなあ」

いやはや、なんともいや、もはや。そして後白河の法皇様も、内々にはおっしゃられていたのです。

「昔から代々の朝敵を平らげる武人たちはいた。ああ、いた。武家の出の者たちは多くいた。ああ、いた。しかしだ、こういうことは今までなかった。近ごろの平氏のような例しはな。過去、たとえば東国の平将門を平貞盛と藤原秀郷が討ち平らげ、奥州の安倍貞任と宗任とを源頼義が滅ぼし、次いで奥州に台頭した清原武衡と家衡とを源義家が攻め落としているが、そうした者どもに褒賞として与えられた官職はせいぜい国司までだった。そして当今の平氏の棟梁は清盛であるわけだが、あの者はなんなのだろうか、こんな、勝手気ままに振る舞ってしまって。朕は、けしからんなあと思う。これも世が末になったからか。末代にいたり、仏法とともに王法が、国王の権力が尽きたためなのか」

そうおっしゃった。ですが、ちょうどよい機会というのもないので平家の驕慢をお戒めになれませんでした。いっぽうで平家もまた、特に朝廷をお恨みすることもなかったのですけれども、しかし去る嘉応二年十月十六日に起きることが起きてしまいます。それこそが世の乱れはじめる根本の事件でした。

きっかけは清盛の孫、小松殿重盛の次男、新三位の中将、資盛卿。当時はいまだ越前の守、年はわずか十三歳です。その日、雪は疎らにはらはら降ったのでした。枯れ野の景色は実に興趣が深い。そこで資盛卿は若い侍たち三十騎ほどを連れて洛北の原野である蓮台野や紫野に、それから右近衛府に所属する馬場のあたりに出かけて、鷹狩りを催されました。たくさんの鷹を放って、鶉を追い立て雲雀を追い立て、終日狩りをしまして、夕方になって六波羅へと帰途につかれたのです。

そして、このときなのです。

往時の摂政は松殿、すなわち藤原基房公でいらっしゃいました。この松殿、同日の同じ夕暮れに中御門大路と東洞院とにございますお邸からご参内になるところでした。郁芳門から宮中にお入りになるご予定で、東洞院大路をまず南へ、それから大炊御門大路で折れて西へ進んでいかれました。

このときなのです。

資盛朝臣のご一行が大炊御門と猪熊の小路が交わる場所にて、ばったり、摂政殿下のこの行列と出会ったのでございます。

さて、どうなったか。

行列のほうからはお供の人々が「何者だ、無礼だぞ。これは殿下のお通りである。さあ馬から下りなさい。下りなさるのだ」と催促しましたが、資盛は平家の威勢に驕(おご)った十三歳、あまりに誇り勇んで、そもそも世間の秩序をなんとも思わない、そのうえ召し連れた侍たちというのが全員揃(そろ)って二十歳(はたち)にもならない、すなわち一人として礼儀作法をわきまえない。ですから、摂政殿下のお出ましもなんのその、叱(しか)られても下馬の礼をとらず、そうであるばかりか、行列をいっきに駆け破って通ろうと図りました。

そして、これがまた夕暮れどきです。摂政殿下の行列の側から見ましたら、ああ暗い、薄暗い、無礼を働いているのが入道相国(しょうこく)の孫だとは知りようがない。実のところは、まあ、知っている者も少々おったのですけれども、わざと知らないふりをして、すっとぼけて行動に及びます。資盛朝臣をはじめとして侍たちを残らず馬から引き落としまして、したたかに恥をかかせたのです。

ほうほうの体(てい)で資盛朝臣は六波羅へ行かれまして、祖父の入道相国にただいまの事の次第を訴えられまして、すると入道はたちまち激怒して、おっしゃったのです。

「たとえ摂政殿下であろうと、俺の、この浄海(じょうかい)の身内に対しては慎みを持たれて然(しか)るべきだ。それを、ああそれをだ、こんな年若な者を相手に躊躇(ためら)いなく恥辱を与えられたのだと。遺恨(いこん)極まりないわい。俺は思うぞ、往々こうしたことから人に見くびられるようにもなるのだとな。だとしたら今度の事件、殿下に思い知らせないでいられるものか。ああ、そうだろうよ。さあ、殿下に復讐してさしあげようぞ」

　しかし同座していらっしゃった父親のほうの小松殿、重盛卿はと申しますと、これを抑えられておっしゃられたのです。

「いえ。苦々しく思われることは少しもございますまい。これが頼政であるとか光基であるとか、そうした源氏の武者との間に生じた一件であれば、侮りはまさに一門の恥辱。しかし、どこに源氏どもの影がございますか。あったのはつまり、重盛の子供ともあろう者が、摂政殿下のお通りに出会ったのに下馬もしなかった、というそれだけ。道理に照らしても無礼千万であるそれだけ」

　次いでそのとき事件に関わった若い侍たちを召し寄せました。

「心得ることだぞ。今後はな、お前たち、よくよく心得るのだ。私のほうからは、間違いがあって摂政殿下に失礼をしたこと、お詫びしたいと思う」

　以上を口にされると帰られたのでした。

　入道相国はその後、いかになさったでしょうか。嫡男の小松殿にはご相談もなさらず、片田舎の侍たちで清盛入道のおおせ以外には怖いものなしといった類いの、無骨な、たとえば難波次郎経遠であるとか瀬尾太郎兼康であるとかの西国武者ですが、こうしたのをはじめとして都合六十余人を近くへ呼び寄せたのです。

「来る二十一日に」とおっしゃり出したのです。「天皇ご元服の儀に関してのお打ち合わせのために摂政殿下の参内がある、あるはずだ。おい、どこでもよいからこのお出ましの行列をお待ちうけ申せ。そして、おうよ、行列の前駆と御随身どもの髻を切ってしまえ。おう、束ねた頭髪をちょん切り落としてやれ。資盛の恥を雪ぐのだ」

こうした謀計が立たれたことなぞ摂政殿下は夢にもお知りになりませんから、明年の天皇ご元服とご加冠、その後の任官のご評定のために宮中の宿所にお泊まりになるご予定でしたので、普段の参内よりもいちだんと身だしなみをお整えになって、今回は待賢門から内裏にお入りになるということで中御門大路を西へ進んでいかれたのです。すると、猪熊や堀川の小路と交わる辺りに、おりましたおりました、全軍こぞって甲冑姿の六波羅の兵三百余騎、これが待ちうけ申していたのです。摂政殿下を取り囲みまして前後から一度に鬨をどっと作ったのです。えい、えい、おうと大音声を長々発したのでございます。ああ殿下の前駆ども御随身どもは今日を晴れと着飾っていたのに、あそこに追いかけられますここに追いつめられます、や、馬より引きずり落とされます、踏みにじるわ踏みにじるわ、そして一人ひとりが髻をちょん切られるのです。武器を帯していた随身十人のうち、右近衛の府生の武基の髻も切られてしまいました。さらにさらに、この騒動の渦中で蔵人の大夫の藤原隆教の髻を切るとき、こうした言い含めがあったのです。

「おい、これを自分の髻だと思うなよ。いいか、お前の主人のそれだと思え。それが切り落とされるのだと」

や、や、いやはや。

その後は、殿下のお車の内へも弓の端っこを突き入れたり、お車の簾を引き落としたり、お車を牽いているお牛の鞦や鞅といった組み緒を切り放したり、と、いやはやいやはや、こうした始末。それから勝鬨をあげますと、六波羅へと引きあげたのでございます。これを迎えた清盛入道は、おっしゃったのでした。

「俺は感心したぞ」とこう、一文で短く。

さて摂政殿下の行列の側はどうなったかと説きますと、お車添いの舎人は因幡の先使いを務めたこともある鳥羽の住人国久丸でございました。この男、身分は低いですけれども心ある男でした。泣きながらお車に付き添いまして、中御門と東洞院とにございますお邸に殿下をお帰し申しあげたのです。その摂政殿下、晴れの装束のそのお袖で涙を抑えられてのご帰還、ああ、ご様子の惨めさは語りようがございません。

摂政関白がこのような目に遭われたこと、ございますでしょうか。大織冠藤原鎌足も淡海公藤原不比等も、もとより無し。忠仁公藤原良房も昭宣公藤原基経も、無し、無し、かつて聞いたことはございません。これこそ平家の悪行のはじめだったのです。

悪行の第一。

そんな事件をお知りになって大変驚かれたのは小松殿、重盛卿にほかなりません。この復讐とやらに加わった侍たちを全員、厳しく叱責されます。「たとえ」とおっしゃったのでした。「たとえ父上入道がどのような奇怪な、考えられない種類の命令を下されたとして、お前たち、どうしてこの重盛に夢の知らせなりと見せなかった。夢路で教えなかったのだ。が、しかし」

続けられて、今度は次男、資盛卿に対しておっしゃったのでした。「そもそも、お前がけしからん。『栴檀は二葉より芳し』と諺にいうのに、お前はなんだ。すでに十二、三歳にもなる者が、礼儀作法をわきまえて行動すべきであろう若者が、このように無礼をやらかして祖父君清盛入道の悪名を立ててしまった。不孝このうえない。罪はお前一人にあるぞ、資盛」

こう言われて、ご子息をひととき伊勢の国に追い下されたのでした。いやはや、なんという慎みの深さ、心慮の深さ。君臣それぞれに感心し賞讃なさいましたことでしたよ。

鹿谷(ししのたに)——身慄(みぶる)いの一夜へ

このような事件がございましたものですから、高倉天皇のご元服の儀に関してのお打ち合わせはその日は延期となってしまいました。延びていたそれが行なわれましたのは、同月二十五日、院の殿上の間(てんじょうのま)にてです。さて摂政殿の基房(もとふさ)公でございますが、当然そのままでおかれるわけにはいきません。ご慰労のご沙汰はあって然(しか)るべし、同年の十二月九日に前もって宣旨(せんじ)が下され、十四日に太政大臣(だいじょうだいじん)に昇任せられました。続いて十七日に任官のお礼申しと祝宴があったのですけれども、世間はさて、どうも未(いま)だに不愉快さを拭い切れないようで。

そんなこんなのうちに年は暮れまして、明ければ嘉応(かおう)三年です。正月五日、天皇はご元服なされて、同月十三日、院の御所である法住寺殿(ほうじゅうじどの)へ朝覲(ちょうきん)の行幸(ぎょうこう)をなされます。待ち受けられておりました後白河(ごしらかわ)法皇と建春門院(けんしゅんもんいん)は、初冠(ういこうぶり)のお姿の高倉天皇とご対面なさって、ああ、どんなにか可愛いとお思いでしたか。入道相国(しょうこく)のおん娘が、これはおん年十五歳であったのですけれども、後白河法皇のご養女との資格にて女御(にょうご)として入内(じゅだい)せられました。

さてここで、妙音院(みょうおんいん)の太政大臣師長(もろなが)公がまだ内大臣の左大将でおられた当時、大将を辞任なさる出来事があったと説きはじめましょう。はい、左大将が欠員となったのでございます。順番といたしましては徳大寺家の大納言実定卿がその後任になられるだろうと言われていたのですけれども、花山院家の中納言兼雅卿もこの座を望まれまして、しかもいまお一方もご登場です。故中御門家の藤中納言こと家成卿の三男、新大納言の成親卿です。ぜひに、ぜひにと望まれます。おしまいに挙げました成親卿は後白河法皇の寵臣であったものですから、俺に叶わない要望というのではないだろう、いや叶うだろう、というか叶ってほしいぞとばかり、過分な願いを成就させんがための祈禱をいろいろ始めたのでした。

いろいろの一つめ。

石清水八幡宮に百人の僧を籠らせて、大般若経全六百巻を七日間、巻を逐って読ませられました。

すると、その最中。

甲良大明神のお社の前にあった橘の木に、男山のほうから山鳩が三羽飛んで来ました。

来りまして、互いに食いあって死んだのです。

なんと、なんと、なんと。と仰天されたのももっともで、鳩は八幡大菩薩の第一の使者たる動物であって宮寺にこういう変事は起こるはずもないのですから、時の検校であった匡清法印はこの由を内裏に奏聞しました。これを受けて宮中では、卜占などをつかさどります官庁の神祇官にて御占が行なわれて、こう出ます。

「天下に騒ぎがあるぞ」と。

さらに但しが付きます。

「天子のおん慎みではない。臣下のそれだ」と。

謹慎すべきは誰かが告げられたのです。

しかしながら新大納言は、後白河の法皇様のお気に入りであることを自負して増長した藤原成親卿は、占いに恐れも抱きませんでした。昼は、まあ人目が多いものですから、夜な夜な歩いて、すなわち牛車も馬も用いずに中御門大路と烏丸小路の交叉するところに構えられたお邸からひっそりと上賀茂神社へ、七夜続けて参詣されました。満願の七日めの夜には、さて、何があったでしょうか。

夢でございます。

お邸に帰られて、疲れから横になり、うとうと微睡まれながら、見たのでございます。どうやら夢路では上賀茂神社にお参りしている、そして御宝殿の御戸を押し開いた、と、神威みなぎるおん声があった。それは、こう詠ったのです。

さくら花　　　桜の花よ
賀茂の河風　　賀茂川を渡る風を
うらむなよ　　恨まないでくれよ

散るをばえこそ　　散る、というその時が来たからこそ
とどめざりけれ　　誰にも止められず散っているのだから

さすがの新大納言もこれには恐れを抱かれたでしょうか。この夢、このお告げにはさすがに懲りたでしょうか。いえ。いえいえいいえ。だとしたら次に何をなさったでしょうか。

上賀茂神社に、一人の聖を籠らせたのです。

御宝殿のおん後ろにある杉の大木の洞に壇を築き、この聖に荼吉尼の法を百日行なわせられたのです。

願望成就のために鬼神に祈らせたのです。

ああ、成親卿というお方は。ああ、もう。

そして、その行のいまだ最中。

その大杉に落雷があったのでした。雷火は、燃えあがる燃えあがる、神社もこれでは危うい、や、燃え移ってしまいそうだ、神官たちはそれはもう懸命だ、大勢走り集まります、どうにか消し止めた。それから外道の法を行なっていた聖を追い出そうとすると、この聖は抗うのです。こう言いました。

「我はこの社に百日参籠の大願がある。今日は七十五日めぞ。我けっして出るものか」

そう言って動かないのです。

こうした由を神社側が内裏に奏聞しましたところ、ただ規則に従って追い払え、との宣旨が下りました。そこで下級の神官たちが白杖を手に、この聖の襟首を打ちすえ、神領の外に当たります一条大路から南へと叩き出したのでした。

格言に「神は非礼をお聞き入れにならない」と申しますね。なのに、この大納言は。この成親卿なるお人は。分際に合わない大将の座を祈ったものですから、こうした変事も出来したのでしょう。まさに変事もいろいろです。

いろいろ、いろいろ、と。ところで当時の叙位や除目でございますが、上皇や天皇のご裁量でもなく、摂政関白のご裁定の及ぶところでもありませんで、いやはや一切は平家の思うままであったのでした。となりますと、欠員補充の結果やいかに。三人の藤氏の大納言中納言が争われました左大将就任は。徳大寺家のお方も花山院家のお方も射止められなかったのでした。入道相国の嫡男、小松殿こと平重盛卿がそれまで大納言の右大将であられたのを武官ちゅうの最高位である左大将に移して、それから次男の宗盛卿、このころは中納言であられたのですが、上席の者たちを数人飛び越し、右大将になる、とこうした次第。はい、言語道断にございますよ。なかでも徳大寺の実定卿は首席の大納言でありまして、そのお家柄は摂関家に次ぎ、学識も高い、そして嫡男でもあられる、それなのに平家の次男にも官位の昇進において後れをとったのですから、まあ恨めしい限りです。人々は、ですから内々に噂しあったのです。「きっとご出家などなさるでしょうな」と。しかしながら実定卿は、しばらく政情を静観していよう、と大納言を辞任され、世間との交わりを断ってお邸に籠ってしまわれたそうです。

　こうした情勢下、新大納言の成親卿がのたまわれた言葉こそは恐ろしい。次のようなものでございます。

「俺とおんなじ藤氏の、藤原の氏の、徳大寺や花山院といった家々の人間に越されたのならばしかたがない。しかしだ、平家の次男風情だとな。それが先に大将になっただとな。不本意の極みだわい。そうした不本意さを生じさせる万事が、ええいやっぱり、平家の思うがままとなっているこの現在の官界のありさまゆえ。なんとかして平家を滅ぼし、俺の願いを遂げるに如くはないわい」

　恐ろしい、実に恐ろしい。

　考えればわかることですよ。成親卿の父上、藤原家成卿は中納言までしか昇られなかったのです。成親卿はその方の末子に生まれた身なのです。にもかかわらず、位階は正二位、官職は大納言というこの出世。大国を多く賜わっておりますし、子息であれ家来であれ後白河院のあの恩寵というのを以て時めいております。ああ、何の不足があってこのような心を起こされたのか。天魔に魅入られたのでしょうかね、まったく。考えればわかることというのはもっともっとございまして、平治の乱の折り、成親卿は何をどうして、どうなったのか。越後の守と右近の中将を兼任しておりまして、藤原信頼卿に味方し、つまり謀叛に荷担したのでありまして、本当だったら処刑されるはずのところを誰あろう小松殿に助けられたのでした。平家の嫡男、重盛その人のお取りなしに。それがあってこそ、斬られるはずだった首をつないだのです。ええ、そうではありませんか。

それなのにその恩を忘れた。

今は忘れてしまった。

他人の立ち入らないところに武器を揃え出した。

軍兵をひそかに集めて、平家を打ち滅ぼすという企てのみに専心しはじめたのです。

さあ、さあさあ、その密議の一つを説きましょうぞ。成親の一味にはいつも会合する山荘というのがありました。どこかと申せば、鹿の谷にです。鹿の谷というところは、東山の麓です。背後は三井寺のほうに続いていて、要害堅固な城郭でありました。そこに先ほど述べた山荘がありました。俊寛僧都の別荘というのがあったのです。平家打倒の謀議を進める、その山荘があったのです。あったのみならず、あるときは院がおいでになったのです。そう、後白河の法皇様がいらっしゃったのです。これには今は亡き少納言入道信西の子息、静憲法印がお供をしておりました。

夜、酒宴がございました。

法皇様は、この同じ席に臨まれた静憲法印に、平家を滅ぼす陰謀をお話しになりました。

まあ、静憲の驚いたこと、謀の荷担者ではないがゆえに狼狽えたこと。こう申したのでした。

「さても呆れてしまいますぞ。大勢の人が聞いておるのですから、今にも平家方に漏れてしまって天下の一大事となりましょうぞ」

血相を変えたのは新大納言です。いきなり立ち上がられました。と、前にあった瓶子をその勢みで狩衣の袖にひっかけて、倒されてしまいました。酒がこぼれます。

法皇が「これは、何をしておるのだ」とおおせられました。

新大納言、成親卿は座に戻られて「平氏が倒れました」と答えられました。

瓶子は平氏、例の語呂合わせです。だから平氏をへいじと濁らせた。法皇は大いに笑い喜ばれました。そして言われたのです、「皆の者、ここに参って猿楽をやるがいい。この後白河の院がために寸劇をやりなさい」と。

このおおせに従ったのは以下の近臣たち。まずは平判官康頼が参って、この台詞です。

「あら、あんまりに平氏が多いので、酔ってしまいまして、もう酔っ払ってしまいまして」

続いて俊寛僧都の台詞。

「さて、その平氏をいかがいたしましょうか」

これに応じたのが西光法師。台詞とともに小芝居をします。

「首をとるのが何よりですな」

瓶子の口もとの細首を折りとる仕種を演じ、席に戻られたのです。

この康頼、俊寛、西光と続いた寸劇のあまりの見苦しさに、局外者である静憲法印はまったく言葉もありません。絶句の体です。おぞましい、まさに身慄いのする狂態でした。

そうした一夜だったのです。

さて陰謀の荷担者を並べますと、誰々でしょうか。

近江の中将入道こと蓮浄、俗名成正。

法勝寺の執行、俊寛僧都。

山城の守の基兼。

式部の大輔、雅綱。

平判官康頼。

宗判官信房。

新平判官資行。
摂津の国の源氏、多田蔵人行綱。
等々。かように北面の武士が多数この企てに参加しておりましたぞ。

俊寛沙汰　鵜川軍——白山の悪僧たち

鹿の谷の山荘の持ち主が俊寛であったわけですが、後白河法皇のこの寵臣はさて何者だったのでしょうか。法勝寺の執行であることは先ほど申しました。さらに説きますれば、京極の源大納言こと雅俊卿の孫、木寺の法印であった寛雅の子です。祖父の大納言というのが、まあ、あまりに短気な怒りっぽい人物でして、本来は武門の家柄の出ではないのですけれども、三条坊門の小路と京極大路の交わる辺りにあるお邸の前を、容易には人を通さなかったのです。というのも、しょっちゅう中門に両足を踏みひろげて立っては、歯を食いしばった憤怒形で、いきり立っておられたのです。俊寛というのはこういうお方の孫でしたから、僧侶であるとはいいましても気性はまず荒い、そして傲慢である、それゆえにこそ無益な謀叛にも与してしまったのでしょうね。

陰謀の首魁、新大納言の成親卿ですが、多田蔵人行綱を呼んで「あなたを一方の大将と頼んでいますからね。このことが成功した暁には、国でも、荘園でも、この新大納言が望みのままに与えますからね」と言い、「さあ、ひとまず弓袋の材料に」と白布五十反を贈られました。

ここで政情を引いて眺めますと、安元三年三月五日、大臣で大将を兼ねる人物というのが平家に現われました。まず妙音院こと内大臣の師長公が太政大臣に転じられ、すると、あの小松殿が大納言定房卿を越えて内大臣になられたのです。これはめでたいことだと披露の宴がただちに行なわれます。主賓には大炊御門家の右大臣経宗公がなられたということです。

太政大臣に移られた師長公について多少補いますれば、その昇進は左大臣が限度の家柄だったのです。しかし左大臣とは左府とも申します。そして師長公の父親は誰かといえば、言わずと知れた宇治の悪左府、藤原頼長公。保元の乱の張本人です。この先例を憚りまして、左大臣ではなしに太政大臣に任じられたのでありました。

さてさて、補足がもっとも要るのは北面の武士に関してでしょうか。昔は、院の御所を警固する北面の武士というのはおりませんでしたぞ。それが白河院の御代に初めて設けられたのでしたぞ。はい、御所の北側の面に詰めたのでした。六衛府の武人たちが大勢ここに配属されまして。たとえば為俊と盛重、この二人は千手丸と今犬丸という童名にて少年のころから仕えておりまして、白河院の御所では並ぶ者のない権勢を持ったまさに切れ者たちにございました。鳥羽院の御代にも、季教と季頼という父子の北面の武士がありまして、この二人は揃って朝廷に召し使われ、伝奏の任にあたる場合もあったということです。しかしそこまでと言ったらそこまでで、皆、身分相応にふるまっておりました。だが、ああ、この御代はどうでしょうか。後白河院の御代は、どうなっておりますか。いまどきの北面の連中はとんでもない身分不相応、公卿も殿上人も眼中にないわといったありさまですし、礼儀も礼節もありはしない。位階で表わすと六位の下北面から、四、五位の上北面にあがり、さらには殿上の交わりを許されるような者も出ておりますから、いつもこのような待遇があると増長してしまっております。その結果、無益な謀叛にも参加してしまったのでありましょうね。

　なかでも、挙げるべきは師光と成景です。この二人は今は亡き少納言信西のもとに召し使われていた。師光は阿波の国の在庁官人、成景は京の者で、ともに素姓の卑しい下臈です。兵部省に属した下級の武士の健児童だとか、摂関家の雑務をする武士の恪勤者だとか、そういう類いとして召し使われていたのですが、ちょっとした才知はあったのでしょう、師光は左衛門の尉に、成景は右衛門の尉にと、二人が一度に衛門府の三等官となったのです。そして仕えておった信西があの平治の乱で命を落としますと、二人は揃って出家、それぞれ左衛門入道西光、右衛門入道西敬と名乗るようになった。こののちも二人は院の御所の御倉預りという、後白河の上皇様の財産を管理する重要な役職を務めていたのです。

はい、ただいま挙げたうちの一人が、西光です。おわかりのように西光法師です。そして、この西光には子があった。師高という者です。この男も切れ者でして、検非違使五位の尉にいつしか昇進する、それから安元元年十二月二十九日の追儺の除目では加賀の守に任命される、と、こうした次第。国務にあたっては非法非礼をやらかしまして、神社や仏寺、権力と勢力のある家々の荘園領地を没収し、横領しと、まあ散々です。もちろん大陸は周の召公のような善政は行なえますまい、とはいえ政務というのは隠やかに執られてもよいものでしょうに。それだのに気ままに執行するばかりだったのです。そうこうするうちに、安元二年の夏のころですが、師高の弟である近藤判官師経が加賀の目代に任じられました。西光の子は、その嫡男が国司、一つ下のが兄の政務を代行する目代、と相成ったわけです。この目代となった師経が着任早々に、ああ、やらかしました。加賀の国府の近辺に鵜川という山寺がございまして、ここで寺僧たちが湯を沸かして入浴していた、そこに師経の一行がいきあたった、や、乱入した、寺僧たちを追い払った、や、師経は自分が入浴した、従者たちを馬から下ろした、や、や、馬を洗わせなどした。ええ、非礼無礼を数々したのです。

寺僧は怒りました。

「昔からこの寺領は、国府の役人の立ち入りは認められておりません。ただちに先例に準じ、こうした狼藉（ろうぜき）をやめなさい。立ち退（の）かれなさい」

こう告げたのです。

師経はどう応じたかというと、こうです。

「俺以前の目代は意気地（いくじ）がないからこそ軽んじられたのだろうよ。だがなあ、今度の目代は違うぞ。ぜんぜん軽んじられようかだぞ。ほぉれ、国の法に従うがよいぞ」

言い放ったのでした。

途端、寺僧たちは国府がたの師経の一行を追い出そうとしますし、追い払われんとしている側は、こうして相手が腕力に訴えてきた今こそ好機だとばかりに乱入を図ります。打ちあいます、殴りあいます、や、や、や、そうしているうちに目代の師経が秘蔵している馬が脚を折ってしまった。こうなるともう、双方武装です。弓矢やら太刀（たち）やらの出番だ、ああ射あうぞ、斬りあうぞ、数刻にわたっての争闘ですぞ。

ちょっと敵（かな）わないかなあ、と目代は思ったのでしょうか。夜になって引き退きました。が、そののち、この男は加賀の国の役人どもを召し集めるのです。総勢が一千余騎となるのです。それが鵜川に押し寄せて、なんとまあ、僧房を一つと残さず焼き払ってしまった。

大暴挙です。鵜川寺への。

この鵜川は、白山（はくさん）の末寺（まつじ）でした。

末寺なのだから本寺に助けを求めることこそ当然の挙なり、と進み出た老僧は誰々でしょうか。智釈（ちしゃく）、学明（がくめい）、宝台坊（ほうだいぼう）、正智（しょうち）、学音（がくおん）、土佐の阿闍梨（あじゃり）。とまあ、これらの顔ぶれが本寺に赴いたのです。すると白山では、その三社八院の衆徒（しゅうと）がことごとく起（た）ったのでした。総勢二千余人。同じ安元二年の七月九日の夕方に、この大軍が目代師経の館（やかた）の近くに押し寄せたのでありました。

押し寄せましたが、やあ、今日はもう日が暮れた。

合戦ならば、明日だ。

と、こう評定（ひょうじょう）しました。

攻め入らずに野営だと定めたのです。

その様（さま）は、どのようなものだったか。吹きながら露（つゆ）をこしらえる秋の風が、その身を鎧（よろ）った僧侶たち、世に言う悪僧たちの左の袖をひるがえすのでした。高い高い空を照らしている稲妻が、地上に蝟集（いしゅう）する悪僧たちの兜（かぶと）を、その兜の鉢に打たれた数多（あまた）の鋲（びょう）の頭を、すなわち兜の星をきらめかせるのでした。そんな様なのでした。そうした様を、目代は目にしたわけですから、またも「敵わないかなあ」と思ったのでしょうね。夜のうちに城塞でもある館を抜けて、京に逃げ帰ってしまったのです。

白山側の軍勢はそうとは知りません。翌朝、卯（う）の刻（こく）には館に傾（なだ）れこまんと迫り、どっと鬨（とき）の声をあげました。しかし城内は静まり返っている。これはいかに、と人を派して偵らせますと、あらなんと、「みんな逃げてしまっております」と言う。こうなってはいかんともしがたい、悪僧たちはひきあげるのですけれども、おさまらないわけです。

よし、山門に訴えよう。

と、これが結論でした。山門とはもちろん比叡山延暦寺の通称です。白山の衆徒は中宮の御霊代のお乗りになった御輿、すなわち神輿を飾りたてまつり、比叡山に向かって進んだのでした。同年の八月十二日、その午の刻ごろだったでしょうか、この白山の神輿がすでに比叡山の東側の麓、東坂本の地に着いたであろうという折りに、ありがたや畏ろしや、奇瑞があったのでした。

北国のほうから雷が。

凄まじいものが鳴りわたります。

都をさして、その雷鳴はのぼります。

それから雪が。

白雪が地を埋めます。

山上も、京の都の市中も、もちろん山といったら緑を絶やさない常磐木の梢までも、ひと色に、白に、変えてしまったのです。

願立――山王権現悲しむ

神仏にも父子というものはありますぞ。

さあ、これより山門を、天台宗の山門派の中心である比叡山での出来事やら、延暦寺と一体である権現様の過去のおん霊威の逸事やらを眺めてまいりましょう。

比叡山は、神輿を、山王七社の一つである客人の宮へお入れしました。この客人の宮というのは白山妙理権現が遷られてきたお社でありましたから、白山中宮というのは、そうなのです、御子神にあたられます。これぞ、いわば父子のおん仲。「生前は父子であったなあ」と、この二神はご対面をただただ悦ばれるのでした。ひとまず、訴訟の成否は措いてです。そのお悦びといったら、浦島の子が竜宮から帰って七代めの子孫に会ったときよりも勝り、父のお釈迦様ご出家のことを知らずに母の胎内にいました羅睺羅が、のち、霊鷲山で説法なさる父に会えたときにもはなはだ勝るのでした。山門三千の衆徒が続々と参集してきまして、山王七社の神旨たちも袖を連ねて集まります。時々刻々の読経です。時々刻々の祈禱です。いや、もう、その壮観の様を口で言い表わすのは、とてもとても。

それから奏上するのでした。山門の衆徒たちは、国司、加賀の守の師高を流罪に処して、目代、近藤判官師経を牢屋に入れなさるのがよい旨を法皇様に申しあげるのでした。けれども後白河の法皇様のご裁断はいっこうにないのです。この二名、なにしろ法皇様の寵臣である西光法師の子息たちなのですからね。そこで責任のある地位に就いておられる公卿、殿上人はお互いに言い合われましたよ。ああ、早々にご裁決があるべきなのに、と。昔から山門の訴訟は他とは違うのだ、と。大蔵の卿の藤原為房や大宰の権帥の季仲はあれほどの朝廷の重臣であったのに、それでも山門の訴訟によって流罪にされたではないか、ましてや師高風情は物の数でもない、あれこれ配慮するのに及ぼうか、と。しかし、これを公けの席で口に出したかといえば、いやいや。大臣は家禄を大事にするものだから諫めることを避け、小臣は処罰されることを心配して意見を申さない、という次第でして、皆、だんまりです。

　院の御所にあの北面を設置なされた白河院すなわち白河の法皇様が、その当時すでにおっしゃっておられるようですよ。「賀茂川の水、双六の賽、山法師。これらだけが、わが心のままにならぬものよ」と。その山法師こそ比叡山の衆徒たち、悪僧たちにございます。大衆とも呼ばれるあの者たちにございます。そこから下って鳥羽の法皇様の御代には、越前の平泉寺を山門の末寺とすることがありました。その折りは鳥羽院すなわち鳥羽の法皇様が比叡山に深いご帰依があったものですから、「非をもって理とす」と宣べ下されまして、院宣が出されることとなったのです。それから以前の為房の事件のときには、大宰の権帥であった大江匡房卿が白河院にこう申すということでございました。

「比叡山の者たちが、もし、神輿を振って内裏の門に迫り、訴えてきた場合には、君はどのようなご処置をなさるでありましょうか」

これに対して白河院は、言われました。

「まことに、山門の訴訟はまあ、黙殺はできまいて」

結局は聞き届けなければな、ということでした。

さらに昔の事例をば顧みましょう。八十年ばかりさかのぼりました嘉保二年三月二日、美濃の守の源義綱朝臣がその美濃の国に新しく設けられた荘園を廃止しようとして、比叡山で長年修行していた僧の円応を殺害するということがありました。このために比叡山の鎮守、日吉神社の神官と延暦寺の寺官と併せて三十余人が、義綱の処分を求める訴状を掲げて内裏の門へ参ったのです。ですが後二条の関白師通殿は、中務の権少輔であった大和源氏の頼春にお命じになってこれを防がせたのでありました。しかも頼春の郎等は矢を放つ、その場で八人が射殺される、や、十余人が傷を受ける、神官と寺官たちは四方へ散る、散る。そうなりますと、山門の上席の役僧たちなどがこの仔細を奏上しなければと比叡山から下りてくる、都に下りてくると噂される、途端、武士と検非違使とが西坂本に馳せ向かって、これらの山門勢を皆、追い返してしまったのです。

さあどうするか。

山門はどう出るか。

義綱処分のご裁断は遅々として進まないわけです。そこで日吉の、比叡山では山王との神号でございますが、その山王七社の神輿を根本中堂に振りあげたてまつった。この御前で、大般若経の全巻すなわち六百巻を七日読んで、関白師通殿を呪咀したてまつったのです。七日めの法会の導師は仲胤法師でした。そのころは仲胤供奉と申していたのですけれども、高座にのぼって鉦を打ち鳴らし、表白の詞にこう言ったのでした。

「私たちを二葉の幼少から養い育ててくださっております神々に申します。どうか後二条の関白殿に鏑矢を一本射当てたまえと。大八王子権現」

高らかに、高らかに、言ったのでした。誓ったのでした。

ただちに不思議なことがあります。その夜です。八王子の神殿から鏑矢の音がしまして、しかも宮中をめざして鳴っていく、と、こうした夢を皆が見たのです。翌る朝は、さらに不気味に恐ろしい、関白殿がその御所の御格子を上げますと、ほんの今さっき山から取ってきたような露に濡れた樒がひと枝、立っているではありませんか。たちまち後二条のこの関白殿は、山王の、日吉神社のお咎めに遭ったということで、重い病いに罹られました。歎かれたのは母上、藤原師実公の北の政所でございまして、日吉神社にご参籠なさるのでした。それもお姿をやつし身分卑しい下衆女房の真似をされて。七日七夜のあいだ祈願をこめられたのです。お祈りには他人の目にも見えるものと、そうでないものとがございまして、まずは見えるほうはこうでした。

百番の芝田楽。

百番の異形の装束での練り歩き、すなわち一つ物。

競馬、流鏑馬、相撲をそれぞれ百番。

百座の仁王講。

百座の薬師講。

一搩手半の薬師百体。等身の薬師一体。ならびに釈迦と阿弥陀の像。それぞれの造立と供養。

目に映らないほうはご心中の三つのご立願。これは、さて、他人には決して知りうる事柄ではないわけです。

さあ、不思議が続きます。七日めの満願の夜のこと、八王子権現のお社には参籠者が大勢いたのですけれども、奥州からはるばる上洛しておりました年少の巫女が、夜中ごろ突如として気をうしなったのでした。離れたところに担ぎ出して祈りますと、じきに意識をとり戻し、と、たちまち起ち上がって舞いはじめるのでした。これは不思議だ、摩訶不思議とばかり人々は眺めておりました。すると、半時ほども舞っていたでしょうか、山王がこの巫女に乗り移られたのでした。

　そうして次々と口にされるご託宣の、まあ恐ろしいこと。

「おおい人間たちよ、聞け。関白殿の父上師実公の北の政所、今日で七日わが御前にお籠りになったぞ。お立てになった願は三つあったぞ。一つには今度関白殿の寿命をお助けくだされと、そうであれば下殿にいる多くのその身に障りのある者たちに交じって、一千日のあいだ朝夕ご奉仕申しあげると、この山王にと。師実公の北の政所がだ、世間のことなどいっさい眼中に入れずに過ごしてこられたお心にだ、わが子を愛するがあまりの、こんな、穢いであろうこともお忘れになってだ、あさましい障りや病いの者たちに交じってだ、一千日のあいだ朝夕奉仕しようと申すのは、まことに不憫だとこの山王は思われるぞ。おお、おお、思われるぞ。そして二つには大宮の前の橋殿から八王子のお社まで回廊を造って献げると。三千人の衆徒がその社参のとき、雨に降られても気の毒だ、日が照りつけても気の毒だ、と思っていたのだから回廊ができたら大いに結構である。おお、おお、結構であるぞ。そして、三つには今度関白殿をお助けくだされば八王子のお社で毎日退転なく法華問答講を行なわせようと。うむ、三つの願のどれもひと通りではないが、第一第二はさておきだ、毎日の法華問答講はぜひ、ぜひ、あってほしいぞ。しかしながら今回の訴訟は、ぜんぜん難しいことではなかった、それがだ、ご裁決がない、それどころか神主が殺される、宮仕が射殺される、殺されずとも負傷する、そうした者たちが泣く泣く参って訴えたのだ、この山王に。ああ悲しいぞ、いつまでもいつまでも忘れられることはなかろうと思うのだぞ。そのうえだ、あの者たちに当たった矢はとりもなおさずご神体に当たったのだ。嘘か真かはこれを見よ」

言うや、上半身の肌を出したのでした。

すると、ああ見えるのでした。

左の腋の下に、大きな土器の口ほども肉が抉りとられているあとが、見えるのでした。

「おおい、これがあまりに悲しいぞ。だからだ、いかに祈ろうとも関白殿の寿命を全うさせるということは無理だ。法華問答講をたしかに行なうのであれば、三年、お命を延ばしてさしあげよう。それでは足りぬと思うのならば、この山王の力には及ばぬこと」

そう言って、山王権現は巫女から離れ、天に昇っていかれたのです。

ええ、関白殿の母上はご立願のことは他人には語られておりません。ですから、誰が漏らしたのかと疑うような余地もない。お心のうちの事柄をそのまま違えずにご託宣があったわけで、深く思い当たるものですから尊さの限り。涙ながら、こう言われるのでした。

「たとえ一日片時でもありがたいことですのに、それが、まして、三年もの間、命を延ばしてくださる。当然ながらありがたく存じます」

そして感涙に咽びながらお帰りになったのです。

急いで都へ帰られますと、関白殿のご領地である紀伊の国の田中の荘というところ、これを八王子のお社に寄進なされました。以来、今の世に至りますまで、法華問答講が毎日休まず続けられているそうでして。

そうしておりますうちに後二条の関白殿のおん病いは軽くなられて、もとの健やかさを恢復されたのでございます。身分の高い低いを問わずに人々は喜びあって、けれども三年という歳月が過ぎるのは夢のようですな、永長二年となってしまいました。六月二十一日、またも後二条の関白師通殿は御髪の生えぎわに悪い腫物ができになって、病褥に就かれてしまわれて、同月二十七日におん年三十八歳でとうとうお亡くなりになられたのでした。ご気性の烈しさといい理性の強さといい、あんなにも常人ならぬお方でしたのに、実際におん病いが重篤となられますと、さすが、お命を惜しまれました。四十歳にもなられずに、本当に残念なことで、父の師実公にも先立って亡くなられたのですから悲しいばかりです。必ずしも父親より後に死ななければならないということはないですけれども、生ある者は絶対に死ぬのだという掟に従うのは世の習いでありまして、あらゆる徳をお具えになったお釈迦様でも十地究竟の菩薩たちでも、ええ、そこはお力が及ばれません。

慈悲深い山王権現にしても、衆生に利益を与えるためにはやはり方便は用いられますぞ。

罪ある者にお咎めなし、で終わるとは思われませんな。やはり、やはり。

御輿振——源氏の智将、頼政さる者

こうして八十年ばかり昔の事例を眺めております間に、さて現在はと申せば、まるで先述したところの繰り返しです。山門の衆徒は、国司、加賀の守の師高を流罪に処して、目代、近藤判官師経を牢屋に入れなさるのがよい旨をたびたび奏上していたのですけれども、ご裁断がない。そこで日吉神社の祭礼を中止しまして、安元三年四月十三日の辰の初めの刻、すなわち一刻を四分した最初の一点めに、山王七社のうちの十禅師、客人、八王子の三社の神輿を飾りたてまつって、内裏の門めざして進めたてまつったのです。そうして平の僧侶やら下級の神官やら宮仕やら下法師やらが数知れず順々満ちていった場所を挙げますと、下がり松、きれ堤、賀茂の河原、糺、梅ただ、柳原、東北院。こうして比叡山の西麓、西坂本の地から京極大路のほんの東にまで順々あふれたのですな。そして神輿は一条大路を西へお進みになりました。鏡や華鬘や瓔珞などで飾り立てられた神輿は燦然と天に輝いて、太陽と月とが地上に落ちたのであろうかと驚かれるばかりです。

さあ、このような次第です。朝廷は源平両家の大将軍におおせを下すのでした。曰く、内裏の四方の門を固めて、山門の大衆どもが押し入るのを防げと。

命令を受け、まず平家側の布陣はと申しますと、小松の内大臣の左大将重盛公が三千余騎の軍勢で大宮大路に面した陽明、待賢、郁芳の三つの門を固めます。弟の宗盛と知盛と重衡、叔父の頼盛と教盛と経盛などは西と南の門を守り固めます。それで源氏のほうはと申しますと、大内裏守護の任にあたっている源三位こと頼政卿と、摂津の国は渡辺の省、授を中心としまして、わずか三百余騎、北の門すなわち縫殿の陣を固められました。担当すべき場所は、ああ広い、軍勢は、ああ少ない。まばらに見えてしまうではありませんか。

そう見えてしまったのだから当然ですが、衆徒たちは北の門、この縫殿の陣から神輿を内裏に入れたてまつらんとしました。すると、頼政卿というのは相当の人物でして、馬から下りて兜を脱いで、神輿を拝み申したのです。兵たちも全員これに従って拝礼したのでした。それから頼政は「申し入れることがある」と山門の衆徒側に使者を立てました。この使いは、渡辺の長七唱という者でした。

神輿の御前に畏まった、その日の唱の装束は、まずは麴塵の直垂、そこに小桜を黄に染め重ねて縅した鎧を着て、赤銅造りの太刀を佩き、二十四本の白羽の矢をさした箙を負い、滋籐の弓を脇ばさんでいるのですけれども、兜を脱いで高紐にかけたのでした。そして、言上いたしました。

「衆徒の方々。源三位の頼政殿が、申せと。こうでございます。このたびの山門のご訴訟が道理に適っていることは、もちろんでございます。ご裁決が遅々としていることは、よそ目に見ても残念に思われるのでございます。そうでありますれば、神輿を入れたてまつらんとのことも異議なぞは全然ないのでございます。しかしながら頼政は無勢なのでございます。どうなのでございましょう、こちらから開けて入れたてまつった陣より、あなたがた、衆徒の方々がお入りになったのでは、それこそ口さがない京童がなんと評するか。物見高い都の市中のあの連中は、後日、山門の衆徒は『しめたわい』とばかりに喜んで喜んで目尻を垂らした顔でもって手薄な陣を通ったのだぞよ、目尻だこりゃこりゃ、などと囃しますから、まあお困りになるのでは。こちら側としましては、神輿を入れたてまつると宣旨に背くことになる、また防ぎたてまつると医王山王を長年信仰しまして頭を下げてきた身が本日より後、仏罰から武士の道を離れざるをえぬことになる。そのいずれかになりましょう。入れたてまつろうと防ぎたてまつろうと難儀に変わりはないのでございます。これが東の門になりますと、平家の小松殿、あの重盛公が大勢で固めておられます。そちらの門からお入りになるというのは、いかがでございますか」

　こう申し入れたのでした。

　唱のこの言葉に山門側はさすがに進みかねました。神官や宮仕たちはしばし躊躇うのでした。若い僧徒たちは、ええい構うな構うな、そんな理屈があるものかよ、ただこの門から神輿を入れたてまつれ、と主張する輩が大半だったのですけれども、しかし老僧たちの中から摂津の竪者、豪運という比叡山の三塔第一の弁舌家が進み出まして、言ったのです。

「ただいまの頼政卿の申し入れ、もっともである。こうして神輿を先頭にお立てして我らは訴訟をやっておるのだ。されば、軍勢多いなかを駆け破ってこそ後代の評判になるのではないか。どうだ。それから、特に伝えておきたいのだがこの頼政卿は六孫王以来の源氏嫡流の正統だぞ。弓矢すなわち戦事に関してはいまだ不覚をとったことがないと聞くぞ。さらには武芸のみならず歌道にも優れているぞ。近衛の上皇様がご存位のとき、その座で出された題で詠む歌会があったが、この題というのが『深山の花』だった。人々はどう詠もうかと苦労していたのに、しかしこの頼政卿は、こうだったぞ。

　深山木の　　樹々の茂りあった深山では
　その梢とも　　どれがどの梢やら、ちっとも

見えざりし　わかりはしませんが
さくらは花に　おお桜が花ひらいた
あらはれにけり　なるほど、桜だけはわかるのでした

こうした名歌を詠んで上皇様のお褒めにあずかったのだ。じつに風雅な武者なのだ。今、この場にあたって情けない恥辱をどうして与えられようぞ。この神輿は引き返したてまつれ」

こう雄弁に論じたのです。

数千人の山門の衆徒も、これには皆、もっともだもっともだと先陣から後陣まで同意いたしました。そうして神輿を先頭にお立てして、今度は内裏の東の門、平家の軍兵が固める待賢門から入れたてまつらんとしたのですが、まあ。

狼藉が、たちまちに。

騒乱が、ああ出来して。

武士たちはさんざんに矢を射たのです。山王七社権現の一つ、十禅師の御輿にも多数の矢を射立てたのです。神官が、宮仕が射殺されて、悪僧たちも数多傷を負ったのです。喚き叫ぶ声は大梵天王のいらっしゃる天上界にも届いたでしょう、また地中にも響いて、堅牢地神をも驚かせたと思われます。山門の衆徒たちはこうして、神輿をば門前に置き去りに捨て申して、泣く泣く比叡山に帰りのぼった、とそんな仕儀。

内裏炎上——大猿の夢

この日、夕方になって蔵人の左少弁の藤原兼光におおせが下り、清涼殿の殿上の間で緊急の公卿の会議が開かれることになりました。なにしろ神輿が内裏の門前に打ち捨てられているのでありますす。昔の世に前例を尋ねますと、保安四年七月に同じような強訴があった折りは、入洛した神輿は天台座主におおせになって、赤山神社へ入れたてまつった。また保延四年四月にやはり山門の衆徒たちが神輿を先頭にどっと押し寄せました別の例では、祇園の別当にお命じになられてその捨て置かれた神輿を祇園のお社にお入れ申したのです。今回は保延のほうの先例に倣うべきだと評定されて、別当の権大僧都、澄憲におおせつけて火点し頃に祇園のお社に入れたてまつったのでした。

神輿には、ああ、矢が立っております。

それを神官たちに抜かせられます。

比叡山の悪僧というのが日吉神社の神輿を振りかざして内裏の門に迫るこうした強訴の類いは、数えてみますと永久元年の事件からこのかた、じきに治承と改元される今度の安元三年までに六回ございまして。そのたびに武士を召して防がせられていたのですけれども、神輿を射たてまつったことは今回が初めてだと聞いております。

人々は、ですから言いあったのでございます。

「霊神がお怒りになると、巷には災害が満ちると言われている。やあ、恐ろしいぞ恐ろしいぞ」

同月の十四日、すなわち翌日ですが、その夜半ほどには山門の衆徒たちが再びおびただしい軍勢で下山してきて京の都に迫っているぞという噂があって、高倉天皇は夜中に手輿にお乗りになって、後白河法皇の御所、法住寺殿へ行幸になりました。中宮はお車にお乗りになって行啓なされました。お供なさったのは小松の大臣平重盛公、異例も異例の恰好で、直衣に矢を背負っているというおん様です。その嫡子の権亮の少将維盛は、公事に着用する束帯になんと、矢をさしました平胡籙を負って参られましたぞ。関白の藤原基房公をはじめ、太政大臣の師長公以下の公卿、殿上人がわれもわれもとお供をなさいます。およそ京の都じゅうの分際が上の者と下の者、宮中に仕える高位の者と低位の者とが、まあ騒ぎに騒ぎまして大変なことです。しかし、騒いでいるのは都ばかりではございませんぞ。比叡山のほうはどうであったか。神輿に矢を射立てられたわけですし、神官を殺され宮仕を射殺されたわけですし、なにしろ悪僧たちの多くが傷をうけたわけですから、まず収まらない。三千人の衆徒がこぞって決議をしたのは、「山王七社の大宮と二宮以下、講堂と根本中堂とあらゆる堂舎と、一つ残らず焼き払ってしまい、われら一同、山野に身をひそめようぞ」との内容でした。鎮護国家の祈祷をいっさい止めてしまい、朝廷に一大打撃を与えんと図ったのです。

そこで、後白河法皇としましても比叡山の衆徒の申し出に対してご配慮なされる、いよいよ師高と師経の件にご裁断があると噂されましたので、事務方である山門の上席の役僧たちが「情勢はこうこう、このようである」と知らせようと比叡山に登っていったのですが、しかし衆徒たちは行動に出るのです。その役僧たちを全員、西坂本から追い返したのです。

もはや説得は無理なのでしょうか。

と、現われるのは平大納言です。

平時忠卿です。

当時はまだ左衛門の督でいらっしゃいました。この、時忠卿が衆徒たちを鎮撫する使者の首席となって登山されたのです。

比叡山の大講堂の庭には三塔すなわち止観院の東塔、宝幢院の西塔、楞厳院の横川のその全部の衆徒が寄り集まりまして、さあ登ってきた鎮撫の使いの首席を捕らえて押さえつけます。それから次々論じ立てるのです。

「こいつの偉ぶった冠をうち落とせ」

「その身を縛りあげて、湖に沈めろ」

このような乱暴な申しぶり。実際にその乱暴さを践み行なわんとしているようだった寸刻前、しかし時忠卿のお言葉がありました。

「しばし鎮まっていただきたい。私は、ここなる衆徒の方々に申し入れたいことがある

それから束帯のその懐中より、小硯を出すのです。畳んだ紙も取り出すのです。その懐ろ紙に時忠卿は一筆書きまして、衆徒の中へ渡されるのです。なんと書いてあったのか。披いてみますと、こうです。

衆徒が狼藉の挙に出るのは魔縁の所行である。

天皇がお止めになるのはこれ仏の加護である。

この対の一句。

それが効きました。朝廷からの正規の使いのこの首席を、もはや捕まえて押さえるには及ばず、それどころか衆徒たちは全員「もっともだ、もっともだ」と同意して南谷や東谷や北谷、黒谷、都率谷や解脱谷といった三塔の谷々に帰り、おのおのの僧房に戻ったのです。

いやはや、まことにご立派です。ええ、時忠卿は。一枚の紙とそこにしたためた一句とをもって、比叡山の三塔三千人の怒りを鎮め、公私の恥を受けずにすまされたとあっては。それにまた、世の人々は山門の衆徒に対しても感じ入りました。なにしろ

神輿を担ぎ出して都に騒々しく押しかけるばかりの連中だと思っておりましたら、道理はちゃんとわきまえていたのですから。

同じ月の二十日には、堀河の権中納言藤原忠親卿を担当奉行とします評議が行なわれ、国司、加賀の守の師高はついに免官、尾張の井戸田へ流されました。また目代、近藤判官師経は牢屋入りとなったのでございます。それと去る十三日に神輿を射たてまつった武士六人も牢屋に入ることが定まりました。どのような六人かと申しますと、左衛門の尉の藤原正純、右衛門の尉の正季、左衛門の尉の大江家兼、右衛門の尉の同家国、左兵衛の尉の清原康家、右兵衛の尉の同康友、これらはみな小松殿の侍でした。

そして同じ四月の二十八日、こうして事態は落ちついたかと思われたころに、あまりにも予期せぬ惨禍が。夜、亥の刻ほどでしたでしょうか。樋口と富小路の二つの細路が交わる辺りから火事が起こって、東南の風がしたたかに吹いていたものですから京じゅう多く焼けてしまったのです。大きな車輪のような炎が、三町を隔てて、また五町を隔てて、西北の方角へと斜めに飛び越えて、飛び越えてと燃え拡がる、延び拡がる、それこそ言語に絶する恐ろしさでしたよ。たとえば具平親王の千種の御殿が、たとえば北野天神の紅梅の御殿が、それから橘逸勢の蠅松のお邸、鬼殿、高松殿、鴨居殿、東三条、冬嗣の大臣の閑院殿、昭宣公の堀河殿、これらをはじめとして昔と今との三十余カ所の名所が、しかも公卿の家ですら十六カ所まで焼けました。そのほかの殿上人やら諸大夫やらの家々は、一々挙げて記すこともできません。ついには大内裏にも火の手は及びまして、大内裏の正門である朱雀門が焼ければその内側の朝堂院の正門である応天門も焼ける、さらにはその奥の内門の会昌門も、朝堂院の正殿たる大極殿も、と累が及び、豊楽院と諸司八省、朝所とたちどころに燃え落ちてしまったのです。

家々の日記が灰となりました。

代々の文書が塵となりました。

あらゆる宝物、あらゆる珍貨がすっかり燃え滓となってしまいました。

その損失は、ああ、損害の額はどれほどでしょうか。

人間が焼け死んだ数でしたら数百人です。牛馬の類いでしたら、ちょっと数え切れません。

もちろん、これはただごとではないのです。ある者が夢に見たのです。比叡山から大きな猿どもが二千匹も三千匹も下りてきて、手に手に松火をともして京じゅうを焼く、そうした光景を。おわかりでしょうが、猿は山王権現の使い、だとしたら当夜の惨禍は山王のお咎め。

それにしても大極殿の焼亡です。在りし世は天皇が高御座より政務を執られた大極殿、即位の大礼も行なわれた大極殿、この最大殿が炎上した先例は。史をひもとけば清和天皇の御代、貞観十八年が初でございます。同十九年正月三日の陽成天皇のご即位は、代わって豊楽院で行なわれたのでございます。元慶元年四月九日に大極殿再建の着工の儀がございまして、同二年十月八日に落成したのでございます。そして二度めは。後冷泉天皇の御代の天喜五年二月二十六日にまた焼け落ちたのでございます。このときは治暦四年八月十四日に着工の儀があったのですけれども、その儀すらも見ずに後冷泉天皇は崩御になられまして。後三条天皇の御代、延久四年四月十五日に落成して、文人は詩を献じ楽人は音楽を奏した、そうして天皇の遷幸をお迎えしたのです。と、ここまでがひもとかれた歴史。

今回は。

この三度めは。

国力は衰えております。ご承知のように、ついに大極殿の再々建というのはないのでございます。大内裏の最大殿はうしなわれたのでございます。それもこれも、今が末法の世ですからな。末法の、この濁世。

二の巻

座主流――法皇嚇る、山門憤る

治承元年五月五日、と語り出しましょう。本来であれば安元から治承への改元はこの年の八月四日、が、あえて治承元年と語り出しましょう。なにしろ治承年間こそは源平合戦の出来した時代、わが国未曾有の動乱期。時局はそこに足を踏み入れつつあるのだと、ひしと感じていただきましょう。ひし、ひしひしと。

はい、その治承元年五月五日に、天台座主、すなわち比叡山延暦寺の管長職に就いていた明雲大僧正の身にゆゆしい事が起きたのでございました。お上のお咎め、と申しましょうか、当然ながら明雲は朝廷の仏法行事に召される資格を有していたのですけれど、それを停められました。それればかりではございません。天皇の護持僧の役も解任されました。蔵人がおん使いとなって、如意輪観音のご本尊の返上が命じられたのです。ついで京都の治安維持を担う検非違使庁の者が派されて、「今回の神輿を内裏に振りたてまつった衆徒たちの発頭人に出頭を命ずる」とて、明雲大僧正は召喚されてしまったのです。

いやはや、これはいったい。いったいのぜんたい。実は誰かが誰かに讒言をしたのでございます。少々説明を付しますれば、今は後白河の法皇様がじかに政を執ります御代。朝廷のその頂きにいらっしゃるのは法皇様でございまして、対する山門、その頂きが、時の座主の明雲大僧正だったのでございます。さて誰かが誰かに讒した、そして中傷されたのが天台座主であったとなると、誰かに、という二番めの誰かはやはり法皇様。そのお耳に、こんな内容が。

「加賀の国に座主の御房領が、私有地がありまして、ええ、それを国司の師高が廃止し、没収するという正しき処置をしまして。ええ、ええ。ところが座主はこれを根に持ち、衆徒を語らい、あのような強訴の挙に出まして。ええ、そういうわけで朝廷の一大事は起こったのでして」

云々と注ぎ込んだのです。誰が、と申しますとその一番めの誰かは後白河法皇の殊寵を得ている西光法師とその子息。なんとまあ師高その人も勘定に入れた父子なのでした。そして、法皇はこの由を西光とその子らより讒奏されて、座主の明雲に対してそれはもう嚇怒なされたのでした。たちまち風聞があふれますが、まああれであろうなあ、特に重罪に処せられるのであろうなあ、というもの。そうしたわけで明雲も法皇のご機嫌は悪しと知り、召喚されるや天台座主の印および延暦寺の宝蔵の鍵をお上にお返し申しあげ、座主を辞職されたのでした。同じ五月の十一日には鳥羽上皇の第七の皇子、覚快法親王が代わって天台座主になられました。このお方は青蓮院の大僧正、行玄のお弟子にございます。続きまして同月十二日に先代座主の明雲は正式に職務を停められて、しかもそのうえに検非違使を二人も監視につけられる、その住するところの井戸に蓋をされる、竈の火に水をかけられる、すなわち水火の責めに遭ったのでございます。飲み水は得られず、食物はその煮炊きができないのでございます。

なんたる仕打ち。

当然ながら山門の衆徒はふたたび洛中に押しかけるだろうと噂になりました。またもや、都は上を下への大騒ぎです。

同月十八日、太政大臣以下の公卿十三人が参内して会議の席につき、先代座主の罪科についての評定がございました。ここで八条の中納言こと藤原長方卿が、当時はまだ左大弁の宰相であってそのために末席に控えておられたのですけれども、進み出てこう申されました。

『法律を専門とする明法道の家の上申の書によれば『死罪を一段減じて遠流にすべき』とありますが、どうなのでしょうか。前座主、明雲大僧正は天台宗の顕教と真言宗の密教をともに学び清浄の行を修めて戒律を堅く守り、高倉天皇には法華経を授けたてまつり、後白河法皇に菩薩戒を説きたてまつった御経の師、御戒の師であられます。そういうお方が重罪に処されることを仏がどうご覧になるか、気がかりでなりません。俗人に還して遠流にするなどは和らげて、減刑されるべきでは」

憚ることなく、以上を申されたのです。

列席の公卿は皆、「長方のその意見に賛成である」と、いったんは申し合われたのでした。ところが、ああ、後白河の法皇様のお嚇りはあまりに深い。結局はやはり遠流と定められたのでした。

天台座主の流刑、これは前代未聞の事件です。もちろん太政入道の清盛公もなんとかせねばと動かれまして。処分をどうにかとりなし申そうと法皇様の御所に参られましてね。ところが法皇様はお風邪ということで、御前にも出ることを清盛に許されない。いやもう、まったく不本意なご様子にてこの日の入道清盛公は退出せられたのでした。

そして当人、前座主の明雲は。僧を罪する場合の常であるからと、出家認可の証状を返上させられて、俗人に戻されて、さらに俗名をつけられたのでした。大納言の大輔、藤井松枝、と。

そもそもは村上天皇の第七の皇子、具平親王から六代めの子孫で、久我家の大納言顕通卿のご子息という人物なのでした。並ぶ者のない優れた徳行の持ち主、天下第一の高僧であられたので、君臣ともに尊びまして、四天王寺と六勝寺の別当も兼務しておられたほどです。とはいえ、異なる見方もございます。天文や占いをつかさどります陰陽寮の頭、安倍泰親はこう申しております。すなわち「あれほどの智慧と見識のある人が『明雲』と名乗られるのは得心がいかないね。だって名前の上のほうに日と月の光があり、下のほうに雲があるのだからね」と難じたのです。

天台座主になられたのは仁安元年二月二十日でございます。同年の三月十五日に御拝堂が行なわれ、比叡山東塔の本堂たる根本中堂の宝蔵を開かれたのですが、すると種々の貴い宝などのなかに一尺四方の箱があったのでございます。白い布で包まれていたのでございます。生涯にわたっての不婬戒を持した座主がこの箱を開けてご覧になると、や、あったのでございます。黄紙に書いた巻物があったのでございます。延暦寺の開祖、かの伝教大師が未来の座主の名字をあらかじめ記しておかれた一巻が、未来記が、あったのでございます。これは自分の名のある箇所まで見て、そこから先は見ないで、もとのとおりに巻き返して納める習い。ですからこの明雲僧正もそのようになさったでしょうな。

このように、ああ、明雲と申すお方は尊い人物であったのですけれども、前世の宿業はやはり免れないものです。まことに哀れ、哀れ。

治承元年に戻ります。同じ五月二十一日、配流の地は伊豆の国と定められました。

人々がさまざまに立ち回ったのですけれども、西光法師父子の讒奏によって流罪は決してしまったのです。「ただちに今日、都の内から追放せよ」というので検非違使庁の護送係の役人が白河の御房に出向き、僧正を追いたて申しました。白河の御房は粟田口にあった延暦寺の別院で、僧正は涙ながらにそこを出まして、同じ粟田口とはいわれますけれども端のほうの一切経谷にあって、都の外と目されております別院にお移りになったのでした。

さて山門の動静やいかに。お山はもちろん憤激しておりました、比叡山は。そして詮ずるところ、我らの敵は西光父子以外の何者でもないのだと結論し、そこからが凄まじい。聞くだに恐ろしい。この親と子の名字を書きまして、根本中堂におわします十二神将のうち金毘羅大将の左のおみ足の下にお踏ませして、それから喚き叫んだのです。

「十二神将よ七千夜叉よ、ああ即刻、即刻、西光父子の命をお奪りになりたまえ。かー、あいやあ」

この凄絶な呪詛。

明雲僧正は同じ五月二十三日、一切経谷の別院を発ち、配所へと向かわれました。再び、哀れ、哀れ。一山の最重要の役職にあった人物が護送係の役人に追われ、追われとなさり、無理に先へ、先へと進まされてしまわれる、今日を最後に都を出、逢坂の関の東まで落ちなさる、その心中は。推し量られるでしょうとも。大津の打出の浜にさしかかりますと、比叡山の文殊楼の軒がしろじろと眺められまして、けれども二目とはご覧になれない、なぜならば袖を顔にあてて涙に咽ばれるばかりだったからです。

見送りのことも語りましょう。山門には年功を積んだ老僧、徳行の優れた高僧が多くいらっしゃいます。そのなかの澄憲法印が、その時分はまだ僧都であられたのですけれども、あまりに名残り惜しいので明雲僧正を粟津までお送りして、しかしまあ延々のお見送りはどだい無理、そこでお暇して帰られました。その志しの深さにご感銘甚だしかった僧正は、長年自らの心中に秘しておられました一心三観の法統を澄憲に授けられたのです。この法はお釈迦様から波羅奈国の馬鳴比丘、さらに南天竺の竜樹菩薩、と次第に次第に相伝されて来ったものなのですけれども、それを明雲僧正は今日の情けに報いんと授けられたのです。

はい、我が国は天竺から見れば粟粒を撒らしたような辺境の小国でございます。しかも時は末代、末法でございます、濁世でございます。しかしながら、なのでございます。澄憲がこの法統を授けられまして僧衣の袂で涙を拭いながら都へ帰りのぼられた、その心のうちは。

貴かった。

実に、実に。

山門です。では比叡山上の動静を、ふたたび。衆徒たちは起ち上がったのでした。今の事態を論議したのでした。以下のように。

「そもそも初代の義真和尚以来、天台座主の五十五代めに至るまで、座主が流罪に処せられた例は聞かぬ。つらつら顧みればよい。延暦のころに桓武天皇が京に都を遷された。伝教大師は当山に登り、天台の仏法をここに弘められた。以来、五障の女人はその立ち入りを禁じられ、浄い僧三千人が居を構える。峰には法華経の読誦の声が何十年何百年と続き、麓には山王七社の霊験が日々に灼かである。かの天竺の霊鷲山は首都王舎城の東北にあって、釈尊の在住される霊境であった。この日本の比叡山も帝都平安京の鬼門すなわち東北に聳えて、国家鎮護の霊地である。代々の賢王と智臣とがここに戒壇を設けられ、修行の道場を造られた。いかに今が世の末だからといって当山の名誉にどうして瑕がつけられるというのか。そのようなことは、憂し」

歎かわしいぞと言って、喚き叫ぶやいなやです。全山の衆徒がみんな、いっせいに東坂本へと降り下ったのです。

一行阿闍梨之沙汰 ——いかめ房の活躍

そうやってお山を東麓へ、東麓へと下って、山王七社の一つ、十禅師権現のお社のおん前で衆徒たちはまた集い合って群議いたしました。よいかぁ、われわれは粟津に向かって突き進み、座主を奪還したてまつる、それは必然である、ただし護送係の役人がいる、検非違使庁のみならず衛府からも武官が出ている、容易には奪い取りたてまつれぬわぁ、ゆえに山王大師のお力にお頼りする以外に手段はない、さあ、さあさあ、まこと特別の支障が生じずに奪還たてまつることが叶うのならば、ここでまず前兆をわれわれに見せたまえい。総意はこのように固まりまして、老僧どもが心を砕いて祈念いたしました。

と、出たのでございます。

何者かが狂い出たのでございます。

比叡山三塔のうちの東塔に属します無動寺の法師、乗円律師が召し使っている童で、当年十八歳になる鶴丸という者が、ああ苦しみ出した、悶え出した、両手両足そして頭とだらだら汗を流した。急に狂ったのでございます。

さらに、言ったのでございます。

「私に十禅師権現が乗りうつられた。いかに世の末であるといえ、どうして私たち比叡山の座主を他国へ移すことが許されるのか。それはいつまでもいつまでも、いつまでも歎かわしい。実際に遠流とされてしまっては、私は、神として東坂本に鎮座していることにも甲斐を見出せない」

このように語るや、左右の袖を顔に押しあてて涙をはらはら流すのでした。しかし、泣いているのは狂い出た童、泣いているのは鶴丸、ですから衆徒たちは無分別に信じる前に怪しみます。怪しんで、そうして試すのです。

「ほんとうに十禅師権現のご託宣であられるのですな。われわれ、その真偽を証する物品を呈しましょうぞ。それを一つも誤らず、本来の持ち主にお返しください。さあ」

老僧ども四、五百人がそれぞれ手に持った数珠を、おお、十禅師の社殿の縁にいっせいに投げました。すると鶴丸なる物狂いは、縁側に上がった、走りまわって拾い集めた、そして少しも間違えずに、それら数珠を一々に持ち主に配る、配る。

なんという著しい霊験。

神の霊験。

その尊さに衆徒はみな掌を合わせて、随喜の涙を流すのです。

「さあ、では、押しかけて、座主を奪還したてまつれ」

言うやいなや、この者たちは雲霞のように押し寄せていったのでした。武装した大軍となって、あるいは志賀や辛崎の浜辺の道を進み、あるいは山田や矢橋の湖上に舟を漕ぎ出し、まあ大変な勢いです。これを目にしますと明雲僧正の護送係をしている検非違使庁や衛府の武士連中も、相当に厳重な警固ぶりであったとはいえ、もう堪らない。僧正のことは国分寺に捨て置いて、みな四方へ逃げ去ったのです。

ええ、近江の国分寺でございます。衆徒たちはそこに参りました。先代座主の明雲は、まあ驚いたこと。まずはこう言われたのでした。

「勅命によって勘当された者は月日の光にさえも当たらないと申すのだよ。ましてだ、この明雲には即刻に都の外に追放せよとの法皇ならびに天皇のお言葉が書にて下されている。ほんの少しも猶予してはならぬのだ。お前たち衆徒よ、ただちにお山に帰り登りなさい」

さらに縁側の端近くに出て、言われます。

「大臣ともなりうる家門を離れ、比叡山の奥深い僧房に住する出家者となって以来、この明雲は広く天台の教法を学んで、顕教と密教の両宗を究めた。ひたすらお山の、比叡山の興隆を願ってきた。それと同時に国家の安寧をも祈りたてまつること疎かではなかったし、もちろん衆徒を育む志しも深かったのだよ。このことは東坂本におわす大宮と二宮と聖真子の三社の神々も必ず照覧あろうよ。この明雲、わが身に一つも過ちはない。無実の罪によって遠流という重罪を受けたが、世を恨まない、人を怨まない、神を、仏を言うに及ばずだ。お前たち衆徒よ、察することはできるね。そして、お前たちがここまで訪ねて来られた志しの、ありがたさ、懇ろさ、返礼もじゅうぶんにはできないよ」

香染のおん衣の袖を、涙で絞れるほどに、いえ、絞りかねるほどに濡らされたのでした。

衆徒はどうか。

語りかけられた衆徒たちも、みな感泣です。

衆徒たちは国分寺の縁側に輿を寄せます。

「さあ、早々にお乗りになって」

そう申しあげます。

しかし、明雲僧正はお乗りにならない。曰く、たしかに昔は三千の衆徒の長たる天台座主であったよ、ただし今はこんな流人の身なのだよ、どうして尊い修学者や智慧深い衆徒たちに担がれてお山に登れるというのだね、たとえ帰り登るべきであっても輿に乗るのは無理だよ、草鞋などというものを足に括りつけてだ、お前たちと同じように登りたいのだよ、歩きつづけて、云々。

と、一人の悪僧がここに登場するのでした。西塔の僧侶で、戒浄房の阿闍梨である祐慶です。この者、その身の丈は七尺ばかりの大男。黒く染めた革製の札の合間に鉄製のものも交えて縅した鎧を、しかも荒綴じの大荒目のそれを、前後左右の草摺を長めに垂らして着用して、見るからに腿の防御も万全、この臨戦の装いから兜を脱ぎまして、法師たちに持たせまして、白柄の大長刀を杖につきまして、「道をあけてください」と言って、人々を左右にかき分けてかき分けて、前座主のおられるところに参ったのです。

つっと進み出たのです。

それから眼を、かっと開いた。

厳しい視線を放った。

しばし前座主、明雲僧正をお睨み申した。「かような目にお遭いなさるのではございませぬか。

「そうしたお心なればこそ」と言った。

祐慶はそう言ったのでした。今、ただちにと。いやはや恐ろしい。もちろん明雲僧正は急いでお乗りになります。お乗りになるべきです。今」

段でしたら身分の低い法師たちが輿の担ぎ手になるのですけれども今回は違った、うれしさから尊い修学者たちのほうが担ぎ捧げて、わあわあと歓声をあげながら登るのですけれども、比叡山の東塔をめざす道々担ぎ手が次々交代するのに祐慶は違った、ただ祐慶一人は代わらない。祐慶は、輿の前方で轅を担った、二本の棒の一つを。そして長刀の柄もその輿の轅もええい砕けてしまえとばかりに握りしめて、あれほど険しい東坂本からの坂道をまるで平地を進むように上ったのでございました。

登山し終えますと東塔の大講堂です。その庭に輿を据えると衆徒たちは集い合って、また群議いたしました。よいかぁ、われわれは粟津に向かって突き進み、座主を奪還したてまつった、すでに勅命をもって勘当されて流罪になられたお方である、それでだぁ、このお方を押しとどめたてまつって再度われわれの座主に戴くのは、どうであろうかぁ、さあさあどうだぁ。このように是非を評議したのでございます。

と、また登場するのでした。戒浄房の阿闍梨、祐慶がでございます。先ほどのように進み出ますと、こう提議いたしました。

「当山は日本に双つとない霊地ですぞ。鎮護国家の道場ですぞ。山王のご威光は盛んで仏法と王法とに優劣はございませんぞ。したがって衆徒の見識においても比を見ないほど立派、賤しい法師たちをも世間が軽んずるということがない。ましてや明雲僧正はその智慧高貴、三千人の衆徒の長、この今は徳行も重い比叡一山の授戒の師だ。そうでございましょうぞ、そうだろうが、それがだ、罪がないのに罪を蒙った。われわれ比叡山は怒るぞ。洛中は憤るぞ。のみならず興福寺と園城寺とがわれわれ延暦寺を嘲るであろうが。おい、そうではないか。今このときに顕教密教の両宗の主をうしなって、学問を修める多くの僧侶たちが勉学に励めない、それでよいのか。おい、残念だとは思わんのか。所詮は、おお、この祐慶が首謀者だと名指されて、今回の一件の責任を負わされて牢屋に入れられてもよい、流罪にされてもよい、首を刎ねられてもよいのだ。そうしたいっさいがこの世の面目、俺の冥途の思い出といったところだ」

言い切って、祐慶は双つの目から涙をはらはら流すのでした。

衆徒は、この提議にどう応じたか。

全員、もっともだと賛同したのです。

もっともだ、もっともだと。

こうして総意をまとめあげた活躍ぶりによって、烈しさによって、祐慶は以来「いかめ房」と呼ばれるようになり、その弟子の恵慶律師は「こいかめ房」と呼ばれるようになったのでした。当時の世人たちから、やたら厳めしいから「いかめ房」だし、その弟子は、こ、と。

そして衆徒たちは前座主を、東塔の南谷、妙光房へお入れしました。神仏の生まれ変わりのような人も、おそらく不慮の災禍は避け逃れられないものなのでしょうね。昔も大陸にそうした例しがございまして。大唐の高僧、一行阿闍梨が玄宗皇帝の護持僧を務めておられたのですが、玄宗の后、楊貴妃との間に浮いた噂が出ることになってしまわれたのです。まあ昔も今も、それから唐などという大国でも日本という小国でもですが、人の口は甚だうるさい。その疑いによって一行阿闍梨は果羅国へ流されなさったのです。この国に至るには三つの道がございました。輪池道といって皇帝が行幸なさる道、幽地道といって庶民の通う道、暗穴道といって重罪人を送る道です。当然、一行阿闍梨は大罪を犯した人物であるからと暗穴道を行かされました。七日七夜の間、月日の光を見ないで進みつづける道にございます。その間、濃すぎて通う人もない。歩いても前が見分けられることがない、よって踏み迷う。鬱蒼と、鬱蒼と樹木が繁茂する、山が深い。時おり谷川に鳥がひと声啼きますけれど、それ以外はもう、「濡れ衣」という露に濡れた僧衣が乾く暇とてないのです。だがしかし、天はその「濡れ衣」を憐れみなさったのでしょう、遠流の重罪を不憫と思われたのでございましょう、九曜の星の光を照らしまして一行阿闍梨をお守りになった。

そのとき、一行は何をなさったか。

右の指を食い切った。

すると血だ。血潮が噴き出ますぞ。

その血で左の袂に九曜の形を写し記された。

和漢の両国で真言宗の本尊としている九曜の曼陀羅とは、実にこれなのでございますよ。これぞ縁起。

西光被斬——清盛ついに大立腹する

さて山門にその頂きの管長職、座主がおられるように、時の朝廷にも御簾の向こうの頂きがおられます。衆徒たちが先代の座主を奪い取って比叡山にひきあげた由が、もちろんこちらの頂きに届きます。後白河の法皇様です。院庁を率いていらっしゃるのでございますが、そのお心、いよいよ穏やかならず。すると第一の寵臣の西光法師が、またもや申したのでした。

「山門の衆徒が強訴なる無法の挙に出ること、今に始まったわけではありませんが、このたびは何ともはや、もってのほかです。これほどの狼藉はいまだかつて聞いたことがございません。ゆえに厳重にご懲戒あるべきでしょうな」

はい、西光はかように申したのでした。わが身が今にも滅びようとしていることに気づきもせず、また、山王大師の神慮というのもわきまえず、法皇様に申しあげて、法皇様のお心をお悩ましするのでした。讒言する臣下は国を乱すと言われておりますけれども、本当ですね。たとえば薫りのよい蘭がいっぱいに繁ろうとすると、秋の風がこれを吹き破ってしまうということがあるでしょう。同じように、天子が聡明であろうとすると、讒臣がその明るさを曇らせてしまったり。それが目下の事態なのでしょうね。

それから風聞の一つめと二つめが流れたのでございます。法皇は新大納言成親卿以下、院庁にてお側に侍った者たちにご相談になって、比叡山を攻撃することにしたのだと。これが第一のそれでして、続いて立った噂は、そういう院宣が発せられるのであれば、内々従い申しあげたほうがよいぞと考えている衆徒たちもいるらしい、なにしろ山門の衆徒たちの中にも「王地、すなわち天子のご領地に生まれてそう何度も、勅命、すなわち天子のご命令に背けないだろうよ」との思いがあるのだから、というもの。第二の噂は前座主のお耳にも入られまして、明雲大僧正け妙光房にいらっしゃったのですが、そうか、そうなのか、衆徒たちには二心があるのか、私もついにはどんな目に遭ってしまうのだろうね、と心細げにおっしゃったのです。けれども、再度の流罪との処断はなかったのでした。

時局がほかに動いたのです。

政情に、怒濤が。

あの新大納言成親卿をここに呼び戻しましょう。首謀者その人は山門の騒動のために平家打倒の野望をしばし抑えておられました。それが荷担者の目にどう映ったか。いちばん頼りにされたのは多田蔵人行綱であったわけですけれども、たしかに内々の相談や準備などは行なわれている、が、しかし見せかけだけの勢力ではないのかこれは、この謀叛に成功の可能性はないのではないか、つまり無駄なのではとこれなる北面の武士は思いはじめていたのでした。成親卿から「弓袋の材料に」と贈られていた布などはもう裁って、武者の平服である直垂やその下に着る帷子に仕立て、家の子郎等といった家来に与えずみで、行綱当人はさて、思いを廻らすのでありました。目をぱちぱちさせて考えたのは以下。平家の隆盛をよくよく見ようぞ、その様を。いやあ今これを滅ぼすなど容易なことではないぞ。つまらない陰謀に与してしまったわい。このことがもし漏れでもしたら、この行綱がまず殺されるぞ。ならば他人の口から漏れる前にだ、いっそ俺が裏切ってしまって、命が助かるというのはどうだ。

「うむ、なかなかよい」

それが行綱の到った結論でした。味方を裏切り、味方ではないほうに内通する。そう決心したのです。

同じ治承元年の五月二十九日の、夜深け方でございます。多田蔵人行綱は入道相国の西八条のお邸に参ったのでございます。「行綱が申すべきことがありまして、参上いたしました」と申し入れたのでございます。これを受けました清盛入道は、「日ごろ参じることもない人間が参上しただと。なにごとだ。お前、聞いてこい」と主馬の判官の平盛国を対応に出されました。すると行綱は「人伝てでは申しあげられないことでして」と言う。それなら、ということで来客を応接する中門の廊下へと入道はご自身で出ていかれたのでした。

「夜はだいぶ深けただろうに、おい、こんな時間になにごとだ」

「昼は人目が多うございます。ですから夜に紛れて参向いたしました。このところ院の御所の者たちが武器を揃え出して軍兵を召集しておられる様を、どのようにお聞きになっておられますか。いかなる目的のため、と」

「ああ、それか。比叡山を攻められるお考えだと聞いているぞ。院庁ではそういうお考えだと」

平然とのたまわれたのです。

これを受けた行綱は近寄って、小声で入道に言うのでした。

「そうではございません。ひたすら平家ご一門を的としてとうけたまっております」

「待て。それは、法皇もご承知のことか」

「言うまでもございません」と行綱は続けるのでした。「成親卿が軍兵を集められるにも、『これは院宣だぞ』と、そう言って召されているのでございます」と説くや、鹿の谷の山荘の謀議ではやれ俊寛がこう振るまった、康頼がこう言った、西光がどうしたと、言うわ言うわ、事の始めからのいっさいを散々に誇張をまじえながら言い散らして、おしまいはこうです。

「それではお暇申します」

行綱は退出したのでした。

入道は、まあ驚きましたな。大声をもって侍たちを呼びたてられる騒ぎは、まあ耳が摯かれるようでしたな。行綱は行綱で、うかつなことを俺は申し出たのではないか、あとで証人に引き出されでもしないかと、そんな想像に身慄いしてしまって、なんだか広い野原に火をつけたような心地です、収拾不可能な大火事を想うのです、袴の股立をとりまして、走りやすい身ごしらえとなって駆ける駆ける、追ってくる者もいないというのに大急ぎで西八条殿の門外へ逃げ出したのでした。

入道はまず家の子として仕える平貞能を呼びました。

「当家を転覆しようとする謀叛の輩が京じゅうに満ちている。充ち満ちているわ。おい、一門の者たちに触れまわれ。侍どもを召集せい」

こう命じまして、ですから貞能はただちに馬を馳せ、人々を召集しました。右大将の宗盛卿に三位の中将知盛に頭の中将重衡、それに左馬の頭の行盛、これら清盛の次男と三男と四男と孫以下の人々が、みな甲冑に身を固め、弓矢を帯して駆け集まりました。そのほかの軍兵も雲霞のように大挙、馬で、駆けつけたのです。その夜のうちには西八条におよそ六、七千騎の軍勢が揃ったかと見えたのです。

夜が明けて六月一日。いえ、まだ暗かったのでございます。入道は検非違使の安倍資成を呼び、命じられました。

「お前、急いで院の御所へ参れ。そして信業を呼び出し、こう申せ。『法皇様のお側に伺候する方々が、この平家一門を滅ぼし、天下を乱そうと企んでおります。一々に召し捕って尋問し処罰いたします。それを法皇様も黙認せられますよう』とだ、お前、申すのだぞ」

さあ資成は、急いで御所に馳せ参った、大膳の大夫信業を呼び出した、以上を申し伝えた、すると聞き終えました信業の顔は真っ青です。

その蒼白き近臣の信業、後白河法皇の御前に参ってこの由を奏上いたします。

法皇は、内心ぎょっとされます。

さてはとお思いになったのです。ああ、さては内密のあの謀が漏れたのかしらと。

法皇は、しかしながら知らず顔、お口では「いったいどういうことなのか、これは」とだけ言われて、黙認するとも黙認しないともはっきりとしたお返事はなさらなかったのです。

そして資成は、急いで西八条殿に馳せ帰った、入道相国に報告した、入道はその由をお耳にお入れなすった、と即座のご判断とご命令です。

「やはり行綱は真実を言いよった。あの男があのように知らせることがなかったら、俺は、俺という入道すなわち浄海はよ、とうてい無事ではすまなんだわい。なあ、そうであろうが」

自らご納得するや、謀叛の連中は引っ捕らえよとお指図いたします。腹心の武者、飛騨の守の景家と、さきほど最初に呼び出した家の子の筑後の守の貞能の両名にです。

たちまち二百余騎の平家の軍勢があちらに寄せた、こちらに三百余騎の平家の軍勢が押し寄せた、もう次々搦め捕られるのでございます。

さて首謀者に対しては。

成親卿のことでございますよ。この新大納言のお邸は中御門大路と烏丸小路の交叉する辺りにございまして、京住まいの人間ならば「中御門烏丸」と約めたほうが大概それを呑み込みやすいでしょう。では、これ以降語るときには常に約めましょうか。太政入道の清盛公はこの中御門烏丸の成親卿のもとへ雑色を遣わしたのです。無位の、雑役を担う小者をわざと使者に立てて、まずは次のように申し入れられたのです。「新大納言殿にご相談したい儀があります。至急、清盛のところにお立ち寄りいただけますでしょうか」と。こうした形をとりましたもので、大納言は我が身のこととは露もお思いにならず、お考え違いをなさるのです。

「ああ、これは法皇様が比叡山を攻められることをご計画なさっているのを、あの清盛めが、説得したてまつってお止め申そうというのだな。しかし法皇のおん憤りは深いぞ、とても深そうだぞ。どうにも叶うまいに」

などと思われながら糊のつかない小綺麗な狩衣を選びまして、それをゆったりと着こなしまして、牛車もたいそう美々しく鮮やかに飾り立てさせられて乗られまして、侍を三、四人ひき連れ、雑色や牛飼いといった連中も普段よりいっそう着飾らせられて、さあ清盛邸をめざされたのでございました。もちろん後になって思い知られるのですよ。これが最後の門出であったと事後に思い知られるのです。そして後ならぬ今は、西八条への途次。入道のお邸の近くになってお車の覗き窓からご覧になると、四、五町にわたたって軍兵が満ちあふれている様でございました。「これは大変な軍勢だな、なにごとだろう」と成親卿のお胸が騒がれます。不吉な予感が心の臓という鐘を打ち鳴らし申すのです。お車より下りられ、門の中へ入られると、その邸内には武装した者どもがびっしりです。隙間も見出せないほどです。しかも中門の入口には、猛りも猛った見るだに恐ろしい武士どもが大勢待ちうけていて、大納言の左右の手を取ってひっぱるのでした。しかもしかも、「縛りあげたほうがよろしいでしょうか」と言うのでした。誰に尋ねたのか。御簾の向こうにいる人物にです。

むろん、それは西八条殿の主。

「やるに及ばぬ」

入道相国がのたまったのでした。簾越しに見ている主がおっしゃり、すると武士どもも十四、五人が大納言を前後左右から取り囲む、縁の上に引きあげる、それから狭い一室に押し込める、大納言成親卿は夢でも見ているのかしらといったお気持ちで、ああ、何が何やらさっぱりおわかりにならないのです。そして成親卿のお供であった侍たちはといえば、押し隔てられて散り散り。雑色と牛飼いたちといえば、まあ顔色を変えましたよ、真っ青になって牛車を捨てて逃げ去ったのでした。

　そうするうちに、次のような者たちも続々捕らえられて、西八条に引っ立てられてきたのです。あの平家討滅の陰謀の荷担者たちでございます。

　近江の中将入道、蓮浄。

　法勝寺の執行、俊寛僧都。

　山城の守の基兼。

　式部の大輔、雅綱。

　平判官康頼。

　宗判官信房。

　新平判官資行。

　しかしこれでは全員とはいえません。大物が一人、欠けております。ええ、後白河院の第一の寵臣が。すなわち西光が。

　もちろん西光法師は事態を聞き及びました。さてはこれは我が身のことに関わるぞと察したのでございましょう、ただちに馬に鞭打って院の御所法住寺殿をめざしました。道すがらしかし平家の武士たちと出喰わし、たちまち告げられるのです。

「清盛様が西八条へお召しだ。急ぎ参上せよ」

「待て。私には院に奏すべきことがあるのだ。それで法住寺殿に参向する。そのあとで、即刻、そちらに参ろう」

「この腐れ法師めが」というのが西光の応えを受けての武士たちの反応でした。「何を奏上しようというのだ。させてたまるか」

さあ、西光を馬からひきずり落とします。縛り、吊るし上げます。西八条殿へ、ひっさげての連行です。なにしろ事の始めから中心にいたに等しい成親卿の協力者ですから、ことさら強く縛めまして、お邸の中庭に引き据えました。

待っていたのは入道相国でございます。

入道は大床に立ちます。武家の邸のその広廂の間、庭に面した縁側に。

「あさましい姿だわ。この入道を滅亡させようなどと目論んだ者の、なれの果てよ」

入道は言います。

「そいつ、こっちへ引っぱってこい」

入道は、縛りあげられた西光を縁のきわに引き寄せさせます。

引き寄せさせて、入道は、履物のまま西光の面を、むず、むずむずと踏みます。お踏みになります。

「俺はもともと思っていたぞ。お前の、お前らのような賤しい賤しい下﨟が、法皇様に召し使われてだ、任じられるはずもない高い官職に任じられてだ、父子揃って身分不相応にやりおって、そうかと思うと今回はなんら過ちなき天台座主を流罪だと。讒して伊豆に流さんとしただと。これほどの天下の一大事を惹き起こしおって、なあ。おまけにだ、我が一門を滅ぼす謀叛にも与しおったかよ。なあ、お前はそういう奴だろうが。ありのままに、おい言え」

言え、とおっしゃられたのです。

西光はどうしたでしょうか。

西光は元来肝の据わった男でした。

顔色はちっとも変わりません。卑屈なそぶりを見せたりもしません。

それどころか西光は、緊縛されたまま座り直すと、からからと高笑いするのでした。

その、しゃんとした姿勢で入道と対峙して。大口をあけて笑いながら申すのでした。

「これはとんでもないことを。入道殿のほうこそ身分不相応なことを言われておりますぞ。他人の前ならいざ知らず、この西光が聞いているところでおっしゃれるようなことでは、いやはや、ございますまいよ。法皇様に召し使われているこの身、ですから院司の別当たる成親卿が『院宣だぞ』と言って軍兵を召し集められたる一件に、自分が与しなかったとは申せませんよ。それは与しましたよ。しかし聞き捨てならぬことも言われましたなあ。あなたは亡き刑部卿忠盛の子ではいらっしゃる。けれども十四、五歳までは出仕もなされなかったのではありませんか。成人に達したというのに、ええ、仕官というのがない、ですから今は亡き中御門家の藤中納言家成卿のお邸に出入りなされて、あれは官職を得ようとしての必死のふるまいではなかったのですか。平家の嫡男ともあろうお方が、ねえ。どうですか。それだから口さがない京童たちはあなたを『高平太だぞ、こりゃこりゃ』と言った。高下駄を履いた平家の太郎だと笑った。あれは保延年間でしたな、お父上が大将軍に任じられて西海の海賊どもの頭目を三十余人捕らえてきたのは。その褒美とて、あなたは四位を賜わり、四位の兵衛の佐となったのだった。そのことをすら、当時の人々は『身分に過ぎたことだぞ』と言いあったのですよ。本当にまあ、殿上人となるや闇討ちまでされようとした人の息子が、太政大臣まで成り上がったことをこそ身分不相応と言うのではありませんか。いっぽうで侍となるような家門の出が受領とか検非違使になる、こちらには先例もあり、今の世にも他に例がある。どうして分際を越えただのと言えましょうか」

西光はここまでのことを言ってのけたのでした。

入道は黙ったのでした。

あまりにも腹が立って腹が立って、それで物をおっしゃれないのでした。

しかし、やがてお口を開かれた。

「こいつの首、簡単には斬るな。よくよく縛っておけ」

この命をうけたまわったのは松浦太郎重俊です。西光の手足をはさみ、ありとあらゆる手立てで拷問して問うのでした。もともと西光は事実を隠そうだの誤魔化そうだの思ってはおらぬうえ、なにしろ厳しい尋問でしたから、洗いざらい白状しました。その内容は自白書四、五枚に記されて、すると直後にです、「そいつの口を裂け」との命があって、西光の口は裂かれたのでした。それから五条西朱雀で斬刑に処せられたのでした。おわかりですね。五条大路と朱雀大路が交わる辺り、かつては都の中心でございましたが、右京の廃れた今は西の外れと申せる界隈です。

さて西光といったら父子でございます。前の加賀の守であった嫡子師高は、尾張の井戸田へ流されていたのですが、同国の住人である小胡麻の郡司、維季という者に命じてこれを討たせました。次男の近藤判官師経は牢屋に入れられていたわけですが、そこから引き出されて、六条河原で斬られました。その弟の左衛門の尉の師平は、郎等三人とともに同様に首を刎ねられました。これらの者たちは、はい、取るに足らない連中が出世して、関わるべきではないことに関わって、口出しして、過ちもない天台座主を流罪に処しまして、そのために前世の果報はついに尽きましたな。

山王大師の神罰を、仏罰を、たちどころに蒙って、このような末路を迎えた次第。ええ。神罰、仏罰。

小教訓(こぎょうくん)――重盛(しげもり)まずは諫(いさ)める

狭い一室なのでございました。

新大納言成親卿(なりちかきょう)のおられるところでございますよ。押し込められました部屋でございますよ、西八条の邸内の。

成親卿は全身汗まみれ、そして、いやはや考える考える、あれやこれや思いつづける、たとえばこうでございます。

「ああ、これは日頃の計略が露見してしまったのだ、漏(も)れたに違いないのだ、でも誰が漏らしたのだ、誰なのだろう、きっと北面(ほくめん)の武士の某(なにがし)かだ、でも誰なのかしら、ああ」

云々(うんぬん)。そのときです。後ろのほうから足音が高く聞こえてきたのです。成親卿は、すわ、俺の命はただいま奪(と)られる、武士(もののふ)連中が来てしまったと、ほとんどお覚悟を決めて待たれます。そして部屋の襖(ふすま)が、さっと開けられます。

ただの武士などではありません。

入道です。

入道相国(しょうこく)その人が、板張りの床を音高く踏み鳴らし、大納言成親卿のおられる一室のその後ろの襖をさっと開けられたのでございました。短い素絹(そけん)の衣を着ていらっしやる、白い大口袴をその裾を踏むように穿いていらっしゃる、聖柄の刀を無造作にさしていらっしゃる、そして、ああそして、忿怒の形相でいらっしゃる。

　大納言をしばし睨まれるのでした。

しばし。後、おっしゃるのでした。

「あなたは。何をどうお思いか。平治の乱ですでに首を刎ねられるはずだった。それを今の内大臣が、我が息重盛が命がけのとりなしを行なった。刎ねられるはずだった首、つなぎ申した。それを、あなたは。どのような遺恨があれば我が平家一門を滅ぼそうなどと企めるのだ。ご計画できるのだ。聞け、恩を知るのを人と言うのだ。恩を知らぬのを畜生と言うのだ。畜生と。しかしながらこの一門の運命は尽きてはおらぬぞ。あなたをお迎え申したぞ。ここにな。日頃のご計略は、それでは、直接あなたのお口からうかがおう」

「そのような企ては、いいえ、全然ございませんよ。誰かの讒言でございますよ、はい、某かの。よくよくお調べになっていただければ」

　大納言は言うのですけれども、入道は続けさせません。

「誰かいるか。誰かいないのか」

　人を呼びまして、すると家人の貞能が参上したのでございます。

「西光めの自白書、持って参れ」

こう命じまして、もちろん貞能はただちに動きます。その持参しました白状の書類、入道は手にとりまして、二度、いや三度と繰り返し読んで聞かせて、そうして言ったのでございます。

「憎いぞ。俺はあなたが憎いぞ。さあ、あなた、どう釈明なさる」

入道は自白書を大納言の顔に投げつけるのでした。さっと。襖を、ぴしゃりと閉てて、出ていかれるのでした。なおも腹を据えかねて、「経遠、兼康」と呼ぶのでした。すると腹心の西国武者、瀬尾太郎兼康と難波次郎経遠が参るのでした。これを見て、言われるのでした。

「あの男を押し込めた部屋から引っぱり出して、庭へ突き落としてしまえ」

ところが瀬尾太郎も難波次郎も躊躇うのでした。部屋から引ったてることまではやれても突き落としなどは憚られる。さらには申したのです。

「重盛公のご意向はいかがでございましょうか」

「よしよし。お前らは内大臣の小松殿の命令をこそ重んじて、この入道のそれは軽んじるのだな」

いやもう、入道相国はたいそう憤激しておられます。

「そうであるならば、しかたがない」

こうも二人に言われます。瀬尾と難波の二人、まずいぞ、これはたいそうまずいことになるぞと思ったのでしょう、立ち上がりまして大納言を庭に突き落としました。

入道は、たちまち気持ちよさげです。

「さあ、締めあげて喚かせい」

こう言われましたもの。

庭に下りております瀬尾と難波の二人は、大納言の左右の耳に口をあてて囁きます。「何はともあれお声を」とお願いするのでした。「どうにかお声をお出しください」と囁いて、地面にひき臥せられるのでした。大納言はそこで、二声、三声、大声でぎゃあぎゃあ叫ばれました。冥途では人間界の罪人を、あるいは業の秤にかけたり、あるいは浄玻璃の鏡に向かわせたり、そうやって罪の軽重を調べて、あの閻魔王の眷属の牛頭と馬頭の鬼どもが等級に応じた拷問をやらかすそうですけれども、この様子はさて、それ以上と思われます。ここで文選に載る大陸の故事なぞを引きましょうか。蕭何と樊噲が囚われ囚われて、韓信と彭越は殺されて死肉は塩漬けにされた。鼂錯は戮されて、周勃と竇嬰は罪を受けた。いま挙げました蕭何、樊噲、韓信に彭越は漢の高祖の忠臣であったのでございますが、取るに足らない者どもの讒言によって禍いに遭った、失敗の恥を受けた。これなども様子が似ておりますか。どうですか。

この一事ののち、新大納言成親卿はふたたび例の部屋に捩じ込められなさったのですけれども、なにしろ我が身がこうなったわけですから、今度は家族が気がかりです。

子息の丹波の少将成経以下の幼い子供たちがどんな目に遭うのかしらと案じられてならない。はい、たいそう暑い六月でございました。装束さえ緩めず、一間のそこは我慢できないほどの暑さ、胸もいっぱいで、いっぱいで、苦しいのです、汗も涙も競いあって流れるのです。

「でも、小松殿は」と重盛公のことを思われはしました。「お見捨てになることはない、はず」

はず、とお断じになりたいのですけれども、何者を介してお願い申したらよいのか、術をお知りにならないのでございます。

時が経ちます。

ずっと経過いたします。

幾日も幾日もということではございませぬぞ。幾刻かあるいは幾時か。しかし、思い出していただきたいのです。入道清盛公が多田蔵人行綱の密告を受け、ただちに一門を召集されたことを。入道清盛公の、次男も三男も四男も孫も、軍勢を揃えて西八条に馳せ集まったことを。しかし、おや、入道の嫡男は。まだであったのでございます。だからこそ、時はずっと経ったとも申しているのでございます。小松の内大臣はいらっしゃいましたぞ。嫡子の権亮の少将維盛をお車に同乗させまして、衛府の役人を四、五人、それから大臣をお護りする随身たちをわずか二、三人ばかり召し連れて、武士は一人も伴われず、見るからに落ちつき払ってお出(い)でになりました。入道をはじめとして一門の人々は、「や、これは意外だわい」とご覧になりました。

　そしてお車より下りられたところに、貞能がつっと参りまして、お尋ねしたのでございますよ。

「これほどのおん大事に、どうして軍兵(ぐんぴょう)どもをお連れにならないのでしょうか」

「大事とは、天下の大事をいうのだぞ。このような当家の一門に関する私事(わたくしごと)を大事だとは。貞能よ、論外だな」

　のたまったのです。

　この重盛公の言(げん)。これを耳にしまして、太刀(たち)や弓矢を帯した者たちは皆、そわそわと落ちつきをうしないました。動揺がたちまち拡(ひろ)がったように見えるのでした。

「さて、大納言をいずこに置かれた。探そうか」

　重盛公はここかしこの襖を引き開けて、また引き開けて、ご覧になるのでした。と、ある襖のうえに材木を十文字に打ち違えたところがあるのを見出されます。人が出入りできぬようにとの細工にございます。

「ここであろう」

　開けられました。

　大納言がおられました。

大納言成親卿は、涙に咽び、うつぶして、それゆえ目も見合わせられない。

「どうなされました」

のたまったのです。そのとき初めて小松の内大臣重盛公に気づかれて、ええ、その様といったら。歓びようといったら。地獄にて罪人どもが地蔵菩薩にお会いできましたら、まず、こんな様子になるであろうという具合。哀れや哀れ。

それから大納言が申されたのでございます。

「なんとしたことでしょうか、この成親、かような目に遭っております。小松殿がこうしてお出でくださいましたからには、現下の窮地をも逃れ出させていただけると、ええ頼りにいたしております。平治の乱でもこの成親の首、ええ、刎ねられると決まっておりました。けれども小松殿のご恩で、はい、首はつながれました。のみならず後には正二位の大納言にまで昇進して、年もすでに四十歳を越えたのでございます。ご恩は未来永劫報い尽くしがたいばかりでございます。それで、今回も、この成親のつまらない命、どうぞお助けくださいませ。どうにか命さえ保ちましたならば出家入道しまして、高野山か粉河寺に籠居いたし、ひたすら死後の極楽往生を願っての仏道修行に勤めます。きっと勤めますので」

「まこと、そう願っておられるのでしょう」と内大臣は応えられました。「ですが、お命をうしなわれるご懸念に駆られることまでは要らぬかと。もし、そうした仕儀となるのであっても、重盛はこうして今、ここにおります。参じておりますよ。そうである以上は、ご助命いたします」

こう言われて大納言の幽閉の部屋を出ていかれました。続いて向かわれましたのは、父、入道の御前にございます。そして次のように申されたのでございます。

「あの成親卿を処刑されることは、よくよく慎重になさるべきです。成親卿は、その先祖の修理の大夫の藤原顕季が白河院に召し使われてからこの方、諸大夫どまりのその家柄には例のない正二位の大納言にまで昇進し、今日はご存じのとおり後白河法皇のめざましい寵愛を受けております。ただちに首を刎ねられるのはどうしたものでしょうか。それよりもただ、都の外へ追放なされば十分ではと考えるのです。北野に祀られております天神、菅原道真公は左大臣時平の讒言によって大宰の権帥に左遷させられ、その無実の罪の悪評を西海道の波に流しました。西宮の左大臣、源　高明公は多田の満仲の讒言によって同じく大宰の権帥に降格となって、怨みをば山陽道の雲に寄せました。それぞれ濡れ衣でしたのに流罪に処せられた、これらは二つとも醍醐天皇と冷泉天皇のおん過ちであったと今に伝えられております。上古においてこのような次第、まして末代の、仏法が衰えた今日にあっては。賢王においてもなお、おん誤りがある次第、まして我々臣下であっては。すでに成親卿はこちらに幽されておりますから、急いでお命を頂戴しないでも何のさし障りがありましょう。古書には『刑の疑わしきをば軽んぜよ。功の疑わしきをば重んぜよ』と見えております。そして、いまさらのことではございますが、重盛はあの大納言の妹を妻としております。わかり切ったことではございますが、わが息維盛はこれまたあの大納言成親卿の娘婿でございます。とは申せ、かように縁が深く親しいからあれこれ言っているのだと思われては心外。そうではございません。世のために言うのでございます。君のためを、家のためを思って申しておるのでございます。先年、亡き少納言入道の信西がその権力を揮っておりましたころ、死罪が復活したことがございました。嵯峨天皇の御代に右兵衛の督の藤原仲成が誅されてからこの方、保元年間までの実に天皇二十五代の間、わが日本では行なわれることのなかった死刑を、そうなのです、初めて執行したのでした。宇治の悪左府、頼長公の死骸を掘り起こして実検せられたことなどは、あまりにも行き過ぎた信西殿のご意見、ご処置と思われました。昔の人なども、ですから死刑を行なえば国内に謀叛が絶えないことになるぞと言い伝えております。然り、中二年が経って平治のあの乱が出来しますと、源義朝の追っ手を欺かんと地中に穴を掘って隠れておりました信西は、掘り起こされ、首を刎ねられ、都大路をひきまわされたのでした。保元のときに自ら進言して行なったことが、いかほどの歳月も経たずに自らの身のうえに巡ってきた顚末、まことと恐ろしいではございませんか。いっぽうで今回の大納言は、そうした朝敵には比せられますまい。これらを踏まえればやはり慎重になさるべきです。父上のご栄華はいまや十分、これ以上望まれるところもないのだと存じますけれども、しかし願わくは子々孫々までも繁昌したいものです。父祖の善悪というのは必ずその報いが子孫に及ぶと言われております。古書にも『積善の家に余慶あり。積悪の門に余殃とどまる』と見えております。どう考えましても、今夜あの成親の首を刎ねますことは、よろしくありません」

こう申しあげ終えたのでございます。

このお諫めの雄弁に、入道相国はもっともだと思われたのでしょうね、大納言成親卿を死罪にすることは思いとどまられたのでした。

その後に内大臣の重盛公は中門に出られ、さあ、侍どもに告げられたのでした。

「わが父、入道殿のおおせだからといって軽率にあの大納言を斬ったりしてはならぬ。腹立ちまぎれに性急なことをなさって、後日悔やまれるのは、きっと入道殿ご本人でいらっしゃるのだから。いいか、皆の者もそのような道理に悖ることをしでかして、それがゆえに私に罰せられたからといって、重盛を恨むな」

これを聞いて武士たちは驚き恐れ、おののの舌をぶるぶる口中に震わせるのでした。

さらに内大臣は続けられます。

「それにしても経遠と兼康とが、今朝、大納言に無情な仕打ちを加えたなどは、どうにも感心せん。この重盛の耳にいずれ入るであろうことを懼れはしなかったのか。片田舎出の人間とはこうしたものだと、まあ聞いてはいたが」

告げられて、あの難波次郎も瀬尾太郎もともに畏れ憚るのでした。

内大臣はこのように言われて小松谷のお邸に帰っていかれました。お名前の由来である小松殿にです。ところで邸に帰ったと申しますならば、大納言のお供を務めた者たちです。西八条へ成親卿とごいっしょに参った例の三、四人の侍どもです。この者ども、中御門烏丸の大納言邸に急いで帰って、いかなる事態が出来したのかを報じておりました。知らせを受けて大納言の北の方以下、お仕えする女房たちは声も惜しまず泣きました、叫びました。侍どもは申しました。

「すでに平家の武士はこちらに向かっております。大納言殿のご嫡子であられる丹波の少将成経様はむろん、若君たちも縛められてしまうであろうと聞きました。場所は問いませぬから早急に身をお隠しください」

「しかし、今はもうこうなってしまったのでしょう。我が身ばかりが無事に生き残ったとして、それが何になる。今は大納言殿と同じく一夜の露と消えることこそが本望。それにしても」

北の方はうつぶし、悶え、泣かれるのでした。

「それにしても、今朝が最後の別れだとも知らずにいたとは。このことの悲しさといったら」

もう武士たちは近づいたとの報せがあり、北の方は思いを改められます。またも面目をうしない、情けない目を見るのはさすがに耐えられないに違いなかろうと、十歳になられた女子と八歳の男子、これらのお子を同じ車に乗せ、中御門烏丸より発たれたのでした。しかしどちらにか、どの方面を指してか。そうした当て所はないのでした。ただ牛車を駆られるだけなのでした。それではどうにもできないからと、ひとまずは大宮大路を北へ進みまして、北山の雲林院へ赴かれます。ここまでお送りした者たちですが、その辺りの僧房に北の方とお子らをお下ろしになりますと、まあ一人ひとり自分のことが大事ですから、「ではお暇申しあげます」と言って帰ってしまうのでした。かたわらには幼い者たちがいるばかりで、ほかに訪ねる人もないとなった今、北の方の心中はそれはもう想像するだに不憫でございます。暮れはじめました日の光をご覧になるにつけても、ああ大納言殿の、夫の命というのもこの夕かぎりかしらと思われて、ご自身とて消え入らんばかり。

その北山から目を転じまして、洛中、中御門烏丸の大納言邸の様子はさて、いかに。女房や侍は大勢おったのですけれども、にもかかわらず誰も物をまともに取り片付けることをしない。それどころか門を閉めようとすることすら怠るか忘れた。廏には何頭もの馬が並んでいるというのに、それらに秣をやろうとする者は皆無です。いいえ、昨日まではこうではございませんでしたぞ。昨日までのこのお邸といえば、夜が明けると早もう門前には馬と牛車とが立ち並んだものでして。そうした客人たちがわんさと座に連なりまして、遊び戯れましたとも、ええ舞い踊りましたとも。ええ、もちろん世を世とも思わない様子でしたもの、この中御門烏丸の権勢家は。そのため近隣の貧しい家々ときたら、ああ情けない、年じゅう声はひそひそ、遠慮いたしましてひそひそ、そして始終おじおじと臆しておったのです。はい、ほんの昨日までは、こうであったのでございます。それが一夜のうちに、ああ、打って変わった。これは全体なんでございましょうね。あの道理、すなわち例の、当世をいかに得意の絶頂としていても何人であれ必ずいつか衰えて滅びるのだ、との盛者必衰の道理が現出したのでございましょうね。さても思い知らされるばかりでございます。かの江相公、大江朝綱が詠みました一文、「楽しみ尽きて悲しみ来る」という名文句を。今こそ痛感するわけですよ。

少将乞請——舅の奔走

ところで息子はどこにおりましたでしょうか。大納言成親卿の嫡男は。ちょうどその夜、丹波の少将成経は院の御所である法住寺殿に詰めておりました。後白河法皇の御前近くに宿直していたのです。そして翌る朝になって御所をまだ退出しないでいたところへ、父親の大納言の侍たちが急いで馬を走らせて参じた次第。少将殿を呼び出しまして、起きたあれこれを申しあげます。

「だが、どうして宰相のところから報せがないのだ。今の今まで」

こう少将殿が応じられました矢先に、あったのでございます。報せが届いたのでございます。宰相殿からのお使いが。この方は入道相国の弟でした。邸が六波羅の大門の内にありましたので「門脇の宰相」と申しました。そして丹波の少将には舅にあたっておりました。

平教盛にございます。

その教盛卿の使者が娘婿に伝えたのです。

「何事なのかはわかりませんが、入道相国より『あなたを間違いなく西八条へお連れせよ』とのことです」

すると、これは入道に捕らえられることになるのだな、と察知できない少将ではありません。法皇の側仕えの女房たちを呼び出して言伝てとして次のように申されました。

「昨夜はなんとなく世間が騒ついておりまして、これは例の山法師ども、比叡山のあやつらが再び下りてきて強訴に及ぶのであろうかと余所ごとに思っていたのですけれども、あにはからんや、この私、成経の身に関することでございました。わが父の大納言は今夜斬られるという話ですから、成経も同罪となることでしょう。もう一度御前に参りまして法皇様にお目にかかりとうございますが、しかし、わが身はすでにこうした身。さし控えたいと思います」

以上の伝言を携えて女房たちが御前に参じ、奏上されたものですから、ええ、後白河の法皇様はそれはそれは驚かれましたとも。そしてお思いになるのです。おお、やはりそうであったのか。今朝の、入道相国の使者の一件で朕(ちん)は気づいていたのだけれども、そうだよ、この後白河の院は気づいてはいらっしゃったのだよ、つまり、ああ、内密のあの謀(はかりごと)はやはり漏(も)れたのかと。そして、ああ、本当に漏れてしまっておったのか。法皇様はこうお思いになり、困惑なされるのです。

「それにしても、成経をここへ呼べ」

ご意向を示されました。

むろん成経は参上されました。御前に。

しかし、法皇様は涙に眩(く)れられ、おおせが、お言葉がございません。

少将も涙に咽(むせ)んで、何も、なんとも申しあげられません。

そのままに、そのままに、時は過ぎます。もちろん延々とそうしているわけにはいかないのですから、少将は袖を顔にあてて、いまだ涙に咽んだまま御前を退出していかれたのでした。これは一体、なんという場面でしょうか。法皇様もいつまでもと少将の去り行く姿を、その背を見送られまして、さらに勿体ないことにはお涙をお流しになりお流しになり、おっしゃられたのです。

「末法の世とは心憂し。成経とはこれが最後になってしまうのか。再度は会えぬ、と」

　これが院の御所での出来事でした。去り際、この法住寺殿の人々で、少将の袖をひきとどめない者はいなかったのです。少将の袂に縋らない者はいなかったのです。名残りを惜しまない者は、涙を流さない者は、ええ、まさしく皆無だったのです。

　法住寺殿からは六波羅に移られます。舅のあの門脇の宰相のもとへと行かれます。すると少将を待っておりましたのは、ここでもまた歎かれる女性たちでございます。北の方と乳母にございます。まず少将の愛する妻にして門脇の宰相の娘である女人のことを申せば、身重でいらっしゃったのです。それだけでも難儀ですのに、しかもお産はまぢか、そこへ来て今朝からのこの騒動。夫の身の上が危ういのですから、添えられた心痛といいましたらそれはもう、いやもう。慨歎のその嵩は命を消え入らせてしまいそうです。少将のほうはといえば、院の御所より退き涙に沈みながら舅たる宰相の邸に着かれて、すると目にされるのが北の方のこんなご様子なのですから、やあ堪りません。やあやあ、どうにも耐えがたい。ですから次の女人に進みましょう。少将の乳母の、これは六条という名の女房です。

「お乳をさしあげにお側に参りましてすでに二十一年。君をお産の床からお抱きあげして、月日が重なりましても自分が年をとることは歎かず、君が大人びてゆかれますのを一途に歓び、重なる月日をほんのちょっとの間だと思ううらに二十一年。ええ、すでに二十一年、君のお側から離れずにおりましたよ。この私は」

この私六条は、と言うのです。産み月を迎えた北の方のため、宰相邸にも付き添っております少将の乳母は。

「院の御所や内裏に参上なさった折りなど、そのお帰りが遅いだけでもどうにも心配でなりませんのに、それが今回は、ああ今回は。君は、どのような目に遭われるのでしょうか」

泣きました。大泣きに泣いて、崩れました。少将は、ねえ乳母よ、そんなに歎かないでと懇願なされました。ねえ、宰相がこうして私の舅のお立場なのだから、あのね命はね、この成経の命ばかりはね、それでも貰い受けてくださるよと。しかし六条は、そのようなお慰めが続きましても人目も憚らず泣いて、大泣きに泣いて、悶えるのでした。

いっぽうで宰相の教盛卿その人です。西八条すなわち入道相国のところから使者がしきりと来ております。そこで宰相は、臍を固められたのです。

「ともかく出向いてみればなんとかなろう」

娘婿の少将のことはお車に同乗させました。それにしてもでございます。保元そして平治の時代からこの方、平家の人々はひたすら富み栄えるばかりでしたよ。愁いや歎きとは無縁でございました。なのに、ああそれなのに、この宰相なるお人だけは、ああ。つまらない婿を得てしまったために、今日このような仕儀にというわけで。いやはや歎かわしい。

西八条殿に近づきました。宰相は車を停められて、まずは取り次ぎを求められます。これに対して、おん兄、太政入道清盛公は「丹波の少将はこちらの邸内にお入れしてはならぬ」とのお返事、お言葉。そこで近辺の侍の家に下ろし置き、宰相だけが門の内に入られました。来客を迎え入れます中門の内に、でございます。

この時、丹波の少将はそれはまあ心細かったでしょうね。なにしろ知らぬ間に武士たちが囲んでおりますし、形としては実際、「少将を守護したてまつるため」と働いたのですが、要するに見張られているとの一事に尽きますし、そして頼りになさっていた宰相殿には離れてしまわれた。その心のうちなのでございますから、ねえ。

では宰相です。中門に控えておられる宰相ですが、この弟に対しまして入道は、なんと面を合わせようともなさらない。そこで源大夫の判官季貞を使いとしました。次のように申し入れられたのです。

「私、教盛はつまらない者と縁を結んでしまいまして、かえすがえす後悔しております。しかし悔いてもしかたがないのも事実でございます。その者に連れ添わせております娘が、今はお産がまぢかいのですけれども、今朝からは夫についてのこの歎きも加わりまして、もう命も絶えそうな様にございます。いかなる支障が考えられましょうぞ、どうぞ少将をこの教盛にしばらくお預けください。私がこうしております以上は過ったことなど決して犯させません」

　季貞は取り次ぎました。

　入道のお側に参って、この由申しました。

「ああ、あの宰相という者は」と入道は言われるのでした。「あの弟は。まただ。またもやだわい。例のようにやいのやいの、ものの道理をわきまえぬことばかりを」

　ですから返事はすぐにはなさらない。それからです。しばらくして言われたのです。季貞に、取り次がせるために、次のように。

「ひとつ頭を整理せい、教盛。新大納言成親はこの平家一門を滅して天下を乱さんと企てた。して、成経なるこの少将は誰だ、いったい何者だ。紛れもなくその大納言の嫡子だわ。だとしたら何がどうなるか。おい、お前、俺の弟の教盛よ。お前が少将と疎かろうと親しかろうとだな、おい、そんな理由で俺を宥めることなぞできんのだ。この謀叛がだな、仮に成功していたならばだな、お前も安穏ではいられなかったわ。

決してな。と、季貞よ、このように教盛に申し伝えよ」

そして帰ってきた季貞は、宰相に確かにこの旨を申しました。宰相はそれは、それはもう失望しましたけれども、しかしなおも取り次がせるべくこう言われたのです。

「私は保元、平治よりこの方、たびたびの合戦にも兄上のお命に代わろうと臨んでまいったのでございます。今後も荒い風が吹き寄せてきましたらまずは私が防ごうとの心積もりです。たとえこの教盛が年老いましても、若い子供らが大勢おりますので、諸陣のうちの一つの陣、固めの陣には必ずなるぞと、かように思っております。しかるに、成経をしばらく預かりたいと申しましてもお許しいただけません。きっと『教盛は絶対に二心あるぞ』とお考えになられているのでしょう。実の弟であるのにこれほど油断ならぬ者だと見られましては、もはや世間にいたとしても意味などございません。今はただお暇をいただいて出家入道いたしまして、辺鄙な山里などにも籠り、後世の往生を願っての修行にひたすら勤めたいと思います。なにしろ現世の交わりのこの甲斐のなさ、そして教盛は思うのでございますよ、俗界に身を置いているからこそ望みなぞを持ってしまって、その望みが叶わないと知るからこそ恨みなぞを抱いてしまう。ええ、越したことはないのです、憂き世を厭い、真の道に入るのに。仏道に入りますのに越したことはないわい」

季貞は、もちろん取り次ぎ役でありましたから、また入道清盛の御前に参りました。宰相殿はもはや出家なされるご覚悟でございます、ともかくもよいようにお計らいくださいい、と言い添えました。これには入道も、いや、大変に驚きなさって、おっしゃいました。

「だからといって出家入道しようというのか。それはひどい、ひどい思いつめようだぞ。むう。それならば、少将はそなたにしばらく預ける、と、季貞よ、わが弟に申し伝えよ」

ですから季貞は、またも宰相のところに帰ってそのように申し、これを伝えられました宰相は「ああ」と歎かれるのでした。

「ああ、子など持つものではないわ。自分の子の夫であるという縁に縛られていなかったならば、これほどに心を砕いたりはしなかったであろうよ」

西八条殿を出られた宰相を、次に少将が待ちうけておられます。さっそくお言葉とお言葉が交わされます。

「さて、どうでございましたか」

「入道はあまりにご立腹でな、この教盛にはついに対面もなさらなかった。許すことはできぬ、絶対にできぬとしきりに言われたのだが、そこでだ、私はとうとう出家入道までするとと申した。そのためであろうな、私にあなたの身柄を預けられるとはおっしゃったよ。しばらく私の家にお置き申せ、と。さて、しかしだ、いつまでもこのままでおられようとは私には思えぬぞ」

「さようでございましたら、成経はご恩によって、命のほうはしばし延びたのですね。ところで我が父、大納言のことはどうお聞きになりましたでしょうか」

「成親卿か。いや、とてもとてもそこまでは私も言い出せなかった」

たちまち少将の目から涙がはらはらと流れます。

「ご恩によって命がしばし延びましたこと、まことにありがたいと存じます。しかしながら、そのようにこの命が惜しいと感じますのも、我が父にいま一度会いたいと思うがゆえです。父、大納言が斬られるというのでしたら、成経とても生き甲斐のない命を生きまして何になりましょう。どうか、父といっしょに死んでいけるよう、同じ刑に処せられるよう、そのように申してはいただけませんか」

「いや、いやいやいや、あなたのことを歎願するのに私は精一杯だったのだよ。わかるでしょう」と宰相はいかにも心苦しげに言われます。「だから大納言殿のことまでは言い出せなかったのだけれど、しかしこのようにはうかがっているのだ。今朝、内大臣の小松殿が、あの入道のご嫡男の重盛公がいろいろと説得してくださったから、おん父君たる大納言の成親卿のお命はしばらくは安心だ、とね」

少将はすると、涙に溺れながら手を合わせて喜ばれました。

ですから宰相としても思い返されるわけでした。子であればこそではないか、と。

実の子でなければ誰が今すぐにも絶たれるやもしれぬ自分の命をさしおいて、これほどまで喜ぼう、真実の契りというのは親子のなかにこそあるのだ、人間の持つべきものは子なのだ、と。即座にそのお考えを改められたのです。そして朝と同様に同じ一つの車に娘婿の成経と乗って、帰られました。「門脇の宰相」という名の由来の、その門脇のお邸に。

邸内は大騒ぎ、大喜びでございました。

女房たちは死んだ人が生き返ったような心地です。みな集まりまして、噫うれしい、まあうれしいと泣きましたとも。

教訓状──重盛さらに諫める

それでは太政入道に戻りましょう。かように多くの人々を捕縛させられるに至った入道、平朝臣清盛公に。はて、気がすまれたかと言いますと、お怒りはなお一向おさまらないでいらっしゃったようで。そうして今より語ります扮装に、武人の装いというのに変わられた次第。早、赤地の錦の直垂を着ておられます。その上に黒糸で縅した腹巻をつけるのですが、この簡単な鎧には胸板に銀の金具が飾られておりまして、そこのところを身にぴったりと合わせて着こなされていらっしゃる。装具がこうならば得物はどうか。携えるは銀の蛭巻をした小長刀です。先年、入道は安芸の守であった時に神社参拝のついでに霊夢を見られました。その夢路に顕われなさったのが厳島の大明神、そして夢中にて入道が賜わり、続いて現にも賜わったのがその小長刀です。普段は枕もとを離さず立てておかれたのを、今、脇ばさんでおられます。この扮装で入道は中門の廊へと。

出て行かれた。出られたのでございますよ。

入道の気配は、あるいは気魄と申すのがよろしいでしょうね、これはもう総じて恐ろしげと感知されるのでした。

貞能をお呼びになりました。

筑後の守の貞能は、木蘭地の直垂に緋威の、すなわち鮮麗な緋色に染めた革で緘した鎧を着、御前に畏まって控えました。

しばしの間があって、それから入道がおっしゃいました。

「貞能。俺が今から語ることをどう思うか。保元の乱の折りだ、平右馬の助、俺の叔父の忠正をはじめとして、あの頃の平家一門の半ば以上が新院の味方となった。新院、すなわち崇徳上皇に荷担した。俺はどうだ。俺は、上皇の第一皇子にあられた重仁親王が亡き父の刑部卿忠盛の養い君でいらっしゃったから、どちらにしても上皇側をお見捨て申しがたかった。だが俺は、故院、すなわち鳥羽上皇のご遺言に従ってそちら側には味方せず後白河天皇側に加勢したぞ。それどころか先駆けを務めたのだぞ。これが君への第一のご奉公だ。そして次に、平治元年十二月がある。あの平治の乱がある。藤原信頼と源　義朝とが上皇となられた後白河の君と二条天皇を幽閉したてまつり、大内裏にたてこもり、天下が暗闇になった折りだ、俺は身を捨てて謀叛人どもを追い落とした。俺は、この入道は、藤原経宗や惟方をひっ捕らえたことに至るまで、どうだ、すでに君のおん為に命を失おうとしたこと幾度に及んでいると思うのだ。たとえ余人がなんと言おうともだ、七代の子孫までは俺のこの一門を、平家一門をどうしてお見捨てになれよう。俺は、無念だぞ。それなのに成親だと。あの役立たずの無能な大納言だと。それから西光だと。あの下賤の無法者だと。そんな輩の申すことにお耳を貸されてしまって、結局はこの一門を滅ぼさんとする君の、後白河法皇のご計画か。無念だと言っておるのだ。今後も讒言する者があれば当家追討の院宣を下されるのは必至だろうよ。朝敵となってしまってからでは後悔しても遅い。いかに悔いてもな。だから、俺はだ、世の中を鎮めるまでは法皇を鳥羽の北殿にお移し申そうと思うのだ。あるいはここだ、この西八条だ、この西八条殿へなりと御幸を願おうと思うのだ。どうだ、貞能よ。これを実行に移さば北面の武士どもが矢を射かけてくることにもなろう。法住寺殿でな。院の御所を護ってな。だからだ、侍どもに触れてまわれ。『その用意をしろ』と。わかるな。俺は、この入道はもはや法皇方への忠勤の思いというのは断ったわい。馬に鞍をおかせろ。それから着背長を、俺の大将用の鎧を支度させろ。させるのだ」

慌てた者がおります。平家一門でも入道の信任篤い家の子、あの主馬の判官盛国です。急いで小松殿へ馬を走らせました。

「重盛様、大変な仕儀にてございます。世の一大事、出来でございます」

「なんと、父上は成親卿の首を刎ねられてしまったか」

「いえ、そうではございませんが、入道殿は着背長をお召しになってしまわれました。侍どもは皆、ただちに院の御所に攻め寄せるぞとばかりに支度をしているのでございます。法皇を鳥羽の離宮に押し込め申そうとのことですが、内々は九州のほうへお流し申そうとのお考えで」

こう知らされた小松の内大臣重盛公は、よもやそんなことが、と思われはしました。しましたとも。しかし今朝の入道のご様子、父清盛公の、あのご様子を想い返されもしました。しましたとも。だとしたら狂気の沙汰もありうるぞ、と、そう思われて、思われるやいなや重盛公は車を飛ばされるのでした。

重盛公は、小松谷にお住まいの小松殿は、西八条へ。

門前で車から下り、門の内へ進んで、何をご覧になったでしょう。まずは父の入道、これが武具の腹巻をつけておられる。続いては一門の公卿と殿上人の数十人がめいめい、さまざまな色合いの直垂のうえに思い思いの鎧を着て、中門の廊に二列に着座しておられる。そのほかに諸国の受領、衛府その他いろいろな官省に勤める武士たちが縁にいて、否、いない、縁側には座り切れないで庭にもびっしりと居並んでいる。旗竿をそばに引き寄せ、引き寄せ、馬の腹帯をしっかと結びつけ、兜の緒を締め、皆すぐにも出陣しようという様子。これを小松殿の目はご覧になったのです。

そして見る者とはまた見られる者。

皆の目にした小松殿のお姿は。

烏帽子、直衣に大紋の指貫を着られ、その指貫の股立をたくし上げて。

入ってこられるのです。

さわさわと衣擦れの音を立てられて。

もちろん場違いです。およそ異様ですとも。

ですから入道は、嫡男のお姿を捉えられるや思われたのでした。伏し目になって「例によって、ああ重盛め、また世間を小馬鹿にするようにふるまうわい。大いに諫めてやらねば」と。しかし、実際はどうなのでしょう。わが子ながらもさすがの点はさすがの点、仏教に説かれる五戒を保って慈悲深さを第一としておりますし、儒教の教える五常を乱さず礼儀は正しくていらっしゃる。そんな重盛公が直衣姿で現われまして、父入道はなんだか極まりが悪い。こちらは腹巻姿であることが恥ずかしい、そうもお思いになったのでしょうね、襖(ふすま)を少し閉めまして、慌てて素絹(そけん)の僧衣を腹巻のうえから羽織られるのでした。しかし鎧の胸板のその金物はちょっと覗(のぞ)いてしまっておりますので、それを隠そうと僧衣の胸もとをしきりにひっぱり、ひっぱり、重ね合わせようとされるのでした。

内大臣の重盛公は、弟の宗盛(むねもり)卿の上座(かみざ)にお着きになりました。

入道は何もおっしゃられない。

切り出されません。

内大臣も同様。

ただ無言(しじま)のうちに対峙(たいじ)なされます。

ややあって口を切られたのは、入道のほうでした。

「成親卿の謀叛はものの数ではない。ひとえに、法皇のお企みであった。法皇様の。さて重盛、どう思う。法皇様を鳥羽の北殿にお移し申しあげるか。そうでなければ、ここ、俺の西八条殿に御幸(ごこう)を願うか。どうだ」

問われて、内大臣の応(いら)えはと申しますれば、これがもう聞きも果てずに涙をはらはら、はらはら、落とされるのでございます。成り行きの意外さに入道は驚かれるばかり。

「どうした。重盛よ、どうしたのだ」

こう言われました。

内大臣は涙を抑え、申されます。

「ただ今、お言葉をうけたまわりまして『ご運はもはや末になったのだ』とこの重盛は思い知らされたのでございます。人というものは命運が傾きかける時に必ず悪事、悪行を思い立ちます。また父上のおん有様はどうでしょう、とうてい正気とは思われません。わが国は粟粒を撒らしたような辺境の小国でありながらも、天照大神のご子孫が主として治められる地、朝廷の政をつかさどるのは天の児屋根の命のご子孫たる藤原氏、以来、太政大臣の官にまで昇った人が甲冑を身につけるなどという例が、ございましたでしょうか、ございませんか。礼儀には背くことなのではありませんか。まして父上はご出家の御身。そもそも三世の、過去世と現世と未来世にある数多の仏が解脱のしるしとして身につけるものこそが法衣でしょう。それを脱ぎ捨ててたちまちに甲冑を鎧う、そして弓矢を携えられる。このこと、仏教に説かれる戒めをすでに破り、悪を為しても恥じないという罪を招いているのですし、また儒教の教える仁義礼智信の法に背くという次第柄ともなるのです。このような物言い、親に対し、また太政大臣に対し、畏れ多いことは重々承知しております。しかし心中に思っていることを隠すのも、してはならぬことだと重盛は考えるのでございます。よいですか。まず世には四恩があります。天地の恩、国王の恩、父母の恩、それから一切の生類の恩でございます。その中でもっとも重いのが二番めのもの、君(きみ)の恩、すなわち朝恩です。大空の遍(あまね)く覆うところは、これ挙げて国王の領地。だからこそ外国(とつくに)の故事にも見えるのでしょう、かの賢人許由(きょゆう)は『全国の長官にするぞ』と堯帝(ぎょうてい)より言われて、汚(けが)れだと思って潁川(えいせん)の水で耳を洗ったのです。また伯夷(はくい)、叔斉(しゅくせい)の兄弟は武王に『臣(しん)として君に叛(はん)してはいけません』と説いて、容(い)れられなかったために周(しゅう)の産する穀物を食することを恥じて首陽山(しゅようざん)に遁(のが)れ、その山中で蕨(わらび)を採ったのです。なぜであるかと言えば、これらの賢人たちも勅命(ちょくめい)とは背きがたいものであるとの礼儀を心得ていたため。そのように重盛はうけたまわっております。ましてや父上は、先祖にも例のない太政大臣という極官(ごっかん)に就(つ)いておられます。この重盛もまた周知のように無才愚闇(むさいぐあん)の身でありながら内大臣の位に至りました。そればかりか全国の半ばを超える国と郡(こおり)とが一門の所領ですし、荘園(しょうえん)はことごとく一家の思うままにするところとなっているのです。これこそ世にも稀(まれ)な朝恩ではありませんか。今、父上がこれらの莫大(ばくだい)なご恩をお忘れになって、無法にも法住寺殿をお攻めになり法皇を幽閉したてまつろうとなさることは、天照大神と正八幡宮(しょうはちまんぐう)の神慮に背かんとすることなのだと思われます。日本は神国です。神は非礼をお聞き入れになりません。よく知られた格言に申すとおりです。されば、法皇が思い立たれたことにも全然道理がないわけでもないのだと、そうも考えられましょう。なるほど、私ども平家一門は代々の朝敵を平らげました。国内のもろもろの騒乱を鎮めましたとも。これらは並びなき忠節ではありますとも。けれどもその恩賞に誇ることは、もはや傍若無人の様になっているのではありませんか。聖徳太子の十七カ条のご憲法にもこうあります。『人には皆、心がある。心にはそれぞれ固執するところがある。彼を正しいとすれば私は正しくない。私を正しいとすれば彼が正しくない。よって是非というのは定めがたいもの。人は皆、相互に賢であり愚である。ちょうど環には端がないのと同じである。以上をもって、仮に腹立たしいことがあったとしても、それは自分のほうに過失があったのではないかと省みよ』と見えております。しかしながら父上、ご運が尽きないからこそ平家一門に対するご謀叛は未然に明らかになったのだと、これも事実。しかもご相談相手の成親卿は捕らえて留めおきなさっているのですから、たとえ後白河の法皇様がどのような奇怪なお企みをなされようとも、何の虞れがございましょう。父上、謀叛人どもには相応の処罰を科されて、あとは十分でございましょう。父上、父上、事情を奏上あって、それからは君のおん為にご奉公の忠勤をいよいよ尽くし、民のためには仁政をますます慈しみ深くお進めになれば、神の加護にもあずかりましょう。仏の御心にも適いましょう。神仏が父上のその真心に応えてくだされば、法皇様も必ずやお思い直すことでしょう。君と臣とを並べて考えるさい、親密であるか疎いかをもって断を下そうなどとするのはもってのほか。いかなる判断も不要であり、当然のこととして君に従うべきです。道理と道理に悖ることとを並べて、どうして道理のほうに付かないなどということがありましょうか。父上」

烽火之沙汰――忠、孝

「父上、重盛の心中は奥の奥まで、隠さずにおきます」と内大臣は諫言を続けられるのでした。「このたびのことは法皇様の側にこそ、ご道理がございます。私は、仮に戦さとなれば敗けますにしても院の御所をご守護申す決心です。振り返りますれば、重盛が初めて五位に叙せられてから今日大臣で大将を兼ねる地位に上るまで、君のご恩にあずからなかったところは一つもないのです。おわかりになりますでしょうか。その恩の重さは千顆万顆の玉以上、その恩の深い色は幾度も染めた紅以上、されば私は院の御所に参って立て籠るのです。そうなりますと、この重盛の身に代わろうとか命に代わろうとか約束しました侍どもも少々はございますから、私は、それらの者を率いて院の御所をお守り申しあげる、法住寺殿にそれらの侍どもと籠るということになります。かような事態は、さすが天下の一大事となりましょう。ああ、なんと悲しいことなのか。君のおん為に奉公の忠を尽くそうとすれば、あの須弥山の頂上よりもなお高い父の恩を、たちまちに忘れることになる。ああ、なんと痛ましいことなのか。不孝の罪を逃れようとすれば、君のおん為にはすでに不忠の逆臣となってしまう。重盛は、進むことも退くこともなりません。進退はここに窮まって、もう是非の判断もできずにおります。結局の願いはこうなります。どうか重盛の首をお刎ねください。そうしましたら、法住寺殿をご守護することはできませんし、父上のお供をして法住寺殿をお攻めすることもまた、できないのですから。私はかの蕭何の先例も思います。同輩を超える功績によって蕭何はその官、太政大臣に至りました。剣を帯び沓を履いたまま殿上の間に昇ることを許されました。けれども主君たる漢の高祖のお心に背くことがありましたので、高祖は厳しく戒め、重く罰せられました。この外国の例を思うにも、父上、富貴といい栄華といい朝恩といい重職といい、いずれも最高を極められてしまったのですから、ご運の尽きることもないとは申せません。古えの書には『富貴の家には官位、俸禄がありあまるほどになる。しかし年に二度実の生る樹木は必ずその根が傷む』と見えております。心細いことでございます。強いて生き存えば、きっと乱世を見るばかり。もちろん重盛の果報のほどが拙いからこそ、こんな末法の世に生を享けたのですし、こうした憂き目に遭うのだとは重々承知しております。さあ、父上、たやすいことではございませんか。侍一人にただちにお命じなさって、お庭へと引き出されて、私、重盛のこの首を斬り落とされることなど。一同」

内大臣は直衣の袖も絞るばかりに涙を流し、ふいに呼びかけられたのです。「一同、どうかよく私の申したところをお聞きなさい」と。そう訴えられたのです。

もちろん呼びかけられた側、訴えられた側の一門の人々は、心ある者も心なき者もみな、鎧の袖を濡らされたのでした。

太政入道は、頼みにし切っている内大臣にこのように言われたわけですから、まあ力を落とされたご様子。こう言われます。

「いやいや、俺はそれほどまでのことは考えてもいないぞ。悪党どもの申したことをだ、法皇がお聞き入れになってだ、もしや間違いでも起こるのではなかろうかと、そのように案じているまでのことなのだ」

「どのような間違いが出てきましても、父上、やはり君をどうにかなさることは許されません」

言うや、無造作につっと起ち上がりました。

中門に出られました。

侍たちに向かわれました。

そして、おっしゃったのです。

「ただ今この重盛が申したこと、お前たちも聞いただろうな。今朝からここに参って、控え、かような事態はお諫め申そうと思った。鎮めようとの所存だった。しかし、あまりに無闇な騒ぎ立て方だからと私はひとまず帰ったのだ。よいか、父入道のお供をして法住寺殿をお攻めするなら、この重盛の首が刎ねられるのを見てからにせよ。では、私の供の者よ、参れ」

言われて、小松谷のそのお邸、小松殿に帰られたのです。

帰られて、何をなさったか。

主馬の判官盛国を呼ばれました。

呼ばれて、それから命じられたのです。

「よいか。重盛は天下の一大事を聞きつけたぞ。特別に聞き出したのだ。よって、この私を重盛だと思って忠義を尽くそうとする武者は鎧兜を着けて武具を帯してここ小松殿に馳せ参じよと、そのように触れまわれ」

さあ、その旨を盛国が告げてまわります。並大抵のことでは騒がれぬお方がこんな触れを出されたわけですから、まさに大事の勃発だわいとばかり、誰もが武装して我も我もと軍馬を小松谷のほうへ走らせるのでした。これはもう、京都の南からも東からも西からも北からも、具さに挙げますれば淀、羽束師、宇治、岡の屋、日野、勧修寺、醍醐、小黒栖、梅津、桂、大原、静原、芹生の里、などなどに散らばっておりました平家の武人たちが、鎧は着たのだが兜はかぶらぬ姿だったり、矢は負ったのだが弓は持たぬ有様だったり、馬の鐙なぞは片方を踏むか踏まぬかの恰好で、ええ、慌て騒いで駆けて参ったのです。

そしてまた「小松殿にこれこれの騒ぎが起こったぞ」と西八条にも当然伝わったものですから、そちらに寄り集まっておりました数千騎の兵たちが、入道にはひと言も申し入れず、ざわざわ、ざわざわと騒めきつつ連れ立ちつつ、みな小松殿に馳せ向かったのでした。少しでも弓矢の道に携わるほどの者は西八条に一人も残りませんでした。

入道は、それはそれは仰天しましたとも。

貞能を召して次のように言われましたとも。

「これは、なんだ。あの内大臣はなんと思って軍勢を召集したのだ。今朝ここで言ったように俺のもとへ討っ手を向けようとでもいうのか」

「他人ならばいざ知らず、重盛様に限って」

答える貞能は涙をはらはらと流します。

「そんなことがどうして、どうしてございましょう。それどころか本日ここで申されたことも、すっかり後悔しておられましょう」

この貞能の応えを受け、入道も重盛公と仲違いしては具合が悪いと思われたのでしょう、法皇を院の御所からお迎えしようということも早、思いとどまられました。腹巻は脱ぎ捨てられました。素絹の衣に袈裟をかけられまして、さて、ぜんぜん本心からではない念仏をば唱えはじめられるのでございました。

軍兵の去る西八条に対し、迎える側の小松殿ですが、こちらでは盛国が命を受けまして、到着した者どもの人名を帳簿につけておりました。その記録によりますと、馳せつどった勢力は一万余騎。この帳簿を披き見てのち、内大臣は自らの邸の中門に出られ、そして、侍どもに向かって次のようにおっしゃられたのです。

「お前たちは、常日頃の主従としての約束を守り、今ここに参集した。褒めるべき様だ。さて、それでは聞け。重盛がこれから語るのは異国のとある例しだ。周の幽王は、褒姒という最愛の后を持っておられた。天下第一の美人であった。けれども幽王にはご不満があった。褒姒が、笑みを含まない、要するにまったく笑うことをなされないのだ。ところで以下は異国の習いなのだが、天下に戦乱が起こる時、方々に火をあげ、太鼓を打つということがある。そうやって兵士を呼び集める軍略なのだ。これを烽火といった。合図ののろしだな。そしてだ、ある時天下に兵乱が起こったのだ。当然合図はあった、烽火があがったのだ。后の褒姒はそれを見たもうた。『ああ不思議』と言ったぞ。『火もあれほどに多かったのですね』と言って笑われた、初めて笑われたぞ。そしてこの后は、一度笑えば百の媚が生ずるという、あの魅力を放ったのだ。幽王は、まず喜んだ。以後、別にこれという事件も出来していないのにいつも烽火をあげられた。合図ののろしなのだから諸侯が集まる、集まってはみるのだが敵がおらん。おらんのだから、そのまま帰った。こんなことがだ、度重なった。わかるだろう、しまいには誰も集まらぬようになった。それからある時、隣国から凶賊が起こって幽王の都を攻めた、幽王は合図をあげた、烽火をあげた、しかし例の后のための烽火にみな慣れてしまっている、そしてどうなったかと言えば、兵士は集まってこない。都は攻め落とされる。幽王はついに滅びる。滅んでしまったのだぞ。その後にだ、后の褒姒は狐となって走り失せたのだというから、慄然とさせられるものだな。さあ、先例はここまで。同じように合図の、のろしに類した事態のある時、お前たちは今後もこの重盛の召しに応じてこのように参集せよ。今回、奇怪なことを聞きつけたので私はお前たちを召集した。しかし、その聞きつけたところが誤りであったと再度耳に入れた。誤報だったのだ。よって、早々に帰れ」

全員を帰されたのでした。

はい、実際には何も聞きつけたのではございませんよ。しかしながら、父入道をお諫め申しました言葉のとおりに軍勢が集まるか、集まらないかの程度をお知りになろうとしたのですし、また、父子で戦さをしようなどお思いにはなっておりませんけれども、これによって入道相国の謀叛の心も和らぐことはあろうかと、はい、そこのところは図られたのでございますな。

たとえ君が君主としての資格を欠いていても、臣は臣として仕えなければならないのです。たとえ父が父親らしい行ないを貫けないのだとしても、子は子として仕えなければならないのです。ええ、孔子は説かれましたとも。君のためには忠、父のためには孝、と。内大臣のこのたびのご思慮は、それに毫も違いませんな。それが証しに、まあ礼讃があることとあること。当の後白河の法皇様からもございます。これらの経緯をお聞きになって、「今に始まったことではないが、内大臣のその立派な心の内を思うと、こちらが気恥ずかしいぞ。怨をば、恩で報いられた」とおっしゃられました。また時の人々は「前世の果報がめでたいのだなあ。それで現世においては大臣で大将を兼ねる地位にも至られた。容姿風采も人に優れ、学識才気も世に傑出している。いやはや、これはなかなかできるものではない」と感歎しあいました。孝経には、国に諫める臣があればその国は必ず安泰である、家に諫める子があればその家は必ず正しく整う、とあります。

重盛公は、おおよそ上古にも末代にも稀な大臣でございましたよ。

大納言流罪――翌る日からの成親

同年、すなわち治承元年の六月二日でございます。陰謀発覚の、これは翌日でございます。捕らわれた首魁はいずこに、といえば、もちろん西八条の入道清盛邸に幽されているのでございます。しかしながら新大納言成親卿は、幽閉の一日が明けますと公卿を応接するための立派な座敷にお通しされ、お食事もまた支度されていたのでございます。

何のもてなしでございましょう。

最後の最後に、貴人としてお扱いしようというのでしょうか。

成親卿は胸がふさがり、お箸もお取りになりません。その座敷の場面に続いたのは建物に寄せられるお車です。「お乗りになって、お乗りになって」と催促されるのです。ですから気は進まないけれどもお乗りになります。乗車の場面はそれだけでは終わりません。お車の前後左右を軍兵どもが取り囲みまして、しかも大納言の身内の者などは一人もおりません。家族もいない、従者もいない。成親卿は「今ひとたび小松殿にお目にかかりたい」と、妹婿の重盛公との対面を乞うのですけれども、それも許されない。車中にあって繰り返し繰り返し、次のように歎かれ、訴えられます。

「たとえ重い科に処せられて遠い国に流される身だからといって、供の一人も添えてもらえないのか。こんな、こんな、かつてこんな公卿があっただろうか。ああ惨い」

その歎きは正論ですし、訴えは何度も続きますし、護送の武士どもも同情せずにはおれません。誰もが涙を落としてしまい、鎧の袖を濡らします。以降の道中の場面にあるのは、そうして涙、涙、涙ばかり。西八条殿を出ると西に進んで、朱雀大路は南に、南に。そうなると大内裏も今はよそながらにご覧になるばかり。おや、沿道にて見送る人間の中には長年成親卿に親しくお仕えしてきた雑色や牛飼いの姿が。これら卑しい身分の者たちまでが涙し、袖を濡らしているのでした。ましてや夫を奪われて都にとり残されるであろう北の方や幼いお子たちの心中はいかばかりか。容易に推し量られて、本当に哀れでございます。さて道中の場面はさらに洛外へと進みます。鳥羽の離宮をお過ぎになる時、大納言はまたもご悲歎に暮れざるをえません。この御所へ法皇が御幸のみぎりには、この俺は、一度たりともお供から外れたことがなかったのだとお思いになられるわけですし、しかも鳥羽には洲浜殿と名づけたご自身の別荘というのがございまして、そこをもよそながらに眺められて通り過ぎられる以外、しようがなかったのですから。

やがて離宮の南門を出て、その先は、ご承知のように船着き場でございます。はい、賀茂の川辺に到ったのでございます。護送の武士が「船が遅いぞ。船はまだ来ないのか。着かないのか」と急かしております。

車中では成親卿がおっしゃいます。

「ここなる船着き場から、さらにどこへ俺をやろうというのだろう。いずれにしても命を奪るのだろうに、だったら都に近いこの辺りにしてはどうなのだ。なあ、それでよかろうに」

これが成親卿の、よくよく追いつめられての本心からの願いでございました。

お側近くにつき添っている武士がおりましたので、お前は何者か、と尋ねられますと「自分は、難波次郎経遠（なんばのじろうつねとお）ですが」と名乗って返しました。

「それでは経遠、もしこの辺りに誰ぞ私の身内の者はいないだろうか。私が召し使っていた人間はいないかな。船に乗る前に言い残したいことがあるのだ。ぜひとも探して、こちらへ来させてくれ」

成親卿がこうおっしゃられましたので、経遠も辺り一帯を走り回って探しはしたのですけれども、「自分は大納言殿の身内でありますよ」と申し出る者は、しかしながら一人もいないのでしたよ。

このような結果であっては、こぼれるのはやはり涙です。場面を彩るのは、涙、涙です。

「この成親が世に時めき栄えていた時分には、一千人も二千人も従いついた者があった。身内があったのだぞ。なのに陰ながらでも俺を見送ろうとする者がいないというのか。今は、一人もいないというのか。この悲しさは、ああ酷（ひど）い」

歎かれ、泣かれます。そして勇猛さで知られる武士どもにも、揺さぶられる心というのはあった、憐憫（れんびん）というのがあった、それも大いにあるのでした。ですから皆がみな、涙、涙で袖を濡らすのです。

成親卿の身につき添うものは、ただ尽きせぬ涙であった、と、こうも申せましょうね。

それにしてもただ今のこの様はやはり、哀れにも哀れ。この地とて成親卿のご記憶にない場所ではございませんからね。とはいえ、前回や前々回は熊野詣でだとか天王寺詣でを目的として来られた船着き場でしたし、二つ瓦なる大船に三棟造りの実に立派な屋形を据えもしたのですし、しかも漕ぎ連ねた供船が二、三十艘もあったのでした。しかるに本日は、なんだか見苦しい船が支度されて、立派でもなんでもない屋形が仮にそこに据えつけられて、その船側に大きめの幕が引かれているだけとのありさま。見慣れもしない兵どもに伴われ、「これを限り」と都を出、さらには遥かな海路に赴かざるをえない大納言殿の心中は、いとも容易に推し量られます。

その日は摂津の国の大物の浦にお着きになりました。

すでに死刑に処せられるはずの大納言がこうして流罪にまで減刑されたのは、繰り返しますが、小松殿が助命のためにいろいろとお働きかけになったからです。けれども、当の成親卿はいかなる人物だったか。お聞きください。この人がまだ中納言でいられた時、美濃の国を領しておられました。代理として赴かせていたのは右衛門の尉であった藤原正友でした。その目代の正友のもとにでした、嘉応元年の冬に延暦寺の領地である平野の荘の身分卑しい神官たちが、さよう、いわゆる神人たちでございますが、葛で織りました布を売りにきたのです。しかし、その時の目代はしたたか飲んでおりまして、この布に墨を塗りつけたのです。いや、まあ当然、神人たちは憤慨しましたな。悪口を放ちましたな。すると目代、「そうは言わせぬぞ」とさんざんに踏みつけにする、踏みつけにする。そこで、神人たちは今度は数百人の徒党となって目代の正友の館に乱入したのですが、すると目代、「こちらには法があるぞ。やい、掟どおりに防げ」と防ぎ守りましたので、神人らは十余人が打ち殺されたのです。

さあ、このために何が起きたでしょうか。延暦寺が、すなわち山門が強訴に及んだのです。この嘉応元年の十一月三日、山門の衆徒はおびただしく蜂起しまして、国司の成親卿を流罪に処せられること及び目代の右衛門の尉正友を牢屋に入れられること、以上二点を奏上したのです。そこで、成親卿は備中の国に配流されると定まり、丹波口に通じた右京の七条大路にまずは送られたのですが、しかし後白河の法皇様は何をお考えになったのでしょうか、中五日を置いてお呼び戻しになったのです。山門の衆徒は甚だしく呪詛したらしいのですが、嘉応二年の正月五日を迎えるやなんと、その成親卿が右衛門の督を兼任して検非違使の別当になられた。源資賢卿と藤原兼雅卿のお二人の官職を越えられる、との次第となった。資賢卿は朝廷に長年お仕えして、まさに古参のお方でいらっしゃいましたし、兼雅卿は家門もご立派で時めいておられました。本家の嫡子でありながら成親卿に先をお越されになったのは、恨めしいにもほどがございます。この昇進は成親卿の、三条の御所の造営、および献上に対しての褒賞なのでした。翌る嘉応三年の四月十三日には正二位に叙せられました。この時は中御門家の中納言宗家卿が先をお越されになったのです。そうしてさらに、さらに、安元元年の十月二十七日に前の中納言から権大納言に昇進なさったのです。時の世間は、まあ嘲りましたな。人々は言いあったものでしたよ、「山門の衆徒に呪われるはずの身であったろうに」と。しかしながらです、今、今こそ呪詛が効いたのでありましょうか、とうとうこんな悲しい目に遭われた。およそ神罰や人の呪詛というのには現われ方が早いのもあり、遅いのもあり、定まってはいないのですよ。

さあ、その現在をば追いましょう。これは六月の三日でございます。西八条殿に幽閉された翌々日、いまだ道中のその場面の舞台は、摂津の国の大物の浦。ここに京よりお使いが来たのでございます。みな、これは何事であろうかと騒ぎ立てました。新大納言は「俺をここで処刑せよとの報せだろうか」とお思いになりましたが、そうではありません。備前の児島に流すように、と、配流先を伝えるお使いなのでした。

新大納言へは小松殿からのお手紙もありました。

「どうにかして都近い山里にでもお留めしたいと、ずいぶん申し出たのですけれども容れられませんでした。正直、世に生きている甲斐がありませんが、それでも、願い出ましてあなたのお命だけはお預かりできましたよ」

それから難波次郎にも小松殿からのおおせがありました。

「成親卿にはよくよく注意してお仕えせよ。お心に背いたりするのではないぞ。よいな」

こう伝えるのみならず、旅の支度もこまごまと指示して送られたのです。

この日、この夜に、新大納言はお思いになるのでございます。あれほど深いご寵遇をいただいた法皇ともお離れした、一瞬でも離れがたく思った北の方とも別れ、稚けない子供たちとも別れてしまった、ああ、俺はどこへやられるのだろう、再び故郷に帰って妻子に会うようなことも難かろう、俺は、先年比叡山の訴えによって流されることになった折りには法皇が俺を惜しまれたので右京の七条から召し返されたのだった、だがしかし、今度のは法皇のおん戒めではないな、俺は前回と同じ次第で処分されたのではないのだ、だとしたら赦免も考えられぬわけで、ぬう、これはなんとしたことなのだ。

「これは、なんと」

天を仰ぎ地に伏して、泣き悲しむのでございます。

泣き悲しんで泣き悲しんで、しかしその甲斐もぜんぜんないのでございます。

夜が明けると早々に船は海に押しだされて、成親卿は下って行かれる。ですが、道すがら、涙はあふれにあふれ、咽ぶばかり。俺は生き存えはしないだろうと思われながらも、露の命はなぜか消えず、そして航跡は海面に、その白さを、白さを波で刻む。

こうした刻みが足されるごとにだんだんと都は離り、だんだんと日数が重なり、と、おやまあ、流される先の遠国というのが早くも近づいてまいりましたよ。ええ、備前の児島に船は確かに着いたのでしたよ。

民家がございます。

貧相そのものといった柴の庵でございます。

大納言がそこにお留めされるのでした。

島というものの常ではございますが、後ろは山でして前は海。かつ磯の松風があり波の音がある。そうなのですねえ、どの情景も、どの風、どの音であろうとも、これはもう甚だ哀れで、心に沁みて沁みてしかたありませんねえ。

阿古屋之松 ——父との距離

大納言は陰謀の首魁でありましたが、その陰謀には数々の荷担者がございましたからこれらの連中も同様に流罪に処せられました。誰々が、どこどこへと流されたでしょうか。

近江の中将入道蓮浄が、佐渡の国へ。

山城の守の基兼が、伯耆の国へ。

式部の大輔雅綱が、播磨の国へ。

宗判官信房が、阿波の国へ。

新平判官資行が、美作の国へ。

　以上のようであったということです。

　そうした処罰が続々とあった頃、入道相国はと申しますと、洛中の西八条を離れて摂津の国の福原の別荘におられました。で、六月二十日のことでございますが、その福原より入道の弟、例の門脇の宰相こと平教盛のところにおおせがありました。使者を務めたのは摂津左衛門盛澄という武士でした。

「ちょっと考えていることがある。そこでだ、そちらの邸に預けてある丹波の少将を、急ぎここ福原へ寄越してほしい」

　こう言ってやられたのです。

　兄の入道の言に教盛卿はもちろん察します。ああ、そういうことなら、結局そうなるとお思いになるのです。自分が預かる前にどうとでも成経殿を、俺の娘婿をご処置くだされればよかったろうに。そうであれば致し方なかった。それなのに今さら、俺の娘や女房たちに忍びない思いをさせるのか。

「納得できんわい。悲しいぞ」

　そう歎かれましたが、かといって逆らえもしない。福原へ下られるようにとは少将成経に告げられました。この舅(しゅうと)の言(げん)に、少将は涙ながら、やはり出立なさるとお決めになるのでした。続いたのは宰相教盛卿のほうに向けられた女房たちの歎願(たんがん)でございます。この女性(にょしょう)たちは、申したのでございます。ご赦免は叶(かな)わぬものと存じますけれど、と申しあげたのでございます。なおも宰相がおっしゃってくださることはできませぬか。ああどうにかおっしゃってくださいませぬか。

　これに宰相は言われました。

「私が思いつける限りのことはもう兄上には全部申したのだ。いまは再び『出家いたします』と申す以外、この教盛になんら手はないわい。なあ、つまり手立ては尽きたのだ。しかしだ。どこの浦に少将が流されておいでになっても、我が命のある限りは必ず、必ずお訪ね申しあげよう」

　少将成経は今年三つになられる幼い子を持っておられました。当人がいまだ二十(はたち)を出て二年のお若い人でございましたから、日頃はこうしたお子などに親らしいご配慮をなさるということもあんまりはなかったのですけれども、いざ最後の別れとなりますとやっぱり打って変わられましたな。若君のことがさすがに愛(いと)おしい。「いま一度」とおっしゃったのでございますよ。「私のこの子供というのを、見たい」

　で、乳母(めのと)が抱いて参りました。

　少将は膝(ひざ)のうえにその若君(わかぎみ)をのせました。

髪を撫でまして、大事に撫でてやりまして、涙をはらはら流しておっしゃいましたよ。

「お前が七歳になったら元服させて、法皇様にお仕えさせようと思っていたのだ。父のこの私は、なあ、そんなふうに思っていたのだ。しかし今は、以前の望みを言ってもどうにもならないか。うん、なるわけもないな。ならばだ、お前がもしも無事に命を保って成人することができたら、どうか法師になってはくれまいか。私のあの世での冥福を祈ってほしいのだ」

すると、若君はどう応えたのでしょうか。

いまだ稚けない心で、成人したらだのあの世での幸いだのをお聞きわけになれるはずもありませんのに、うなずかれたのです。無心にうなずかれたのです。

これには少将をはじめ、母上が、乳母の女房が、のみならずその座に列なる人々の全員が、それこそ情に脆いかそうでないかなどは問わず皆がみな涙で袖を濡らしたのでした。

さて、福原からのお使いは催促いたします。あの盛澄なる侍は「今夜のうちに鳥羽まで出られますようにね」と申したのです。下鳥羽の例の船着き場、流謫にされる人々の乗船地までです。少将が、「どうせいくらも延びないだろうが、せめて今夜だけは都の中で明かしたい」と言われましても、この入道の使者はぜんぜん容赦がありません。しきりに「今夜のうちに、今夜のうちになのですからね」と催促するので、その夜に少将は鳥羽へ出られたのでした。舅の宰相のほうは事態のあまりの無念さに、今度はお車に同乗なさって付き添われるなどもしないのでした。

少将が福原へ到着なさったのは、六月二十二日でございます。太政入道清盛公は、この日、腹心の西国武者瀬尾太郎兼康にお命じになります。よいか兼康、これなる大納言成親の嫡子、備中の国へ流してしまえ、と。

ああ、やっぱり。やっぱり処分は子にも及んだのです。

護送役となった兼康は、あとで宰相教盛卿が伝え聞かれることもあるだろうからと、道中あれこれと少将をいたわり、その態度たるや実に丁重。いろいろお慰めもいたしました。が、そんなことで少将がそのお心を慰められるはずもございません。夜昼はただ仏の御名を唱えられるばかり。そうやってこの息子は、父の成親卿の安否を案じられ、歎いておられるのでございましたよ。

では、当の父は。

新大納言は、そうです、備前の児島に流されておりました。しかしこの大納言の身柄預かりの武士、難波次郎経遠は少し思案したのでございます。ここはまだまだ船着き場に近い、どうも具合が悪いな、と。そこで内陸にお移し申しあげ、備前と備中の両国の境い、庭瀬の郷の有木の別所という山寺に成親卿をお入れしました。

何を隠そう少将の配流先となった備中の瀬尾と、その、備前の有木の別所との間はわずか五十町たらずの距離でした。そのためでしょうか、有木の別所のほうから吹いてくる風が息子の少将にはやはり懐かしく思われでもしたのでしょうか、ある時兼康を呼んでお尋ねになったのです。

「ここから父の大納言殿がおられると聞く備前の有木の別所まではどれほどの道のりか」

しかし兼康は、ありのままにお知らせしては不都合と思ったのでしょう、こう答えたのです。

「片道十二、三日の隔たりでございます」

すると少将は泣かれましたよ。

涙をはらはら流されましたよ。

その答えを聞かれ、流されましたよ。言われましたよ。

「なあ兼康、日本は昔三十三カ国であったのを、時を経て六十六カ国に分けられたのだそうだよ。この今にいう備前、備中、備後というのも元は一国であったのだよ。それから、東にあって名高い出羽と陸奥の両国、あれも昔は六十六郡で一国であったのを、二国に分けられたのだそうだ。陸奥は五十四郡として、割き分かれた十二郡でもって出羽の国を建てられたのだそうだよ。だからこそ、歌人藤原実方のあの古事がある。実方の中将のだよ。この中将は奥州に流された。その折り、当国の名所である阿(あ)古屋(こや)の松というのを見たいと思って国じゅうを尋ねて歩いた。しかしどんなに探しても見つけられない。で、もう駄目なのかと思った帰り道にね、一人の老翁と出会った。中将は訊(き)いたよ、『もしもし、あなた様は古老であられるとお見受けします。この地のいろいろな事情にも明るいのではと拝察いたします。そこでうかがいますが、当国の名所、阿古屋の松というところをご存じではありませんか』と。すると返ってきたのは、『それは当国の内にはございませんぞ。出羽の国にあるのでしょう』との言葉。だから中将は、『それではあなた様はご存じないのですね。やれやれ、なんとまあ。世も末になり、国の名所すらもその所在が不明となってしまったか』と言って、落胆して通り過ぎようとして、ああ兼康、その時だ。この老翁が中将の袖をつかんで引きとめたんだよ。そして言ったんだ、『なんとまあ、あなたは、

みちのくの　陸奥国の
あこ屋の松に　阿古屋の松の
木(こ)がくれて　その大きさに、たいそうな巨樹ぶりに隠されて
いづべき月の　のぼっているはずの月も、まだ
いでもやらぬか　そこに見えてはいないのだね

という歌の心によって、当国の名所の阿古屋の松とおっしゃられたのでしたか。あ

の歌はですね、昔、陸奥と出羽の両国がいまだ一つの国であった時分に詠まれた歌です。十二郡を分割して別の国を建ててからは、件の松は、そちらの出羽の国にありましょうぞ』とね。それなら、と言って実方の中将は出羽の国に越えて、とうとう阿古屋の松を見た。ところでだよ、なあ兼康、筑紫の太宰府から毎年正月に鰚の使いが上るだろう。これはね、陸路を徒歩で十五日と定まっている。さっきお前は『十二、三日の隔たりで』と言ったけれども、その日数は、ほとんどここから九州まで下向するものに匹敵してしまうよ。遠いといっても備前と備中の間だ、二、三日以上かかることはない。ねえ、兼康、そうだろうよ。近いところをお前が遠いと言うのは、この成経に、父の、大納言殿のおられるであろう土地を知らせまいとしているんだね。そういうつもりで言っているんだね」

その後はもう父を恋しいと思われても、決して同様のことはお問いにならないのでした。

大納言死去――その最期は

鬼界が島をご存じでしょうか。

薩摩の南方の洋上にございます。

都を出ましてから、はるばる、はるばる、実に困難な船旅をして到り着く、という島でございます。まあ並大抵では船も通いません。人もあまりおらぬのです。そして、時として見られる人というのも、本土の人とは似ても似つきませんぞ。色が黒い。牛のようである。体はやたら毛深い。そして言葉も通じない。男は烏帽子もかぶらず、女は髪も下げない。衣服がない、纏えていない、だから人に見えないのです。食べるものがないので狩猟だ漁撈だと殺生ばかりを第一としております。農夫というのが田を耕すことがありませんから米穀の類いがなく、養蚕というのを知らないから絹布の類いがないのです。

島の中には高い山がございます。

永久に火が燃えております。

硫黄というものがいっぱいです。

そのために硫黄が島とも称されるのですが、まあ噴火の轟きがいつも鳴り上がること、そして山頂より鳴り下ること、それから麓では雨がしきりです。一日片時といえども人が生きていられるところとは思えません。

これが鬼界が島でございます。

そして、時が経ちますと、法勝寺の執行たる俊寛僧都が、平判官康頼が、さらには先ほど備中の国に流されたと語ったばかりの丹波の少将成経までが、改めて三人揃ってこの鬼界が島へ遠流、とこう定められたのでございます。

このころ、新大納言成親卿は自らも配流の地に置かれたことでありますし、そろそろ平家の追及も少しは緩やかになるであろうと、そのようにも思われていたのですが、お耳にされたのは子息の少将成経のその遠流。こうなれば、そうそう平気だなどというお顔はしていられませんし、将来に一つも期待はおできになれない、そこで出家したい旨を便宜があった折りに小松殿へ申し出られたのでした。その便りを受けられた小松殿はこのことを後白河法皇にお伺いしました。

お許しは出ました。

ただちに出家なさいました。

こうして成親卿は大納言入道に身を窶されたのです。ああ栄華はいずこ。以前の美々しい衣裳はございません。あるのは墨染の、憂き世を捨てた者ならではの、みすぼらしい僧衣。

では、この大納言入道の北の方は。

都の北山、雲林院のあたりに世を忍んでおられました。誰であれ住み慣れないところというのはいやな、憂いものですのに、人目を忍ばれなければならない身の上です、過ぎゆきます月日も明かしかねて、どう昼を送ればいいのか、どう夜を送ればいいのかと思い苦しむばかり。それはそうでしょう。もとは仕える女房も侍も大勢いたのに、世間を恐れるだの、他人に見られないようにいろいろと憚るだのして、一人も訪ねてこないのですから。

いいえ、「一人も」とは言い過ぎでございました。侍が一人おりました。左衛門の尉の、名は源信俊。情けのあるこの者だけはいつもお訪ねしておりました。

ある時、この信俊が北の方に召されまして、こうしたおおせを聞きました。

「たしか夫は備前の児島にと聞いておりました。しかし最近、有木の別所とかにおられるらしいとも聞いたのです。どうにかして、ああ、いま一度お手紙をお届けしたい。そして、お返事をも頂戴したいわ」

「幼少よりおん情けをいただいて」と、信俊は涙を抑えながら申しましたよ。「片時もお側を離れず、この信俊はご主人様に仕えて参りました。今度の備前へのおん下りにも、なんとかしてお供いたそうと申し出たのではありましたが、六波羅からのお許しはなく、どうにも叶わなかったのです。信俊は無力、ひたすら無力にございます。ご主人様の、お呼びになるお声は今も耳に残っております。お小言もやはり丸々肝に銘じて、一時も忘れることがございません。ええ、たとえ信俊のこの身がどのような目に遭っても全然かまいませんとも。今すぐにもお手紙を頂戴しまして、それをお届けに参りましょう」

北の方は並々ではないお喜びよう。すぐに書いて渡されました。いえ、北の方ばかりではございません。ともにおられた成親卿の幼いお子たちもめいめい手紙を書かれたのでした。

さあ、信俊のはるばるの道中です。主人の北の方と子供たちの手紙を預かって、備前の国へ、有木の別所へと下って行ったのでした。有木では主人の身柄を警固する難波次郎経遠にこれこれこうだと取り次ぎを申し入れます。その、これこれ、こうだとの志しが実に立派なものですから、経遠も忠義さに感じ入って、すぐに面会を許したのでした。

大納言入道殿はといえば折りも折り、都のことを言い出されて歎きに沈んでおられたところで、そこに「京より信俊が参りました」との報せなのでした。夢か、とまずはお思いになりますけれど、たちまち起き直って、「ここへ、ここへ」と召されました。主人のお側に通されました信俊は、その眼に映ったご様子にほとんど眩暈がしそう、心も消え入りそうでした。お住居のひどさは言うに及ばず、主人が墨染の僧衣を着ていらっしゃるのですから。しかし心を消え果てさせている場合ではございません。北の方のおおせをこれこれこういうふうに蒙りました等、一部始終をこまごまと語り、お手紙をとりだして成親卿にさしあげました。入道の大納言殿はこれを披いてご覧になるのですが、筆跡は涙に霞んではっきりとは見えません、けれども「幼い子らがあなたを恋い慕い、あまりに歎いております。私自身も尽きせぬ物思いにどうにも耐えられそうにないのです」等とあるのです。大納言殿は、ああ、俺の日頃の悲しさ、恋しさなど、この手紙を目にする前までは物の数ではなかったわと悲歎を極められるのでした。

こうして四、五日も過ぎましたでしょうか。信俊は申します。

「この信俊はこのまま有木の別所のここにおりまして、ご最期のおん有様、見届けましょう」

しかしながら身柄預かりの武士の難波次郎経遠は当然、それはできぬ、許されぬと再三再四言うのでして、信俊も無力、大納言の成親卿も致し方ございません。

「このような次第なのだから、京都に帰れ」

こう言われました。

「帰り上るのだ。私は遠からず殺されるだろう。それはわかっている。だから信俊よ、お前の主人がこの世にないと聞いたら、必ず、必ずこの私の後世を弔ってほしい」

そう言われて、北の方らへのお返事をお書きになり、信俊に与えられました。信俊が頂戴して、「また、きっと参ります」と言い、お暇申してそこを出たのですが、けれどもお言葉は続くのでした。すなわち「お前の再訪を生きて待っていられる我が身とは思えぬぞ。どうにも名残りが惜しい。もう少しだけ、少しだけ私の側にいてくれ」と。

こう言われて、幾度も幾度も呼び返されたのでしたよ。

ですが、許されぬことは許されぬこと、逗まりつづけられぬところは逗まりつづけられぬところ。しまいには信俊も、涙を抑え、都に帰り上ったのでございます。

それから北山へ。お返事を北の方に届けました。

ええ、北の方はこれを開けてご覧になりましたとも。すると、なんということでありましょう、手紙の奥には御髪がひと房巻き込められてあったのです。もはやご出家あそばされたのか、そうであったのか、と、北の方は目をそらされて二度とご覧になりません。形見の御髪はかえって今は恨めしい。悲しみを催させるばかりだから、恨めしい。幼い子供たちも声々に泣き悲しまれるのでした。

そして時というのは経つのでございます。

お伝えしましょう。大納言入道殿のその最期を。

同年の八月十九日でございました。備前と備中の両国の境い、庭瀬の郷、吉備の中山というところで、ついに殺害されました。いろいろと噂されているのですが、いずれもまあ、無惨なことでしたよ。初めは、酒に毒を入れて勧めたそうです。しかしお飲みにならない。そんなふうに拒まれたからには、今度は二丈ほどある断崖の下に、菱、と呼ばれます竹や鉄の先端を尖らせた武器をつき立てて並べておきまして、そこに上から突き落とし申したのです。すると、菱に串かれる、死ぬ、死なれておしまいになる。なんたる処刑でしょうかねえ。このような前例は多いわけはございませんよ。

それから大納言の北の方のその後も、ではお伝えしましょう。夫はこの世にない人だとお聞きになって、こうおっしゃったそうです。「あの人のご無事な姿をどうにかしてもう一度、もう一度と、見ることを願い、そうすると私もあの人に姿を見られるだろうからと今日までは髪も剃らないでいたのです。しかし、今となっては」と。それで菩提樹院という寺に入られまして、尼姿となられ、型どおりの仏事を行ない、夫の後世を弔われたのです。

この北の方と申すのは、父親は山城の守の敦方でございました。そして相当な美女でございまして、後白河法皇のご寵愛もいちばん深いご愛人だったのです。それを、ほれ、成親卿というのが法皇の、これまた同様にいちばん覚えがめでたい近臣でございましたから、正室として賜われたのだと聞いております。

幼い子供たちのことも添えましょう。これらも亡父のためにと花を折り、仏前に供える水を汲みましたよ。そうやって後世を弔っておられる様は、ひと言、哀切きわまりない。

はい、時は過ぎ去りました。事情のそれぞれも移り変わりました。天人は、その死期が近づきました時には五衰の相を呈すると仏説にもありますけれど、世の中の転変もまた全然これと違わぬようでして。これはこれは、はてさて。

徳大寺　厳島詣　——人の世渡り、さまざま

ところで策略にもいろいろとございまして、愚策あれば賢策あり。前者を採って哀れな末路を迎えましたのが成親卿でございましたが、さて後者は。

その例をば、ここに挿みます。

徳大寺家の大納言、藤原実定卿にご登場願いましょう。

実定卿は平家の次男の宗盛卿によって近衛大将の地位を越えられまして、しばらく邸の中に籠っておられました。出家しようかとも言い出されたので徳大寺家に仕える者たちは上も下も大騒ぎです。どうしたらよいのかと歎きあっておりました。この家司やら家人のうちに、蔵人の大夫、藤原重兼という諸大夫がおりました。万事に心得のある人でした。そして、ある月の夜、実定卿が南面の御格子を吊り上げさせ、ただ独り月に向かって詩歌を口吟んでいられたところに、お慰め申そうと思ったのでしょうね、この藤蔵人が参ったのです。

「誰だ」

「重兼でございます」

「どうした」と実定卿はおっしゃられます。「何か、あったか」

「今夜はとりわけ月が冴えわたっておりまして、心も澄みわたるままに参上したのです」

「殊勝だな。私のほうはな、あまりに心細い、どうしたことだろうな。手持ち無沙汰でな」

それでは、とばかりに藤蔵人こと重兼は主人の大納言にとりとめのない雑談などを話し、お慰め申します。と、大納言実定卿はおっしゃいます。

「世のありさまをよくよく眺めれば、平家の時代だとしか言えん。ますます隆盛を極めている。入道相国の嫡子重盛と次男宗盛が左右の大将、しかもだ、すぐ続いて三男知盛と嫡孫維盛というのがいる。それもこれも順々栄進するとなれば、さて、他家の者はいつ大将の地位に辿りつけるのだ。つけぬであろうよ。なあ重兼、人間は誰しも最後には出家する。だとしたら、今でもよかろう。私は出家しよう」

これを聞き、重兼は涙をはらはらと流しました。

「わが君がご出家なさいましたら、この徳大寺家に仕えます全員、身分の上下問わずに路頭に迷うこととなりましょう。重兼には、実は妙案がございます。よろしいでしょうか。具さなところを申しますと、安芸の厳島神社をご参詣なさることです。平家はここを格別に尊び敬っております。そこで、なんの憚りがございましょうぞ、この社にお参りあってご祈願なさいませ。七日ほどもご参籠なされば、厳島神社には内侍といって優美なる舞姫たちが大勢おりますので、神託もいたしますこの女どもが『まあ、珍しいこと』とでも思って、君をおもてなし申すことでしょう。そして、『何事をお祈りしてご参籠なさっているのですか』と問われましたら、ありのままにおっしゃってください。さて、君が都にいざ帰り上らることとなりますと、内侍たちはお名残りをお惜しみ申すでしょう。その時にです、主だった内侍たちを召し連れてご上京なさるのです。都に上りましたら、この舞姫ら、厳島神社のこの内侍どもは必ず西八条に参るはず。すると『徳大寺殿は、さて何をご祈願なさるために厳島にご参詣したのだ』とあちらはお尋ねになりますから、内侍たちはありのままに申すことでしょう。入道相国はことのほか物事に感激なさる人です。自分が崇めるおん神に参詣してお祈りなさった、これはうれしいぞとばかり、その後はよき計らいがあるに相違ありません。たとえば君が、首尾よく大将になれるというような」

重兼の献じたこの策に、徳大寺殿こと実定卿は大いにご感心なさいます。

「いや、思いもよらなかった。重兼、たしかに妙案だぞ。ただちに参詣しよう」

実定卿は俄かに精進を始めます。魚肉を断つなどして身を浄め、厳島へ参られたのです。

そして、なるほど重兼が申したとおりです。この社には、おりますわおりますわ、内侍という美しい女たちが大勢。七日間参籠なさったのですけれども、夜も昼もこの内侍たちが実定卿に付き添い申しあげて、ひととおりではないご接待です。七日七夜の間に舞楽も三度までありました。琵琶を弾き琴を奏で、神楽歌も奉納のために歌うなどしまして、実定卿もおもしろく思われましたから同様に大明神に手向けるために今様を、朗詠をと歌い、さらに風俗歌、催馬楽などの珍しい歌曲なども献げられるのでした。そして内侍たちは問うのです。「この社には平家の公達がご参詣なさいます。されど、あなた様のこのご参詣は、ああ珍しい。いったい、いかなるご祈願にてこのたびはご参籠なさったのですか」と。これに実定卿は答えられたのです。

「大将になるのを他人に越されたのだよ。この大納言は。そのための祈りだよ」

七日の参籠は終わりました。大明神にお暇を申して、実定卿はいよいよ都へ上られますが、やはり内侍たちは名残りを惜しみ申します。主だった若い舞姫の十余人が船を用意して、一日の船路をお送りしました。この一日分の航程を同行して、内侍たちは「それではここで」とお別れを申したのですけれども、これに実定卿はこうお返しになったのです。

「どうもこれでは、あまりにも名残り惜しい。ぜひ、もう一日分」

船路を足させます。さらに続けられます。

「もう二日分の航程、ぜひ」

おおせられて、都までお連れになったのでした。その後(のち)は徳大寺のお邸(やしき)にお入れになって、いろいろに接待し、お贈り物もさまざまなのをお与えになって帰されました。

　さて内侍たちは、やはり「ここ京都まで上ってきたのだから、私どもの主人太政(だいじょう)入道様にご挨拶しないという法はないわ」と考えまして、当然のように西八条殿へと参じたのです。

　すると入道相国はすぐに出て、この優美な舞姫たちに対面されました。

「おお、内侍たちよ、内侍たちよ。お前たちはなんの用があってこのように揃(そろ)って参ったのだ」

「徳大寺殿が厳島にご参詣なされまして、七日お籠りになり、それから都へ帰り上られたのです。私どもは一日の船路をお送り申したのですけれども『どうもこれでは、あまりにも名残り惜しい。ぜひ、もう一日分』『もう二日分の航程、ぜひ』とおおせられまして、ここまで連れてこられました」

「しかし、徳大寺は何を祈願しようと厳島まで参られたのだ」

「大将の地位を願ってのお祈りのためだとおっしゃっておられました」

「おお」と入道はうなずかれました。「気の毒な。それは気の毒な」

　続けて、次のようにおっしゃられたのです。

「天子のおられるこの都には霊験灼(あら)かな寺院、神社がいくらもある。それをさしおかれて、この入道清盛が崇敬するおん神に参詣し、お祈り申されたとは。やれ徳大寺、稀に見る志しだぞ。これほど大将の官を望むことが切実であるからには」

入道は、嫡子小松殿が内大臣と左大将を兼ねておられたのを辞任おさせになりました。そして次男の宗盛が大納言と右大将を兼ねておられるのを飛び越えさせて、徳大寺を左大将に任じられたのでした。

ええ、策略にもいろいろとございますが、入道の歓心を買ってしまうというこれこそは賢策。それに照らすに新大納言成親卿のほうは。新大納言のあれは。愚かさを極めるような謀叛を企て、わが身も滅ぶ、禍いは子息にも家来にも及ぶ、これはもう歎かわしさの極みでございましたよ。情けないとしか申せません。

山門滅亡　堂衆合戦 ——寺々の趨勢一

ここらあたりで仏教の道場にも目を移しましょうか。世のありさまの変化はそちらにも現われておりますので。以下に語りますように、治承年間とはまた仏法の衰微も顕著な時代でございました。

さてさて、法皇のご灌頂のことなどから。

後白河法皇は真言の秘法を伝受あそばされました。ご師範は三井寺の公顕僧正で、この三井寺とはもちろん園城寺の別称、比叡山延暦寺を山門と通称するのに対しては寺門とも呼びますな。大日経と金剛頂経と蘇悉地経の三部の秘経を伝受あそばされた法皇は、九月四日、三井寺においてご灌頂の儀式をいよいよお受けになるということでした。灌頂とは、その字の如くに、受者の頭の頂きに法水を灌ぎますことを旨とする、密教いちばんの秘法です。こうした消息が伝わりますと、三井寺、すなわち寺門とは不和の山門の衆徒たちがまあ憤りましたこと憤りましたこと。

「ご灌頂とご受戒は昔から全部、この比叡山で行なわれてきた。それこそが定め事なのだ。とりわけ山王権現が教え導かれるのは、受戒灌頂のためなのだ。それにもかかわらず、今、後白河法皇は三井寺でなさるという。ならば寺をすっかり焼き払ってしまおうぞ」

このように申したのです。法皇は、そのようなことになっては無益と思われましたから、灌頂を受けるためのご修行のみ果たされて、三井寺での儀式のことは思いとどまられました。けれども、もともとご灌頂を行なわれようというご意志はあったわけです。そこで三井寺の公顕僧正を召し連れられまして天王寺へ御幸なさって、五智光院を建て、名水として知られる亀井堂の水を五瓶の智水として用い、伝法灌頂をお遂げになったのです。天王寺という我が国の最古の大寺、すなわち、我が国における仏法最初の霊地にて執り行なわれたのでございました。

このように法皇のご灌頂は山門の騒ぎを鎮め宥めるために三井寺では行なわれなかったのですけれども、騒動は全然そればかりではないのです。じつは比叡山では、堂衆と学生、この学生のことは学侶とも申しまして学問修行に専念している者どもですが、それらの二つの身分の間で不和が生じておりまして、しばしば合戦が生じていたのです。同じ一つの山上ででございますよ。そのたびに学生側は敗北して、山門の滅亡、すわ、朝廷の一大事となるのではないかと見えました。

学生が学侶とも申すことは説きました。貴い家柄の出の者などが出家してなるのが普通でしたから、立場としては上でございます。そして堂衆といいますのは、その学生の従者であった童が法師になった者であったり、また、雑用に使われる妻帯の法師たちであったり。それから先年、金剛寿院の覚尋権僧正が天台座主として比叡山を治めた時以来のことですが、夏衆と申します、東塔と西塔と横川の三塔に宿直して仏に花をお供えした者どもでもありました。これらは近年は行人といって、すなわち「学問がどうしたというのだ、おい。専らにすべきは行法だぞ、なにより行なのだぞ」と主張せんばかりの呼び名ですが、そのとおりに衆徒をも物ともしないで行動して、結局このように頻発する戦さにも勝利を収めるようになったのです。

そこで衆徒たちは朝廷に以下のようなことを奏上し、武家にも触れをまわして訴えました。

「堂衆たちが主たる師僧の命に背き、合戦を企てております。どうぞ、ただちに処罰されるべきです」

さあ、このために太政入道が院宣をうけたまわりました。清盛公は紀伊の国の住人である湯浅権守宗重以下、畿内の武士たち二千余騎を派して衆徒のほうに加勢させ、堂衆をお攻めになりました。

堂衆は普段は西塔の東陽坊にいたのですが、この入道采配の侍たちの動きを知るや、近江の国の三ケの荘に下り、ここで大勢の軍を率いました。そして再び比叡山に登り、早尾坂に城郭を構えて、そこに立て籠ったのでした。

これは治承元年の九月二十日のことです。刻限はといえば辰の一点。辰の刻を四分した最初の一点め。衆徒の数は三千人、官軍は二千余騎、併せてその勢五千余人が早尾坂に押し寄せるのでした。

こうなれば、まあ、今回こそは絶対に敗北はないはず。そのようなはずだと思われたのですが、衆徒は官軍のほうを先に行かせようとして、官軍はまた衆徒のほうを先にと考えて、両者の心がばらばらで嚙みあわない、嚙みあわない、戦果があがらない。しかも堂衆側の城からは石弓が射かけられ、こちらの仕掛けは功を奏するわ奏するわ、衆徒も官軍もどんどん討たれます。そんな勢いの堂衆側でしたが、いかなる類いの悪党がこちらに味方していたのでしょうか。これがまあ、諸国の窃盗、強盗、山賊、海賊、等々。強烈な欲心の持ち主ばかりでしかも命知らず、「頼むは俺一人だわい」と臍を固めて戦うものですから、今度もまた合戦に敗れるのは学生の側、と、こうなってしまったのでございます。

山門滅亡 ——寺々の趨勢二

その後は山門はいよいよ荒廃します。このような様です。

十二禅衆のほかは泊まり住む僧も、稀。

谷々の僧院で行なわれていた説法は、絶え、御堂御堂で為されていた修行も、断たれる。

学問を修めるための部屋の窓々は、閉じ、座禅をするための床々は、ああ、空席。

四教五時の説教は春の花のように開き、旺んであったのに、三諦即是の教法は秋の月のように輝き、盛んであったのに、匂わない、光り輝かない。

三百余年続いた法灯を誰も、掲げない。

六時不断の香の煙も、ああ、絶える。

絶えるだろう。

昔はそうではなかった。昔は、堂舎は高く聳えた。三層の構えが青空に聳えて、屋根が高く、高く張り出して、四面の椽が白い霧のなかに架かった。それが今は。

仏の供養をするのは峰を吹きわたる、その風。

金色に輝いていた仏像を覆うのはただの、雨露。

夜は、月が灯し火を掲げて、軒の隙間から漏れる。

暁は、露が珠をなして、蓮華の台座を飾る、飾っているような、そんな。

そんな様なのです。

もちろん末法の世とはそうなのでございましょう。天竺からでも唐土からでも本朝からでも仏法がだんだん、だんだんと衰えていってしまうのが末代なのでございましょう。遠くは天竺に仏跡を尋ねてみますと、ああ、往時はお釈迦様が教えを説かれていた竹林精舎が、そして祇園精舎も、この頃は狐ども狼どもの栖。礎ばかりが残っていると聞きます。竹林精舎にありました白鷺池からは水が涸れ、草だけが深々と茂り、それから霊鷲山にありました退凡、下乗の二つの卒塔婆もただ苔に埋もれて傾いておりますよ。さて唐土はと尋ねれば、天台山、五台山、白馬寺、玉泉寺、こうした寺々が今は僧侶もいないかのように荒れ果てて、大乗、小乗の法典も経箱の底に朽ちているのだとやら。なんたる虚しさ。そして本朝、この日本です。南都の七大寺は荒れ果てました。八宗九宗の法統も跡が絶えました。昔は堂塔の類いが軒を並べて建っていたという愛宕山も高雄山も、ああ、一夜のうちに荒廃して、天狗の棲となり果てています。そうなのですよ。それゆえなのでしょうよ。あれほど尊かった天台の仏法も、治承年間の今に至って滅んでしまったのでしょうよ。

心ある人で、歎き悲しまない人はございません。

比叡山を離れた僧が、ほら、宿坊の柱にこんな歌を書きましたよ。

いのりこし　　永き歳月祈られ祈られてきた
我たつ杣の　　「我たつ杣」こと比叡山が
ひきかへて　　すわ一転
人なきみねと　　今や、人もいない山というものに
なりやはてなむ　　なってしまうのでありましょうか

この一首は伝教大師が比叡山を初めて開かれた昔、阿耨多羅三藐三菩提の仏たちにお祈り申されたという、例の「私が立つ杣山に冥加あらせたまえ」との言葉を思い出して詠まれたのでしょうね。なかなかに深い感銘をうけます。

そして、いま一度、山門の荒廃の様を。根本中堂のご本尊であられる薬師如来の縁日、八日に、南無と唱える声がない。その薬師如来が、神、山王権現となって日本に化現された月、四月に、幣帛を捧げる人がいない。朱塗りの玉垣は古びて、しかし神々しく古びて、注連縄ばかりが、ああ、残る。

残っているとやら。

善光寺炎上 ——寺々の趨勢三

また、同じ頃に一つの噂が伝わりました。善光寺が焼失したというのです。

この善光寺の本尊、阿弥陀如来の来歴とはこうです。昔、中天竺の舎衛国に五種の悪疫が流行り、庶民が多数死ぬということがありました。そこで月蓋長者の招請によって海底にある竜神の宮殿から閻浮檀金という砂金を得、お釈迦様と目連尊者、月蓋長者が心を一つにして鋳造なさったのが、一搩手半の弥陀の三尊だったのでございます。人間世界で第一の霊像だと言えましょう。お釈迦様が滅度せられてのち、五百余年は天竺にとどまられたのですが、ご存じのように仏法には「しだいしだいに東方に移る」との理がございます。ですから天竺にあった霊像も百済国にお移りになって、さらに一千年後、百済の皇帝聖明王の時、これは本朝の欽明天皇の御代でございますが、あちらからこちらへ、百済国から我が日本へ移られたのです。そして摂津の国の難波の浦で年月を送られ、まあこれは物部氏というのが愚かにも排仏を訴えていたためですが、それでも常々金色の光を放っておられましたよ。これによってその時の年号を、金光、と付けたのです。その金光三年の三月上旬、信濃の国の住人、麻績の本田善光という者が都に上り、お逢い申しましたよ。その阿弥陀如来に。そのままお連れしましたよ。その阿弥陀如来を。昼は善光が如来を背負い申しあげました。夜は善光が如来に背負っていただきました。信濃の国へ下りまして、水内郡に安置たてまつり、以来、もう五百八十余年の歳月です。

それほどの暦数を閲して、火災に遭ったのはこれが最初だとか。

いかがでしょうか。「王法が衰え尽きようとする時には、まず仏法が滅びる」と言われております。そのためでしょうね、「あれほどの尊い霊寺霊山が多く滅びて失われたのは、王法が末となってしまったことの前兆かしら」と人々は申したのでしたよ。

康頼祝言——鬼界が島の熊野詣で

鬼界が島でも時は過ぎているのですとも。

流人たちは、その命の儚さを知っております。草葉のうえに生じた露がやがて葉末に来て、今にも落ちてしまわんばかり、そうした様とおんなじですから惜しむというわけでもないのですけれども、それでも存えてはおりました。何の、どのような助けでしょうか。丹波の少将成経の舅、平宰相こと門脇の宰相教盛の、その領地から送り届けられる衣食、という形での援けでございました。肥前の国鹿瀬の荘をこの舅が所領していたのです。これに助けられて成経一人のみならず俊寛僧都も康頼も命をつないでいたのです。

その康頼、流された時に周防の室積で出家をしまして、法名を性照と付けておりました。出家はもともと望んでいたことでしたので、こんな一首も詠みました。

つひにかく　結局は、ほら
そむきはてける　捨ててしまった
世間を　この世の中を
とく捨てざりし　もっと早く捨てなかったのは、なぜ
ことぞくやしき　悔しいものだね

さて入道となったその康頼と丹波の少将成経とは、もともと熊野への信仰篤い人々でした。そこで「なんとかして熊野の三所権現をこの島内にお遷しして祀り、都へ帰れるようにとお祈りしたいものだ」と話しあうのですが、ただ一人、俊寛僧都はこれに同意しません。俊寛というのは生まれつき信心を持てない類いの人間だったのです。ですからこの人のことは捨て置いて、康頼入道と成経の二人は心を一つにして、探しました、島内を尋ねまわりました、もしかして熊野に似た場所が、景観が見つけられるのではないだろうかと。すると、発見されるのです。一方には野の草花が色とりどりに咲いている、そして美しい林の連なる堤。一方には霊妙な峰々、緑色した薄物と綾絹がやはり彩りを変えつつ変えつつ覆っているかのようです。そんなふうに山の景色から木立の趣きに至るまで、島内のどこよりも勝って見える場所に出たのです。

南を望んでみます。海が、漫々として広がっているではありませんか。あまりに広いので霞がかかる、霧がかかる。それらは遠い波なのですけれども。

北をふり返ってみます。峨々として聳える山岳から百尺の滝がみなぎり落ちています。滝の音が、特に凄まじい。吹きわたる松風も神々しく、その情景こそは飛滝権現の鎮座まします那智のお山、そのままではありませんか。実にそのままでは。

「これぞ、まさに」

二人の流人はただちに、那智のお山、とそこを名づけたのです。それから、この峰は本宮、あれは新宮、これはどこそこのなに王子、なになに王子と、熊野権現の末社のことは王子と言いまして参道沿いに何十カ所とございますから、それらの王子王子の名も言って、康頼入道が先導役となって丹波の少将を連れ、毎日毎日熊野詣での真似をしては帰京のことを祈ったのです。

「南無権現金剛童子、願わくは憐れみをお垂れくださって、私どもを故郷へお帰しくださり、いま一度、妻子たちに会わせてくださいませ」

こう祈ったのです。

日数が重なります。着替えの浄衣はございません。麻の衣を身に着けます。岩田川の浄い流れもございません。沢辺の水をそれだと思って汲み、垢離をいたします。高いところに登っては、これが本宮の発心門だぞ、と静かに心に思います。

その参詣のたびごとに康頼入道は祝詞を読みあげます。御幣にする紙はございませんので、花を手折って捧げ、次の祝詞を申しあげるのでございました。

「年ハコレ治承元年丁酉、月ノ数ハ十二カ月、日ノ数ハ三百五十余日アル、ソノ中ノ吉日良辰ヲ選ンデ、申スモ忝イ日本第一大霊験、熊野三所権現、飛滝大薩埵ノ忿怒身ノ御神前デ、信心ノ大施主、右近衛少将藤原成経、並ビニ沙弥性照ガ、心カラノ清浄ノ誠ヲ捧ゲテ、身、口、意ノ三業ガ一致シタ志シヲ籠メテ、謹ンデ敬ッテ申シマス。ソモソモ熊野本宮第一殿ノ証誠大菩薩ハ、衆生ヲ苦海カラ救ワレル教主デアリ、法、報、応ノ三身ヲ具足シタ阿弥陀ノ御仏デス。マタ第二殿ノ早玉宮ハ東方浄瑠璃世界ノ主デアリ、衆生ノ病苦ヲ救ワレル薬師如来デス。マタ第三殿ノ結宮ハ南方補陀落山ノ主デアリ、衆生ヲ教化スル観音菩薩デス。マタ第四殿ノ若王子権現ハ、娑婆世界ノ主デアリ難儀スル衆生ニ恵ミヲ施ス十一面観音菩薩、頭上ニ仏面ヲ現ワシテ衆生ノ所願ヲ叶エテクダサイマス。コレニヨリ、上ハ天皇、下ハ万民、アルイハ現世ノ安穏ノタメニアルイハ死後ノ極楽往生ノタメニト朝ニハ浄水ヲ汲ンデ煩悩ノ垢ヲススギタベニハ深山ニ向カッテ仏ノ御名ヲ唱エルト、ソノ信心ハ何人ノデアレ必ズヤ通ジマス。今、我々二人、峨々タル峰ノ高キヲバ神徳ノ高キニ喩エ、嶮々タル谷ノ深キヲバ御誓イノ深キニ擬(ナゾラ)エテ、雲ヲ分ケテソノ峰ニ上(ノボ)リ、露ヲ凌(シノ)イデソノ谷ニ下(クダ)ッテオリマス。権菩薩ノ御利益(ゴリヤク)ヲ大地ノゴトク広大ダト信ジルガユエニ嶮岨(ケンソ)ナ路(ミチ)ヲ歩イテオリマス。大権現ノ徳ヲ仰イデイルガユエニ幽遠(ユウエン)ノコノ地ニオ祀(マツ)リシテオリマス。ドウカ証誠(ショウジョウ)大権現ヨ飛滝(ヒリョウ)大菩薩ヨ、トモニ青イ蓮華(レンゲ)ノヨウナ眼(マナコ)ヲ開カレ、小鹿ノヨウナ御耳ヲソバタテラレテ、我々ノ無二ノ真心ヲオ知リニナリ、各人ノ心カラノ願イヲオ納メクダサイ。ソシテマタ結(ムスブ)、早玉(ハヤタマ)ノ両所権現ハ、衆生ソレゾレノ心ノ働キニ応ジ、有縁(ウエン)ノ者ハ導キ、無縁(ムエン)ノ者ハ救ワンガタメ、七宝荘厳(シッポウショウゴン)ノ極楽ヲ離レテ八万四千(ハチマンシセン)ノ相好ノ光ヲ隠サレテ、六道三有(ロクドウサンウ)ノコノ俗界ニオ姿ヲ現ワシテオラレマス。ソレユエニ結、早玉ノ両所権現ニ定業亦能転(ジョウゴウヤクノウテン)ト求長寿得長寿(グヂョウジュトクヂョウジュ)ヲ祈ロウト、人々列ヲナシ、絶エズ幣帛供物(ヘイハククモツ)ヲ捧ゲテオリマス。袈裟(ケサ)ヲ着、花ヲ供エ、神殿ノ床モ動ケヨトバカリニ祈リニ祈リ、池ノ水ガ澄(ス)ムヨウニ信心ヲ凝ラシテ御利生(ゴリショウ)ヲ願ッテオリマス。神々ガオ納メクダサレバ、ドウシテコノ願イガ成就(ジョウジュ)シナイコトガ、アリマショウ。仰ギ願ワクハ、ドウカ十(カ)二所権現ヨ、衆生ヲ救ワレマス翼ヲ並ベテ我々二人ノ難儀スルコノ地ニマデ空ヲ翔ケラレ、流刑ノ憂(ウレ)イヲトドメテ、帰京ノ心願(シンガン)ヲ実現サセテクダサイマセ。再拝」

卒都婆流(そとばながし)——𑖀(あ)字

丹波の少将成経と康頼入道はいつも三所権現の御前に参って、時には終夜祈願することもありました。通夜でございます。ある時も二人は通夜しまして、今様を夜もすがら歌ったのでした。その明け方のことでございます。康頼入道がうとうとと微睡み、すると、そこに現われたのでございます。はい、そことは夢路に他なりません。沖から白い帆をかけた小船が一艘、来ますとも、来ますとも。漕ぎ寄せてきますとも。その小船から紅の袴を着た女房たちが、二十人、いえ三十人、渚に上がってきますとも。そして鼓を打ち、声を揃えて、歌いましたとも。

よろづの仏の　　多くの御仏の
願よりも　　ご誓願のどれよりも
千手の誓ぞ　　千手観音のお誓いこそが
たのもしき　　頼もしいわ
枯れたる草木も　　枯れてしまった草木も
忽ちに　　あら、たちまちのうちに
花咲き実なる　　花が咲いたわ、そうして実もね、あのね
とこそきけ　　結ばれてしまうらしいのよ

これを三度歌いあげ、と、ぱっと消え失せたのです。目覚めました康頼入道は、まあ不思議に思いまして、こう少将に申しましたよ。

「これは竜神が姿を変えてこの世に現われたのだと合点されるよ。三所権現のうちで『西の御前』と申す結宮は、仏としての根本のお姿は千手観音であらせられる。竜神は、説明するまでもないけれども千手観音の眷属である二十八部衆のそのお一方。すなわち成経殿よ、私たちの願いはご納受あったに違いないよ。ああ頼もしや」

　また、二人揃っての夢路もございました。ある夜、二人で同じように通夜して、同じように微睡んだ夢に、沖から吹きわたって来る風があったのです。その風が、二人の袂に木の葉を二つ吹きかけたのです。ええ、二枚ですとも。二人は、ええ、何気なく取って、見ましたとも。夢路に見ましたとも。すると紛れもございません、それらは熊野の神木とされる梛の葉だったのです。しかも、それぞれの葉には虫喰いが。二枚を揃えると、虫の喰らった穴はたしかに一首の歌と読めるのです。

　千はやふる　　大いなる
　神にいのりの　　神に、せっせと
　しげければ　　祈りつづける
　などか都へ　　お前たちは、必ず
　帰らざるべき　　都に帰れるよ

　この不思議、この不思議。

　康頼入道はさらに思いあまった末の行ないも為しました。故郷が恋しいままにの所行だったのですが、千本の卒塔婆（そとば）を作ったのです。そこに梵語（ぼんご）五十字の最初の字にして一切諸法の本源、𑖀（あ）字を書いて、それから年号、月日、通称、本名と記して、また二首の歌も書きつけました。

一つめは、これ。

さつまがた　　薩摩の南の
おきの小島（こじま）に　　沖の小島に、あのね
我ありと　　私がまだ生きているのですよと
おやにはつげよ　　親に知らせてよ、ねえ
やへのしほかぜ　　八重（やえ）の潮風さん

二つめ。

思ひやれ　　わかるでしょう
しばしと思ふ　　ほんのしばらくの
旅だにも　　旅だって
なほふるさとは　　故郷は恋しい、それが
こひしきものを　　島流しの身ではなおさらだよ

このように書いたり刻んだりしました卒塔婆を、康頼入道は鬼界が島の浜辺に持って出て、「南無帰命頂礼（なむきみょうちょうらい）、梵天帝釈（ぼんてんたいしゃく）、四大天王（しだいてんのう）、堅牢地神（けんろうじじん）、王城の鎮守（ちんじゅ）諸大明神、と

りわけ熊野権現、厳島大明神、せめては一本なりとも都へ伝えてくださいませ」と言って、沖の白波が寄せては返すたびごとに海に浮かべたのでございます。そんなふうに作るはしから卒塔婆を海に入れるものですから、日数が重なるにつれて数も増え、すなわち、しまいには千本。そして入道の一念は卒塔婆を吹き送るための順風を招いたのか、あるいは神仏がお送りなさったのでしょうか、千本の卒塔婆のなかの一本が安芸の国の厳島神社のその社前の渚に打ちあげられたのでございました。

　折りも折り、厳島を一人の僧が詣でておりました。しかも康頼とは縁続き。というのも、この僧はうまい具合に便船でも見つけられる機会があったら鬼界が島にどうにか渡ってみよう、縁者である康頼の行方を聞いてみよう、と、このように思って西国修行に出ていたのです。そんな僧の前に、狩衣装束の俗人ではありますけれど宮人かと思われる男が現われました。二人は最初、しばしの四方山話をしていたのですけれども、途中、僧がお尋ねしました。

「和光同塵、すなわち仏菩薩がわざわざ俗界に神となって示現されたことのご利益は、そもそも実にさまざまだと申します。さて、どういう因縁があり、この厳島大明神は大海の魚類というのと縁を結ばれたのでしょう」

「これはですな、娑羯羅竜王の第三の姫君で、胎蔵界の垂迹なのです」

なるほど、娑羯羅竜王のもとの本体、その本地体は天照大神。ここに海が繋がりまして、しかも第三の姫君には胎蔵界の大日如来が垂迹、この俗塵の世に迹を垂れなさっている。まさに和光同塵、和光同塵、その尊さ、ありがたさ。宮人の語りは続きまして、この厳島にご出現になった初めから、今、衆生済度のご利生も灼かなこの時に至るまでの深甚なる数々の霊験が挙げられます。聞かされた僧は、「それはそれは、なるほど」と納得いたします。厳島八社の御殿がその甍を堂々と八棟並べて海の水際にあり、潮の満ち干が月の美しさをひときわ強め、たとえば潮が満ちてくれば大鳥居や朱塗りの玉垣が瑠璃のように映える、たとえば潮が引いてしまうと夏の夜でも社前の白洲はあたかも霜がおりたように見える、それも当然なのだなと感得したのです。そうなると弥増して尊いものに思われますから経を読み法文を唱えておりましたところ、しだいに日が暮れ、月が昇り、潮が満ち、いずこからとも知れない藻屑が波に揺られて寄せてきて、そこに卒塔婆の形をしたものがあるのです。紛れて、あるのです。それをどうしようと考えたわけでもないのですが、手にし、眺めてみたところ、「おきの小島に我あり」との文句が。歌が書かれているではありませんか。彫り入れて刻みつけた字でしたから、波に洗われても消えないでいて、はっきりと読みとれたのでした。

「さても不思議な」

修行者は笈という箱を背負って行脚するものですが、この僧も、卒塔婆を拾いあげるとその笈の上部にさし込みまして、さあ都に上りました。康頼の老母の尼君や妻子が人目を忍びながら暮らしている一条の北の紫野というところを、訪ねました。さあ、この卒塔婆を見せました。たちまち老母も妻子も悲しみました。

「この卒塔婆は唐土のほうへ漂い流れていかず、どうして、ここまで行き着いて、どうして、私たち家族に今更の物思いをさせるのでしょうね。どうして」

この稀代の一件は遥かに法皇のお耳にも達しました。実物を、後白河法皇もご覧になります。と、「ああ、不憫だぞ。してみると流罪となったこの者どもは、今も生き存えているのだな」とおっしゃられ、のみならず、おん涙も落とされたのですから勿体ございません。その後小松の大臣のもとへ送られますと、重盛公はこの不可思議な卒塔婆を、父の入道相国にお見せ申します。

そもそも和歌とはどのような功徳を持つものでございましょうか。柿本人麻呂は、昔、島のあちら側へと隠れてしまう船を慕び、その思いを詠みました。山部赤人は、昔、葦辺の鶴を眺め、それを一首に吟じられました。住吉明神はその社殿の荒びを歌をもって歎かれましたし、三輪の明神はその社殿の在所をやはり歌をもってお示しになられました。昔の昔のいちばんの昔、素戔嗚の尊が三十一文字の和歌を初めてお詠みになった時よりこの方、多くの神が、仏が、その詠歌を通して万のお気持ちを表わされてきたのです。

そして、入道相国も岩や木ではございません。やはり同情の言葉を吐かれたのでございます。卒塔婆の書き手、作り手への。

蘇武(そぶ)――漢(かん)の将軍のこと

さあ、入道相国(しょうこく)が不憫(ふびん)がったのです。そうなりますともはや、どんな憚(はばか)りがございましょうか。京都じゅうの貴賤老若(きせんろうにゃく)、その誰も彼もがこの「鬼界(きかい)が島の流人(るにん)の歌」を口吟(くちずさ)むようになるのでした。それにしてもでございます。千本まで作った卒塔婆(そとば)なのですから、さぞ小さいものであったでしょうに。それが薩摩(さつま)の南方の海の上なんぞから、はるばる、はるばる、都まで伝わったのは不思議や不思議。あまりにも専心に願うことは、やはり効験を現わすのでしょうか。この康頼(やすより)の卒塔婆流しのように。

それを知るのに、大陸にこんな話がございます。

昔、漢王が胡国(ここく)を攻めました時、初めは李少卿(りしょうけい)を大将軍として三十万騎をさし向けられたのです。ところが漢王の軍は弱い、胡国はその戦いぶり勇猛極まりない、官軍はみな打ち滅ぼされた。のみならず大将軍の李少卿は胡王のために捕虜となってしまった。そこで、次に蘇武(そぶ)を大将軍として五十万騎をさし向けられて、ああ、また漢の軍勢は弱かった、胡の戦いっぷりは勇ましい限りだった、官軍は壊滅させられた。兵士六千余人もが生け捕られた。この捕虜のうち大将軍の蘇武をはじめとして主だった兵六百三十余人が選び出されて、いちいち片足を斬られた、そのうえで追放された。即死する者あり、少しは保ってから死ぬ者あり、そして蘇武は。

死ななかった。

片足のない身で、山に登っては木の実を拾った。春は沢辺に根芹を摘んだ。秋は田の落ち穂を拾った。そのようなことなどをして、儚い命を、しかし、つないだ。

田には雁がたくさんいた。

たくさんいる雁は、蘇武を見馴れて、恐れなくなった。

蘇武は、これらの渡り鳥はみな俺の故郷に通うのだなと、それを思った。思うと途端、懐かしかった。その懐かしさは筆を執らせた。望郷の念を一筆したため、一羽の雁に「頼んだぞ。きっと漢王に、この便り、さしあげよ」と言い含めて、その翼に手紙を結んだ。結んで、ぱっ、放った。田の面の雁こそは頼もしい雁、秋になれば必ず健気に、健気に、北国から都へ飛んで渡る。その都に、庭園があった。名は上林苑、そこで漢の昭帝がご宴遊あそばされていた。夕暮れ、空は薄曇ってなんとなく物哀れ、哀れなその折り、一列の雁が飛び渡ってきた。

大空に。一列。

そのうちの一羽が舞い下りた。翼に結んであった手紙を食い切って、落とした。役人がこれを取ってお届け申し、帝は、これを披いてご覧になった。すると「昔は岩窟の洞穴に閉じ込められて歎きの三年を送り、今はただ広漠とした田の畝に捨てられて片足の身で胡狄の地にいる。たとえ屍はこの胡国に晒すとも、魂は、再び君のお側に仕えたい」と書いてあった。

書いてあったのです。手紙に。

だからこそ、これ以来、手紙を雁書と言い、雁札とも言いならわすようになったのです。

漢王に戻りますと、こう言われたのです。

「ああ、不憫だぞ。蘇武の名誉の筆跡であったぞ、これは。まだ胡国に生きているに違いないぞ」

そして今度は李広という将軍に命じて、百万騎を派されました。今度は漢の軍勢の戦いっぷりが勇ましい、果敢に勇ましい、胡国の軍が一敗地に塗れた。味方が勝利したと聞いて蘇武は茫漠たる原野から這い出した。名乗った、「私こそは昔の蘇武だ」と。蘇武は、十九年の歳月を送って、片足を斬り落とされた身で、輿に乗せられて、故郷へ帰った。蘇武は、十六歳の時に胡国へさし向けられたのだったが、その命を受けた折りに帝から賜わった旗をどのようにしてか隠しつづけ、肌身離さず持っていた。蘇武は、今、今こそそれを取り出して、帝のお目にかけた。

かけたのです、蘇武は。旗を。
ああ、君も臣もその感歎、ひととおりではありませんでしたぞ。

君のため、並びない大功を立てたというので数多くの大国をいただいて、そのうえ「典属国」なる夷狄の降伏者をつかさどる官にも任じられたとのことでございます。

ところでこの話にはいま一人、蘇武と同格の大将軍が出てきていたのですけれども、そちらは後日どうであったか。ええ、李少卿のことでございますよ。捕虜となった李少卿は、胡国にとどめられたまま、ついに帰れませんでしたな。なんとしてでも漢の朝廷に帰りたい、と、そう歎願したのですけれども、胡王にその願いが容れられることはありませんでしたな。しかも、漢王はこうした事情を全然お知りになれない。そのため「李少卿は、君に不忠の者である」と言われて、なんと死んでいる李少卿の二親の遺体を墓から掘り起こして、これを討たせられたのです。死のうえに重ねた死罪。その他、兄弟、妻子を数に入れた六親をみな罰せられました。李少卿はこのことを伝え聞いて、深く怨みに思いました。それでも、それでもやはり。李少卿は故郷をば恋しい、恋しいと思い慕うのでした。君に不忠でない由を一巻の書に書いて、漢王に献じたのでした。

「なんと、そうであったか。李少卿に不忠の心はなかったか。胸が痛いぞ」

漢王はおっしゃられたそうですよ。父母の遺体を掘り出して討たせられたことを、まあ、実に悔いられたそうでございますよ。

さて大陸の将軍たちの話は、この辺といたしましょう。しかし、しかし、結びの文句はそれをこそ踏まえて編みましょう。漢の蘇武は手紙を雁の翼につけて大空より故郷へ送り、本朝の康頼は歌を海上の波に託して故郷へ伝えました。前者は一筆の慰み書き、後者は二首の歌。前者は上代の出来事、後者は末代の今に起きたこと。あちらは胡国で、こちらは鬼界が島でと場所は遠く隔たり、時代もまた変わってはいるけれども、情趣にはいかなる隔たりがございましょう。

珍しいばかりの、これらです。

三の巻

赦文（ゆるしぶみ）──彗星（すいせい）現わる

年は改まるのでございます。すると治承（じしょう）二年正月一日。院の御所では拝賀の儀が行なわれました。四日には朝覲（ちょうきん）の行幸（ぎょうこう）もございました。まあ一切は例年のとおりとも見えます。ですが後白河（ごしらかわ）法皇のお心のうちは、さて、どうでしょう。去年の夏に新大納言成親卿（なりちかきょう）以下、側近の人々が、やれ流罪だ、やれ斬罪だと多数処刑されておりますから、そのお怒りが解けることなどとてもとても。政務には到底気がお進みにならず、なんともご不快なご様子にて法住寺殿（ほうじゅうじどの）にいらっしゃるのでした。いっぽうで、さて平清盛（たいらのきよもり）は。この太政入道（だいじょう）とて、例の多田蔵人行綱（ただのくろうどゆきつな）の密告があって後（のち）は、法皇に対して気が許せるものではございません。ですから、表向きはなんでもないことのように振る舞い、しかし内心ではしっかり用心して、まあ苦笑いしておるのでございますよ。

そして七日には彗星（すいせい）が現われたのです。同じ治承二年の正月七日に、東方の空に。

彗星ではなく、あれぞ蚩尤旗だとも言われましたな。またあの星こそは赤気だとも。いずれの星であるにいたしましても、まあ大事件の前兆ですな。この妖星が出現して、十八日になっていちだんと光を増したのです。

入道相国には、のちに建礼門院となるおん娘がございました。その時はまだ中宮と申しあげていたのですけれども、このお方がどうやらご病気になったというので、宮中はもとより巷間の者どもも大いに憂いました。あちこちの寺で御読経がはじまり、あちこちの神社へ官幣使が遣わされました。幣帛をたてまつります、神祇官からの使者たちです。医師たちはあらゆる薬を用いましたし、陰陽師たちはあらゆる方術を尽くしました。密教の祈禱の法も、これはもう大法、秘法が一つ残らず行なわれました。ところがでございます。中宮のご病気は普通の病いではなかったのでございます。

ご懐妊ということだったのですよ。

なんとまあ。

高倉天皇は今年十八歳。中宮は二十二歳になられます。けれども皇子も姫君もいまだお生まれになってはおりません。もしお生まれになるのが皇子でいらっしゃったら、それはそれは目出度いこと、と、平家の人々は悦びあわれます。あたかも今すぐにもご誕生のことがあるかのように勇み足で喜悦されるのです。他家の人々のほうもやはり、「平氏の繁栄はまさに勢いに乗じて最上最大の好機を得たな。皇子のご誕生は疑いあるまいよ」と申しあわれました。

ご懐妊は確実と定められましたので、そこからは別様のご祈願です。効験灼かな高僧、貴僧たちが星を祭り仏菩薩に縋り、大法、秘法を行なって皇子がお生まれになるように祈られよ、と命じられます。六月一日には中宮はご着帯なされます。仁和寺の御室、守覚法親王が宮中に参られて、孔雀経の法を修してご加持せられました。天台座主の覚快法親王も同じように参られまして、仏力によって胎内の女子を男子に変ずるあの修法、変成男子の法を執り行なわれました。

ご着帯の儀式は妊娠五カ月めにあたりますが、これを過ぎ、あの祈禱この呪法とあれこれ修されておりますうちに、月の重なるのに従って中宮はお体の苦しさを訴えられます。そのおいたわしいご様子は、たとえば一度笑めば百の媚があったという漢の李夫人が、昭陽殿で病いの床に就かれていた様もこうであったろうと想わせますし、たとえば唐の楊貴妃の、一枝の梨の花が春の雨に濡れ、蓮の花が風にしおれ、女郎花が露にうなだれると歌われました風情よりも、なお一層ご不憫なのです。こうしたご病悩の機会を逃さなかったのは、言わずもがな物の怪どもでございます。手ごわい連中が中宮にとり憑きたてまつりました、はい。そこで、そうした物の怪を乗り移らせるために用意した憑坐に「えいっ」とばかりに不動明王の縛をかけますと、いやはや続々と顕われました。死霊に生き霊が。いったい物の怪の正体とは、いかなる霊だったのでしょうか。特に名のあったのは次のようなもの。

讃岐院のご霊。

その讃岐院とともに保元の乱を起こした、宇治の悪左府、藤原頼長の怨念。

新大納言成親卿の死霊。

西光法師の悪霊。

鬼界が島の流人たちの生き霊。

こう名乗ります。これはもう、生き霊も死霊も宥めるのがよいだろうと中宮の父、太政入道は思い定めまして、まずは早々に讃岐院にご追号をたてまつり、崇徳天皇と申しあげました。宇治の悪左府、頼長には贈官贈位が行なわれました。贈られましたのは太政大臣正一位、その勅使は少内記の藤原維基だったということです。頼長の墓は大和の国の添上郡、川上村、般若野の五三昧にございますけれども、これがはたして墓でしょうか。なぜかと申すに、頼長というこの方の死骸は保元の秋に実検するために掘り起こされ、後、捨てられ、すなわち路傍の土となり、その土に年々ただ春の草が茂るばかりだったからです。今はしかし、そこに勅使が訪ね求めてきました。そして贈官贈位の宣命を読んだのですから、ああ、その時の亡魂の喜びようはいかばかりだったでしょう。

いずれにしましても、怨霊は昔も今もこのように恐ろしいものです。だからこそ早良の廃太子には崇道天皇という ご追号を贈られたのですし、また、井上の内親王をば皇后の座に復されたのです。ともに延暦十九年のことでございますが、これらは皆、怨霊を宥められる策であったのですよ。他にはたとえば、冷泉天皇がご狂気になられ、花山法皇が十善万乗の帝位を退かれたのは、民部卿の藤原元方の怨霊のためで、三条天皇が失明なされたのは供奉を務めた観算のそれの祟りであったとか。ええ、伝えられておりますよ。

さて、中宮のご懐妊のことと憑きたてまつった物の怪のこと、それら怨霊を宥める計策のことなどを例の門脇宰相が聞きつけました。入道相国の弟の、平教盛にございます。丹波の少将成経の舅にございます。この舅は、まさに成経のことを小松の内大臣重盛公に相談なさったのでございます。すなわち、「中宮御産のお祈りがいろいろに行なわれていると私は聞いております。さすれば、なんと申しましても非常の赦、すなわち有罪者すべてに対する恩赦以上に、善根となろうものがあるとは私には思われません。なかでも鬼界が島の流人たちを召還なさることこそは、やはり一等、一等勝った功徳善根に他ならないかと」と、こう申されまして。そこで小松殿も、父の入道の御前にお出でになられました。おっしゃられたのは次のようなことです。

「あの丹波の少将のことを宰相があまりに歎願しますのが、私には気の毒でなりません。また、この重盛が漏れうけたまわったところでは、今度の中宮のお苦しみのこともまた、とりわけ成親卿の死霊が祟っているのだ、とも。だとしたらです、父上。大納言成親卿のその死霊を宥めようとお思いになるのでしたら、まずは生きております少将をお召し返しなさいませ。人々の歎きをとどめておやりになれば、父上の願いも叶えられます。人々の望みを思いどおりにしておやりになれば、父上の御願もただちに成就し、中宮は皇子をお産みになるでしょう。わが平家一門の栄華はますます盛んとなるでしょう」

これを聞かれた入道相国は、おやおや、日頃とは全然違って、ことのほかに穏やかです。小松殿に今にもご尤もと言わんばかり。そして尋ねられたのでした。

「さてさて、では内大臣よ、重盛よ、それでは俊寛と康頼法師のことはどうしたものか。なあ、どうだ」

「それも同様にお召し返しなさいませ。もし一人でもお残しになりましたら、かえって罪を作りましょう」

「康頼法師のことは、それでよい」と入道は言われました。「しかしだ。ところで、だ。俊寛はこの俺がいろいろと口添えをして、世話をしてやってだ、そうして一人前になった者だぞ。なのにだ。にもかかわらず、だ。所もあろうに自らの山荘である鹿の谷に城郭を構えて、何かにつけてけしからん行動があったそうではないか。さようであれば」

入道は穏やかなまま、断じられました。

「俊寛を、俺が赦(ゆる)すことは、ないな」

御前より退出され、小松谷のお邸(やしき)にお戻りになられた重盛公は、叔父(おじ)の宰相殿をお呼びしました。少将はもうじき赦免になりますから、どうぞご安心なさいと言われました。宰相はそれはそれは、両手を合わせて甥御(おいご)のこの内大臣を拝んで、喜ばれます。

「あの娘婿(むすめむこ)は、流されてゆきました時にも『どうして自分の身柄をもらい受けてくださらないのですか。どうしてですか、どうして』と思っているかのありさまで。舅たる私を、この教盛を目に入れますたびに涙を流しておりまして。それが実(げ)に、不憫で、どうにも不憫でして」

「ええ、そうお思いになることでしょうね。子というものは、誰しも可愛いに違いないのだから。父の入道殿には重ねて申しておきましょう」

小松殿はこのように言われて、奥の間(ま)に入っていかれました。

やがて鬼界が島の流人たちの召還は決定し、入道相国が赦免状を下されました。お使いは即、もう都を出立(しゅったつ)です。宰相はうれしさのあまり、その公(おおや)けの使いの者に私(わたくし)の使者も添えて下されまして。急げよ急げよ、昼夜兼行で急いでいけよと命じられたのですけれども、しかし、船旅というのは思いのままには進めぬものでございます。波風を凌(しの)ぎ凌ぎなぞしておりますうちに、都は七月下旬に出たのですけれどもいやはや九月二十日頃になって、ようよう着いたのでございましたよ。鬼界が島に、はい、到着です。

足摺――俊寛半狂乱

入道相国のお使いは、丹左衛門の尉、基康という者でした。船から上陸しまして、声をあげて「ここに都から流されなさった丹波の少将殿はおられるか。法勝寺の執行たる御房はおられるか。平判官入道殿はおられるか」と流人たちを捜し求めるのでした。三人の名前が口にされましたが、そのうち成経と康頼の二人はいつものように熊野詣でに出ておりまして、海辺にはおりません。いたのは俊寛僧都、ただ一人。

いやはや、俊寛の仰天したこと。たちまち慌てふためかれたこと。つまり呼びかけを耳にして、思われたわけですな。俺は夢を見ているのか、あんまりにも帰りたい帰りたいと願っていたから、こんな夢を見ているのだろうか、それとも天魔が俺を誑かそうとしてあのように呼びかけているのか、とても現実だとは思えんぞ、と。その慌てっぷりのままに、走るとも転ぶともつかないような恰好で、お使いの前に急いで出ていったのでした。

「何事ですか」と言って、名乗られました。「私こそは京都から流された俊寛です」

お使いはそう聞いて、雑色の首にかけさせてあった文袋から入道相国の赦免状を取り出し、お渡ししました。さあ俊寛が、これを披いてご覧になります。文面は以下のようなもの。

「遠流の刑に服したことで重き罪は免ずる。ただちに帰京の準備をせよ。中宮御産のおん祈りによって非常の赦が行なわれるのである。それがゆえ、鬼界が島の流人の少将成経と康頼法師の二人、赦免する」

二人、です。

そうとしか書かれておりません。

俊寛という文字がありません。

いやいや、上包みの紙にはきっと書いてあるだろうと見ますが、そこにもない。奥から端へと読み、端から奥へと読み返しますが、やはりない。ない。二人とばかり書かれて、三人とは書かれていないのです。

そうするうちに熊野詣での成経、康頼も戻ってきました。その少将成経が手にとって読みましても、また判官入道の康頼が読みましても、やはり赦免状には二人とだけある。三人とは書かれていないのでございます。俊寛僧都は、もう、何をどう考えてよいのやら。夢であれば、確かにこんなこともあります。だとしたらやっぱり夢なのでしょうか。いいえ、現実です。しかし、現実のことだとちゃんと納得できますでしようか。いいえ、やっぱり夢としか思えないのです。おまけに成経と康頼の二人のもとへは、お使いに託けた都からの手紙が幾通もありまして、いっぽうで俊寛僧都のもとへは安否を気遣う手紙というのが一通もない。これは、どう考えればよいのでしょうか。俊寛には、俺の身寄りの者どもは都の内から全員いなくなってしまったのか、と、そう思いやるしか術がないのですがいやもう、いやもう耐えがたい。だから思いたどるのです。

もともと俺たち三人は罪も同じ罪だ。

配所も同じ、この鬼界が島だ。

どうして赦免のその時に、二人だけが召し返されて、一人が流されたまま配所に残るのだ。

あれか。平家がうっかり忘れたのか。それともあれか、書記役が書き誤ったのか。

ええい、これはなんとしたことなのだ。

「これは、なんと」

俊寛は天を仰ぎ、地に伏して、泣き悲しむのでございます。

泣き悲しんで泣き悲しんで、しかしながら甲斐はないのでございます。

それから俊寛は、少将の袂に縋りつきました。

「俊寛がこうなったのも、もともとは、なんですか、あなたの父上がつまらない謀叛を企てたからではないですか。あなたの父上、お亡くなりになった大納言成親殿が。そうではないですか。おい、そうだ。だとしたらこの俊寛の歎きは他人事ではないわい。そうお思いなされては困る、困る、たまらんわい。だから、ですから、お赦しがないので都までは帰られぬのはよい、よいのだけれどもこの船に乗せて九州の地までは、せめて九州の地までは着けてくださいよ。いいですか、お二人がここにおられた間こそは、春は燕、秋は田の面の頼もしい雁が訪れるように、時には都からの便りもあったのです。そのおかげで俊寛は、この俊寛もまた故郷のことを伝え聞いていられた。しかし、これから先はどうなるのだ。それもないぞ。それもないぞ」

ああ、俊寛は悶えます。

身悶えして故郷を恋しがられます。

もちろん少将は慰められました。きちんと、いろいろとおっしゃられました。このようにです。

「本当に、一々ご尤もです。私たちが都に召し返されるうれしさは、それはもう言うまでもないのですけれども、けれどもご様子を拝見して、あなたお一人を残して帰るという気持ちには、ええ、どうにもなれません。この船にいっしょにお乗せしたい。いっしょに都へ上りたい。それはやまやまです。やまやまなのですが、都からのお使いも言っております。『できない』と。そしてお赦しもないのに三人が揃って島を出たと、もし、もしですよ、平家に聞こえましたら大変です。ええ、かえってまずいことになりましょう。まずはこの私、成経が帰京しますよ。それから皆によく相談して、入道相国のご機嫌もうかがいまして、こちらの鬼界が島に迎えの人間をさし向けますよ。それまでの間は、はい、今まで三人でいた時と同じお気持ちでどうぞお過ごしになって、お待ちください。なんとしても大切なのは命。お命でございますよ。このたびはお漏れになってしまわれましたが、赦免はいつか、必ず。最後には」

しかし俊寛はといえば、人目も憚らず泣き悶えるばかり。

それから騒めきです。船はもはや出さねばなりませんから、大勢がどやどやと騒めき立つのです。僧都はその船に、乗っては下り。乗っては下り。いかにも「いっしょに連れて帰ってくれ」と告げんばかりにふるまいました。いっぽうで少将は夜具を俊寛のための形見にと残し、康頼入道は法華経の八巻一揃えを残しました。ついに纜が解かれました。船は岸より海へと押し出されました。すると僧都は、その船の綱にしがみつきます。俊寛僧都は、腰まで塩水に浸かります。それから脇まで。どうにか背丈が立つまで。その背丈も届かなくなると、船にとりつきました。そして繰り返し繰り返し懇願なさるのでした。

「ねえ、あなた方、この俊寛をとうとう捨てておしまいになるのですか。お見捨てですか。こんなにも、こんなにも情けが薄かったなんて、そりゃあ思わなかったよ。いつもの友情はどうしたんですか。どこにもないんじゃありませんか。いいから無理にでも乗せてくださいよ。ねえ、せめて九州の地まで」

「駄目ですな」

応えたのは都からのお使いでして、船端にとりすがる俊寛の手をば払いのけます。そして、ついに船を沖へ漕ぎ出すのです。

これでは、どうにもならない。

僧都は波打ちぎわに戻ります。

その渚に倒れ伏します。

それから稚けない者が乳母や母親などを慕ってするように、足を地面にすりつけ、こすりつけるのです。怒りと歎きの足摺りです。まあ喚きましたよ。

「これ、乗せていけ」

と。叫びましたよ。

「俺を、俺を連れていけ」

と。しかし漕ぎ行く船の常で、跡は白波です。あとは俊寛のことなぞ、知らないばかりなのです。まだ船はそんなに遠くにはないのですが、しかし涙に曇った目にはそれも見えません。俊寛僧都は高いところに走りのぼりました。それから沖のほうを手招きしました。呼び戻せないだろうか、船をこの島に戻せないだろうかの執心です。

あの大昔、松浦佐用姫が外国の任那に遣わされる夫のことを慕い、その人の乗る唐船にいつまでも領巾をふったという悲しみも到底これには勝りますまいよ。

そのうちに船の影も消えます。

水平線に呑まれます。

日も暮れます。

しかし俊寛は、粗末な寝所へは帰らない。波が足を洗うのにまかせるのです。夜露に濡れしぼんで、そこにいるのです。呆然と、呆然と、そこにいて一夜を明かすのです。しかも、頼みにもならないことを頼みにしているのです。少将は情け深い人だったぞ、と。きっと入道相国にとりなしてくれるぞ、と。その頼みがあるから俊寛はこのとき身投げをしなかったのですが、なんとも虚しい心中です。昔、天竺のあの早離と速離という兄弟が、これらを疎んだ継母によって南海の孤島の海岳山に捨てられたという悲しみも、今こそ思い知らされたでしょうよ。

そうですとも。

御産 ——皇子お生まれに

こうして鬼界が島には俊寛一人。鬼界が島を離れたのは二人。もちろん少将成経と康頼入道のことですが、二人はお使いの者どもとともに船路にて肥前の国の鹿瀬の荘に着かれたのでした。この荘園は成経の舅、平宰相の領でございます。宰相教盛卿は京都から人をやって、こう言われました。

「年内は波風が烈しいです。道中がたいへんに心配です。そういうわけですので、まずは鹿瀬の荘にてよくよく養生して、来春になってからご上京なさい」

さもありなん。少将は肥前の国内に逗まってその年を暮らしました。都に上る時を待って。

そして、一人、二人、それから大勢。

一人が残されたのは鬼界が島、二人が逗留するのは鹿瀬の荘、それから大勢が集うのが都の、それも六波羅であったのでございます。

これは同じ年の内のこと。治承二年の十一月十二日でございまして、その寅の刻、中宮が産気づかれました。まあ京じゅうが、わけても六波羅が大騒ぎでしたそうな。人の来訪が、もう大変で。御産所はその六波羅の池殿でございました。池殿は清盛入道のおん異腹の弟にあたられる頼盛卿のお邸ですな。法皇もそこに御幸あそばされました。それから関白の藤原基房殿をはじめとして、太政大臣の藤原師長公以下、公卿と殿上人は全員。こうも言い換えられましょうか。すべて世間で人並みに数えられ、官位の昇進に望みをかけ、領地やきちんとした分際を持つほどの者で、ここに参集しなかった者はいなかった、と。まさに大勢。大勢が集うたのです。

ちなみに女御や后の御産に際して、大赦が行なわれたという前例は、ちゃんとございます。大治二年九月十一日、待賢門院の御産のときに、それがございました。今回もその例に拠って重罪人たちが大勢、こちらも大勢赦されたのです。しかしその大勢に俊寛は入らなかった。俊寛僧都一人は。ええ、厭わしいものです。

しかし一人はさておき、今はなにしろ都でございます。六波羅の大勢でございます。願が立てられました。御産が平穏で皇子がご誕生ある場合には、八幡、平野、大原野などの神社に中宮がお礼参りに行かれるであろうとの願です。この願文を謹んで読みあげられましたのは全玄法印です。御誦経が行なわれました神社は伊勢大神宮をはじめとして二十余カ所。仏寺は東大寺や興福寺以下十六カ所。御誦経のお使いは中宮付きの侍のなかの有官の者がこれを務めましてな。さあ、六波羅の池殿をご想像なさい。紋を三色で彩った狩衣を着て帯剣する者たちが、いろいろなご布施や御剣、御衣を持って続く、続いている。それらが東の対の屋から南庭を通って、西の中門へと出る、出ていく。その様。どうですか。まことに結構な見物ですよ。

さて大勢とは申しましたけれども、なかなか大勢のその数に入らなかったのが小松内大臣重盛公でございます。この人は例によって、善きにつけ悪しきにつけ何事にも動じることのないお方でしたから、だいぶ時間が経ってから参るのでございます。しかし、いざ参りますと、これもまた壮観。嫡子の権亮少将維盛以下、その公達の車を連ねさせて、とりどりの御衣を四十襲、銀で拵えた剣を七振りを広蓋に載せて、御馬十二頭をひかせての参上だったのですから。これは寛弘年間に上東門院が御産のとき、その父、御堂関白こと藤原道長殿が御馬をたてまつった例に拠ったそうでございますよ。内大臣重盛公は中宮のおん兄であられるうえに、入内に際しましては父代わりともなりましたので、ええ、実父の清盛公が入道であられたために内大臣の養女とされたのですよ、その「父子」のおん間柄から御馬献上となったのですな。実に、もっとも千万。

五条大納言の藤原邦綱卿も御馬を二頭進上されました。人々は「平家へのお志しが篤いのか。それとも、ありあまる財産ゆえだろうか」と評しましたよ。

なお神馬は、伊勢をはじめとして安芸の厳島にいたるまで七十余カ所の社に奉納されました。内裏でもまた、馬寮で飼われておりました馬に幣をつけて、数十頭を奉納しました。

そして仁和寺の御室は孔雀経の法を行なわれます。

天台座主の覚快法親王は七仏薬師の法を行なわれます。

三井寺の長吏の円恵法親王は金剛童子の法を行なわれます。

他には五大虚空蔵の法、六観音の法、一字金輪の法、五壇の法、六字河臨の法、八字文殊の法、そして普賢延命の法にいたるまで、残さず、残さず修せられたのです。言うことを俟ちませんが、護摩の煙は御所じゅうに満ちました。金剛鈴の音は雲に響きました。修法の声は身の毛もよだつばかり、これはもう、どのような物の怪であっても相対するなどはできますまい。のみならずです、仏師たちの住む仏所の法印にもご命令が。中宮と等身大の七仏薬師、ならびに五大尊明王の像も造りはじめられたのです。

しかし、ああ、しかしながら。中宮はたびたび繰り返されるご陣痛に苦しまれるばかりです。すぐにはご出産とはなりません。中宮の父母たられる入道相国と二位の尼殿は、ともに胸に手を置いて「ああどうしよう。ああどうしたらいいのだ」と途方に暮れられるばかり。周囲の者がいろいろ申しましても、ただ「ともかくもよいように。よいように」と言われるばかりなのです。そんなばかり、ばかりのありさまでして、入道も後に「それにしても合戦の陣であったら、俺もあれほどに臆したりはしなかったわい」と言われたものでしたよ。

祈禱を担います修験者は、房覚、昌運の両僧正と俊堯法印、さらに豪禅、実全の両僧都。それぞれ僧伽の句などを読みあげ、本寺本山の仏たちや年来信奉している本尊たちに心を砕いて砕いて祈り、効験を強かに強かに求めました。これはもう、まことに霊威霊験は灼かであろうと思われて尊いものでしたよ。が、わけても尊くいらっしゃったお方もございました。後白河の法皇様です。この院は、ちょうど新熊野に御幸なさる予定で、ご精進なさっていた折りであったので、御産所のその周囲にめぐらされた御帳の近くに御座を占められて、千手経を高らかに読みあげなさったのです。幾度も幾度も読誦あそばされたのです。ああ、そのご祈禱の効験と申しましたら、いちだんと顕著。それまで憑坐に乗り移って躍り狂っていた強力な物の怪どもが、しばし鎮められたのです。

「聞け。どのような物の怪であっても」と法皇はおっしゃられたのでした。「この老法師がこうしている以上は、中宮に近づき申すことはできまいぞよ。特に、聞け、いま顕われている怨霊どもはみな朕が朝廷の恩を受けて一人前になった者どもだぞ。聞け、聞け。よしんば感謝しその恩に報いようとの心持ちはないにしても、どうして妨げなどしてよいものか。退散せよ。ただちに」

　そして千手経をお読みあげになります。陀羅尼です。

「女人生産しがたからん時に臨んで、邪魔遮障し、苦、忍びがたからんにも、心をいたして大悲呪を称誦せば、鬼神退散して、安楽に生ぜん」

　安楽に出生するだろう、と水晶のおん数珠をおしもまれます。

ご祈禱なされます。

強く、強く祈られます。

すると。ああ、すると。

ご安産であったのみならず、皇子がお生まれになったのでした。頭の中将重衡は、そのときはまだ中宮職の亮でいらっしゃったのですが、御簾の中からつっと出て、「御産は平安。皇子ご誕生なるぞ」と声高らかに申されました。いやもう、一同が声を揃えてあっと喜びあいましたこと。その一同とは、法皇をはじめ関白殿以下の大臣、公卿、殿上人、それぞれの阿闍梨の伴僧、幾人もの修験者、陰陽の頭、典薬の頭、その他すべての貴賤上下を問わない人々です。中庭ばかりでなく広庭のほうにいた者たちまでも歓声をあげ、門外にまで轟いて、しばらくは静まりませんでした。入道相国はあまりのうれしさに声をあげて泣かれました。喜び泣きとはまさにこれを言うのでしょうね。そして小松殿です。中宮と例の「父子」であられる小松の内大臣重盛公は、御産を終えられたお方のもとに参じられて、黄金で鋳ました銭九十九文を皇子のおん枕もとに置かれ、こう言われたのでした。

「天を父とし、地を母となさいませ。おん命は唐土の仙人東方朔に等しいほどの長寿を保ち、お心には天照大神を入れ替わらせ、立派な天子とおなりください」

祝福でございました。

重盛公の、これが寿ぎにございました。

それから桑の弓と蓬の矢で、天地四方を射させられたのでございますよ。いっさいの禍いよ、去れと。

公卿揃——もしや凶兆

皇子のおん乳母には前右大将宗盛卿の北の方と定められておりました。が、この人は去る七月に難産で亡くなられていたので、平大納言こと時忠卿の北の方がおん乳母として参られました。この女性は後には帥の典侍と申されたお方です。法皇はすぐにお還りになるというので、門前にお車が寄せられました。入道相国はうれしさのあまりに、砂金一千両、富士の真綿二千両を法皇へ献上されたのですが、はて、これでは後白河の法皇様を修験者並みに扱って謝礼をしたのも同然では。人々はみな、これは感心できないことだと噂しましたよ。

いずれにしましても今度の御産には奇異なことが多かったのです。まずは法皇自らがご祈禱をなさったこと。これは異例中の異例、全身全霊を打ちこんで加持祈禱をする行者となられたのでありましたから。次に甑のあやまち。この過誤と申しますのは、后の御産のときには御殿の棟から甑を転がし落とす習わしがあるのですけれども、皇子ご誕生の場合には南側に落とし、皇女ご誕生の場合には北側に落とすと定まっているのに、このたびは北へ落としてしまったのです。「これはなんとしたことだ」と騒がれまして、取りあげて落とし直したのですが、まあもちろん、ちょっと不吉なことだと人々は囁きあいましたね。ふり返りますと、おかしかったのは入道相国が途方に暮れられていた様子、讃えるべきは小松内大臣のふるまい、残念だったのは前の右大将の宗盛卿がさきほども申しましたように最愛の北の方を亡くされて、大納言と大将の両職を辞して籠居しておられたことです。喪に服されたのだから致し方ありませんが、もしも小松殿と兄弟揃って出仕せられていたらどれほど結構なことだったでしょう。

異例な事態というのは他にもございましたよ。この中宮の御産にあたっては七人の陰陽師が召されて祓の祝詞が千度誦されたのですが、そのなかに掃部の頭の安倍時晴という老人がおりました。この時晴、供の者などは少なく、いっぽうで池殿の邸内はあまりにも大勢が参集していたわけでして、ええ、大勢が、まるで筍が密生して稲と麻と竹と葦も群生するかの大混雑、ですから「お勤めの者でありますぞ。道をあけられよ。あけられよ」と言って人を押しわけて掻きのけて進み出ようとしていたのです。と、右の沓を踏まれて、脱げてしまう。その場にちょっと立ち止まると、あらまあ、さらに冠までもつつき落とされてしまう。このように改まった席で、正装の束帯をきちんと身にまとったかに見える老人が、しかし冠なしの頭を剝き出しにして、しずしず、しずしずと進み出たのですから、若い公卿や殿上人はこらえ切れたものではございません。一同、どっと笑ってしまいます。陰陽師などという者は、反陪と申しまして、足を運ぶにも作法があって決して等閑には踏まないものだと聞いております。それなのにこの珍事。この、異例の出来事。ええ、そのときは特になんとも思われなかったのですよ。しかしながら、後になって思い当たるところは、ええ、多かったのでございます。

それでは御産に際して六波羅へ参られた人々の名を挙げましょう。

関白の松殿、基房公。
太政大臣の妙音院、師長公。
左大臣の大炊御門、経宗公。
右大臣の月輪殿、兼実公。
内大臣小松殿。
これより敬称を省きまして、左大将実定。
源大納言、定房。
それから三条大納言実房。五条大納言邦綱。藤大納言実国。
按察使、源資賢。
それから中御門中納言、宗家。花山院中納言、兼雅。源中納言、雅頼。権中納言、

実綱。藤中納言、資長。池の中納言、頼盛。

左衛門の督、時忠。

別当、忠親。

それから左の宰相中将、実家。右の宰相中将、実宗。新宰相中将、通親。平宰相、教盛。六角宰相、家通。堀河宰相、頼定。左大弁宰相、長方。右大弁の三位、俊経。

それから左兵衛の督、成範。右兵衛の督、光能。

それから皇太后宮の大夫、朝方。左京の大夫、脩範。

大宰の大弐、親信。

新三位の実清。以上三十三人でございます。右大弁の他は直衣姿でございます。この日に参られなかった人々は、花山院家の前の太政大臣忠雅公、大宮の大納言隆季卿十余人で、後日、無紋の狩衣を着て入道相国の西八条の邸へ向かわれましたそうで。

大塔建立――警め付きの予言

褒美というのがございまして。

さまざまな賞ですな、はい。御産の平安を祈る御修法の最終日にあたっても、いろいろとございました。仁和寺の御室へは、東寺の修造がなされること、ならびに後七日の御修法と大元の法と灌頂が執り行なわれるようにとのおおせがありました。また御室のおん弟子、覚成僧都を法印に昇格させられました。天台座主の覚快法親王は二品の位と牛車の宣旨を望んで申し出られたのですけれども、しかしながら仁和寺の御室が異議を唱えられまして、おん弟子の法眼円良を法印になされました。他にもいろいろと賞はあり、まあ一々挙げ切れないとやら。

日数が経ちますと中宮は六波羅から内裏へお帰りになりました。

さて、入道相国です。おん娘が后となられてからは、妻の二位殿ともども、どうか早く皇子のご誕生があってほしい、そしてその皇子を天子の位にお即け申しあげて、夫婦で外祖父、外祖母と仰がれたい、そう願われておりまして。ですから自らがかねて崇めたてまつる安芸の厳島神社にお頼みしようと毎月の参詣をはじめていらっしゃったのです。はい、月詣ででございます。祈られまして、祈られまして、じき中宮はご懐妊になりまして、そういうことなのでございますよ。望みのとおりに皇子ご誕生と相なり、めでたい。

めでたさの由来を、これより説きましょう。より詳らかに。

そもそも平家が安芸の厳島を信仰するようになった謂れは何か、でございますよ。鳥羽院の御代にさかのぼるのでございます。当時、清盛はまだ安芸の守。そしてその安芸の国からの年貢収入で高野山の大塔を修理せよとの勅命を受けておりました。

弘法大師が弘仁十年に建立なされた根本大塔のことでございます。清盛は摂津の国渡辺の遠藤六郎頼方を修理の担当者に任じ、六年をかけて大成せられました。

そして修理が終わって後、清盛が高野山に登り、大塔を礼拝して、奥の院へ参られたときです。

や。どこからか老僧が。

その眉は霜のように白いのです。額には波のように皺がよっているのです。縋るのは二叉の鹿杖です。しばし清盛と話をなさいます。それから言われたのです。

「昔から今にいたるまで、当山は真言の秘密の教えを保持して途絶えたことがありません。いっかな衰退がない。まさに天下に二つとない山にございます。大塔はもう修理が成されましたが、ところで安芸の厳島と越前の気比の宮は、と、ここで厳島の社の名が出たのでございます。「これら二つは金剛界と胎蔵界の垂迹です。大日如来が衆生を救わんがために神として現われたもの。そのうち気比の宮は栄えておりますけれども、厳島はすっかり荒れ果てて、ないも同然です。どうでしょうか、この際はどうか、ついでに奏上して修理なさるのは。それさえなされば、あなた様の官位昇進は他に肩を並べる者もないようになりましょう」

こう言われ、立ち去られました。

老僧のおられたところには不思議な芳香が薫っておりました。

これはなんなのか。老僧は何者か。どなたなのか。清盛は人にあとをつけさせました。しかし三町ばかりはお姿が見えていたのに、その後はあたかもかき消すように失われてしまった。

これは、ただ人ではない。

弘法大師であられたのだ。

わきまえられますとますます尊く思われて、現世の思い出になるようにと高野山の金堂に曼陀羅を描かせられ、また、お描きになりました。西曼陀羅こと金剛界曼陀羅を常明法印という絵師に描かせ、東曼陀羅、すなわち胎蔵界曼陀羅をこの清盛が描こうと言って、自筆でお描きになったのです。どういうお考えだったのか、八葉院の中尊である大日如来の宝冠を、自分の頭の血を出して、それを絵具に描かれたとか。

清盛はそれから都へ上りまして、鳥羽の法皇様のもとに参って、ええ、奏上いたしましたとも。厳島の修理をです。法皇様も深く感動なさり、安芸の国司としての清盛の任期をさらに延ばされ、修繕せられたのです。鳥居を建て替える、社々を造り替える、そして清盛は百八十間の回廊も造られた。一切合切の修理が終わってから厳島にお参りし終夜のお籠りをなさったのですけれども、さて、そのときの夢です。

それこそ霊夢だったのでございます。

御宝殿の中から天童が出てきたのでした。天童は、髪を左右に結って両耳の辺りに束ねているのでした。僕は大明神のお使いだ、と言うのでした。

「汝は、この剣をもって天下を鎮めよ。朝廷のおん守りとなれ」

角髪の天童は言われたのでした。そして銀の蛭巻をした小長刀を賜わるのでした。もちろん夢路にてです。けれども、目覚めてからご覧になると、おお、現実にその小長刀が枕もとに立っていたのです。

その霊夢では、さらに大明神のご託宣も下されましたよ。

「汝は知っているか。もちろん忘れてはいるまいよ。高野山で、ある聖をして言わせたことをだ。しかし悪行があればそこまで。汝の栄華は一代限りで、子孫にまでは及ぶまいぞ」

おおせられて、厳島の大明神は去られたのです。いや、これはまことに結構。

頼豪——怨霊、その前例

平家の厳島信仰の謂れにさかのぼりましたついでに、いま一つ、時代をさかのぼりまして、今度は怨霊のことなぞ。白河院が帝位にあられた折りのことでございますよ。京極左大臣こと藤原師実公のおん娘が后になられ、賢子の中宮と呼ばれまして。まあ大層なご寵愛がありましたな。ですから天皇もこの中宮のおん腹に皇子がお生まれになることを望まれたのです。その当時、効験の灼かな僧は誰かと申せば、世間の評判が答えるには三井寺の頼豪阿闍梨。そこで天皇は、この阿闍梨を召して次のようにおおせられたのです。

「汝、頼豪。この后の腹に皇子がお生まれになるよう、祈禱いたせ。この願が成就すれば、あれだぞ。褒美はなんなりと、申し出のままに与えるぞ」

「たやすいことでございます」

頼豪は謹んでご命令をうけたまわりました。三井寺に帰り、百日のあいだ懸命に心を砕いて祈念いたしまして、中宮はじき、この百日の内にご懐妊なされて、承保元年十二月十六日にご安産で皇子がお生まれになったのです。

天皇のお喜びはひととおりではありませんでしたよ。三井寺の頼豪阿闍梨を召しておおせられました。

「汝、さあ所望はなんだ」

「三井寺に戒壇を建立したく」

戒壇は東大寺、下野の薬師寺、筑紫の観世音寺に置かれ、弘仁十四年には延暦寺にも設けられ、ですが三井寺にはございません。望んでも山門すなわち延暦寺が反対して、勅許が出されないのです。そうした経緯があっての頼豪の奏上、さあ天皇はお困りになられます。

「これは意外な。頼豪、汝のそれは意外な所望だぞ。あれだぞ、阿闍梨からいきなり僧正になりたい等、そうした僧位の特進を望むのだろうと思われていたよ、この私は。帝であられる自分は。なあ頼豪、だいたい皇子のご誕生と、それから皇位を襲がせようと願うのは、国内の安泰というのを思うからだよ。ところがだ、今、汝の所望を容れてみなさい。山門が憤って世の平穏はけっして保てない。両門すなわち山門と寺門とがだ、延暦寺と三井寺がだ、合戦することになれば天台の仏法そのものが滅びてしまうよ」

こう言われて、お許しになりませんで。

さあ憤ったのは他ならぬ頼豪です。口惜しい、口惜しいぞと憤激して、三井寺に帰るや食を絶って餓死しようとします。天皇はたいそう驚かれます。そこで当時はまだ美作の守と言われていた江帥こと大江匡房卿をお召しになり、次のお言葉をくだされます。

「汝、匡房。汝はあの頼豪と師檀の、つまり師僧檀那の契りがあると聞いたぞ。行って、宥めてみよ」

説得してみよ、と、このように美作の守は命じられましたから、三井寺の頼豪の宿坊に赴き、天皇のおおせを伝えようとします。言いきかせよう、言いきかせようとします。しかしながら頼豪は、とんでもなく護摩の煙がくすぶり立つ持仏堂に籠り、恐ろしい声でこう返すのでした。

「天子に戯れの言葉はない。『綸言汗のごとし』とうけたまわっているが、違うか。出たものは取り消せないのではないか。この程度の所望が叶えられないというのなら、よろしい、皇子は我が祈りによってお生まれになった皇子だ。お奪い申して、魔道へ連れていこう」

なんと、なんと、なんと。こう言って、美作の守と対面もしなかったのです。宮廷に帰りました美作の守はこうした次第を奏上します。しかも頼豪は本当に、ついに絶食して死んでしまいました。天皇は、それはもう、どうしたものかと驚かれておいでです。しかも、しかも、皇子はじきおん病いに。さまざまなご祈禱が行なわれますが、いっこう効験は現われないのです。さらにいま一つ、しかも。白髪の老僧が錫杖を持って皇子のおん枕もとにたたずむのが、人々の夢に見えたり、実際、ぼうっと幻のように顕ちあらわれたりするのです。恐ろしい、などという常套句では全然言い表わすに足りません。

そうして承暦元年八月六日、皇子はおん年四歳でついにお薨れになられたのです。敦文親王と申しあげるのはこの方です。天皇のお歎きはひととおりではありませんでしたよ。当時、山門にいま一人、効験ある僧として世評の高い円融房の僧都、のちの天台座主ですが、西の京の良真大僧正がおりましたので、これを内裏に召しました。

「汝、良真。これはどうしたものであろう」

「このような御願は」と良真大僧正は申すのでした。「我が叡山の力によっていつも成就するもの。例を挙げますれば、九条右大臣の藤原師輔公も我が天台座主の慈恵大僧正にお頼みなさったからこそ、後日冷泉天皇となられる皇子のご誕生があったのです。たやすいことでございます」

このように言って、比叡山に帰り登り、百日のあいだ懸命に心を砕いて祈念いたしまして、すると中宮はじき、この百日の内にご懐妊なされて、承暦三年七月九日にご安産で皇子がお生まれになったのです。堀河天皇がこのお方です。怨霊は、実に実に、昔も恐ろしいこと。このように、時をさかのぼって見てまいりました。すると、どうでしょうか。今度、大変にめでたい御産があって、大赦は行なわれはしました。しかし一人、俊寛僧都が赦免されておりません。鬼界が島の俊寛のみが。

うとましいではありませんか。

さて時は治承二年の十二月八日、平家待望の皇子は春宮に立たせられました。春宮傅には小松の内大臣重盛公が、春宮大夫には池の中納言頼盛卿がなられましたそうな。

少将都帰（しょうしょうみやこがえり）——二人のその後

そして年が明けますと治承（じしょう）三年でございます。

ここでは帰還する者たちに目を転じましょう。都帰りを図る者たちに。

それは二人。

丹波（たんば）の少将成経（なりつね）と平判官康頼（へいほうがんやすより）でございます。

正月下旬、この二人は肥前（ひぜん）の国鹿瀬（かせ）の荘（しょう）を出発して、都へと急がれたのです。しかし余寒はなお厳しい。海上もひどく荒れている。ですから船の進みも浦伝（うらづた）い、島伝い。やっと二月十日ごろに備前（びぜん）の児島（こじま）にお着きになったのでした。そこから少将成経の父の大納言成親卿（なりちかきょう）が住んでおられた有木（ありき）の別所（べっしょ）を尋ねて行かれて、ご覧になりまして。するると、いろいろとこの方の慰み書きが残っております。竹の柱や、古びた襖（ふすま）などにです。

「人の形見としては、筆跡に勝（まさ）るものはないね。書き残されていなかったら、父上のこの御手（おて）、今これを目にすることなどできなかったのだから」

少将は言われて、康頼入道と二人で、読んでは泣き、泣いては読まれるのでした。

　安元（あんげん）三年七月二十日、出家

同二十六日、信俊（のぶとし）下向

このようにも書かれてあります。それで二人は例の侍、源左衛門の尉、信俊がここ有木の別所に参ったこともお知りになったのです。また、そばの壁にはこうもあります。

三尊来迎便りあり
九品往生疑いなし

阿弥陀如来と観音菩薩、勢至菩薩の三尊が臨終に際しては迎えに来るのだとも、九品ある浄土のいずれかには往生できるのだとも書かれてあって、少将はこの形見にお触れになるや、限りない歎きの中にも多少は希望が持てそうに思われて、言われました。

「さすがに欣求浄土の望みも、わが父上は、お持ちでおられたのだね」

二人は成親卿のその墓をも尋ねて行かれて、ご覧になりました。墓と申しましても、松がひと叢茂るなかに土を少し盛りあげてあるだけで、別段なんの壇も築かれていないのでした。少将は袖をかきあわせて、生きている人に物を言うように、泣く泣く申されましたよ。

「お亡くなりになられたということは鬼界が島でもかすかに伝えうけたまわっておりました。けれども自分の思うままにはならない情けない流人の身ゆえに、こちらへ急いで参ることもなりませんでした。ええ、情けないものでしたよ、父上。鬼界が島では、それこそ一日片時も生きていられないような頼りなさで。それでも、父上、露のように儚いこの成経の命がそれでも消えないで、二年を送って、今、召し返されることとなったのです。その喜びは申すまでもございません。けれども父上がこの世にいらっしゃるのを拝見してこそ、成経は『生きのびた甲斐もあった』と初めて口にできるのですよ。父上、父上、私はここまでは旅路を急ぎましたが、ここからは、もう。とても急ごうとは思われません」

繰り返し繰り返し、この少将は父の墓前に言われて、涙を落とされるのでした。これ以上に悲しい情景はございません。なんとなれば、父、大納言入道殿がまことにご存命なれば、必ず「どうしたのだ、成経よ」と言われるに違いない。けれども生死の境いにこの父子は隔てられているのです。父は後生に、子は今生に。そうなれば言葉は交わせぬというのが世の習い。惨いことです。苔の下で、誰が応えましょう。ただ嵐に騒ぐ松の響きが、少将に応える声として、応える音としてあるだけです。その無惨さ。

そしてこの日は終夜、康頼入道と二人で墓のまわりを右回りに巡り、念仏を唱えつづけ、夜が明けると新しく壇を築き、柵を繞らして、その前に仮屋を造りました。念仏を唱えて経を書写することは七日七夜に及び、この供養の果てる日には大きな卒塔婆を立てました。したためた文字は、こうです。

過去聖霊
出離生死
証大菩提

年号月日の下にしたためたのは、こうです。

孝子成経

いやもう、賤しい樵夫などといった情けを解せぬ山里の者たちまでも、これを目にしては「子に勝る宝はない」と涙に袖を濡らしました。年が去り年が来て、また年が去り年が来て、歳月はつねに流れてしまうものだけれども、それでも忘れがたいのが「大切に育てられた」というその昔の恩。夢のようですとも。ええ、幻のようですとも。それでも今は亡き父親を恋慕する子の涙は、尽きないのですとも。三世十方のありとある仏と菩薩たちも憐れみなさったでしょうよ。そして大納言成親卿の霊魂は、ああ、どんなにかうれしく思われたことでしょう。

それから少将は、亡き人にこう別れを告げられます。

「ここにて今しばらく念仏を唱え、その功徳を積むべきですが、都で私を待つ人々も、いろいろと気がかりで、待ち遠しく思っていることでしょう。ですから、また参ります」

泣きながら、泣きながら、少将はそこをお発ちになりました。草葉の陰の霊魂のほうも、さぞ、名残り惜しかったかと。

こうして有木の別所を出発し、同じ治承三年の三月十六日に、少将と康頼入道の二人はとうとう鳥羽へお着きになったのでした。まだ明るいうちでございました。ここには少将の父、故大納言の別荘の洲浜殿がありまして、そこを訪れてみますと、住み荒らしたままに歳月を経ましたので、築地はあるがその屋根はない、門はあるが扉がない、さらに庭に立ち入ってご覧になれば人跡が絶えて苔が深い。

池のほとりはどうか。

「秋の山」と呼ばれる鳥羽離宮の築山から春の風が吹きおろして、白波が立っています。

つぎつぎに、寄せては返し、寄せては返し。

その池の面には、紫の鴛鴦が。

白い鷗が。

泳ぎ戯れています。

以前は誰かがこれを眺められたのです。そう、少将の父親が。その、かつてここで愉しまれたであろう父親の恋しさに、少将の目にはまたも涙が。尽きず、尽きず涙が。

家はあるのに、羅文は破れた。

蔀もない。遣戸も失せている。

「ここで大納言殿は、ああしておられた」

わが父のことを少将は言われます。

「この妻戸を、こうして出入りなされた」

想像なさいます。

「あの樹は、ご自身で植えられた」

等々。ひと言ごとに、父、父です。恋しそうにおっしゃるのです。

三月十六日なので桜花はまだ散り残っています。楊梅も桃も李の梢も、今がどの季節かをいかにも心得ているように、匂います、咲き乱れています。昔の主人はいないけれど、花は春を忘れませんから。少将はそうした花のもとに立ち寄って、古い詩や歌を口吟まれます。

桃李不言　　昔のままに咲いている桃も李も無言で
春幾暮　　春が何度めぐり来たのかを問うのは無駄
煙霞無跡　　霞はたなびいても跡が残らないから
昔誰栖　　昔、誰が住んでいたかも知る手立てがない

これが和漢朗詠集にも見える詩で、次が後拾遺集にも見える歌。

ふるさとの　　父に関わる、この場所の
花の物いふ　　花が、もしも

世なりせば　　物を言うことができたなら
いかにむかしの　　どんなにか昔のことを
ことを問はまし　　尋ねるものでしょうよ、しかし実際には叶いはしません

これらが詠まれますと、なにしろ時が時とて、康頼入道もしみじみと心を打たれてしまって僧衣の袖を涙に濡らします。

もともとは日が暮れてから都に入ろうと出発を待たれていたのですが、あまりの名残り惜しさに夜が深けるまで洲浜殿におられました。荒れた宿の常として、古い軒の板間から、深更になるがままに月明かりが漏れる、漏れる、それがまた一面に照ったりするのです。山は明け初めますけれども、どうも家路を急ぐ心持ちにはなれません。

しかし、ずっとはそうしてはいられません。迎えの乗り物も、ここ鳥羽に来ております。「待っているであろう家族のことを思えば、こうしているのは心ないね」と少将はおっしゃって、涙ながらに二人は洲浜殿を出て、都へ上られました。その心中は、さぞ悲しかったでしょう。と同時に、帰京なのですからさぞうれしかったでしょう。康頼入道にも迎えの乗り物が遣わされていたのですが、それには乗らず、「まだまだ名残りが惜しいよ」と言って少将の牛車に同乗して、七条河原まで行きました。そこまでは二人、二人なのでした。そこからは別れて一人ずつ、いよいよ一人ずつになるのでした。ばらばらになるのは、やはり、もの悲しい。去りがたいのです。だって、

たまたま花見で半日を過ごしてもそうでしょう。月を見て一夜を過ごしてもそうですし、村雨が通りすぎるのを待って一本の樹のかげに宿りあっても、そんな偶然の旅人同士であってもやっぱりそうでしょうよ。別れる名残りは、惜しい。ましてこの二人は鬼界が島であれほどの憂苦の日々をともにし、この帰り途もまた船の中で波の上でと運命をともにしてきたのですから、これはもう前世からの縁の深さを骨身に沁みて知って当然です。

それでも、やはり、道は二つに。

まずは少将の足跡を追いましょうか。少将成経は舅の平宰相教盛の邸へお入りになりました。少将の母上はそれまで洛東の霊山寺におられたのですけれども、前日からこの門脇の宰相殿のところに来られて、待っておられました。そして少将の入ってこられるお姿を一目見るなり、「命あればこそ」とだけ言われて、ああ、後は続きません。衣を引きかぶって泣き臥されるばかり。宰相の邸内に仕えております女房や侍たちも集まりまして、ああ、うれし泣き、喜び泣き。ましてや少将の北の方や、乳母であるあの六条の心の内といったら、もうどんなにか、どんなにか。なにしろ六条は、尽きることのない心労に黒かった髪もすっかり白くなり、北の方はあれほど華やかに美しい女性であったのに、いつしか痩せ衰えてしまわれて、まるで別人のよう。別人と申せば、少将が流されたときに三歳だった幼い人は、今はすっかり成長して髪を結うほどになっています。また、そのそばには三歳ほどの幼い人がおられます。「あれは」と少将が問われますと、六条が、「これこそ」とだけ申して、袖を顔に押しあてて涙を流します。すると、と少将はお察しになりました。配所に下るとき、妊んだ北の方の苦しげな様子が心配だったが、それが無事に生まれて無事に育ったのか。その場面を思い出されるや、別れを想い起こされるや、やはり悲しみ歎かずにはおられない少将でございましたよ。

そして少将は、この後、もとのように後白河法皇に召し使われて、おしまいには宰相中将に昇進されました。

では康頼入道の足跡は。

東山双林寺に自分の山荘があったので、そこに落ちつきまして、まずは心に感じるところをこう詠みまして。

ふる里の　わが故郷の山荘の
軒のいたまに　軒の板葺きはすっかり隙間だらけだよ、ところがだ
苔むして　おやおや、早くもそれらの隙間は苔に覆われてしまっているよ
思ひしほどは　となると、期待したほどには
もらぬ月かな　月の明かりも射し込まないな、これは残念

その荒れっぷりを三十一文字に封じたのです。康頼入道はそのままそこに籠居して、

苦しかった昔を思いつづけながら、宝物集という物語を書いたということですよ。

有王——一人を尋ねて

今いちど、数を算えましょうか。

三より二を引きましたら、一と。

鬼界が島へ流されたのは三人です。これら流人たちのうち、二人は召し返されて都へ上りました。すると残されたのは一人。俊寛僧都のみがこの苦しい、つらい島にとり残されて、島守となってしまったのです。

惨いこと惨いこと。

この僧都には、都で幼いころから可愛がって召し使っていた童がございまして。名をば有王と申します。もちろん今も都におります。主人を案じております。そんな折り、鬼界が島の流人たちが赦されて帰京し、今日にも都に入るという噂が。ええ、治承三年の三月十六日のことでございますよ。それで鳥羽まで迎えに出たのです。ところが元流人は、三人揃ってはいない。二人でしかない。そうなのです、有王の主人はお見えにならないのです。

「どうしたのですか」

有王は尋ねました。

「ああ、その人はな、なお罪が重いというので鬼界が島に残されなさった」

こう教えられました。

有王のこのときの心持ちは、悲しいなどと言い表わせるものではございません。以降、有王はいつも六波羅界隈のあちらに立ち、こちらに立ちして、様子を探ります。けれども主人がいつ赦されるとは全然聞き出せないのです。そこで有王は、よし、と決断したのです。よし、僕が、と。有王は、まずは俊寛僧都のおん娘が隠れ住んでおられるところへ参って申しましたよ。

「この大赦の機会にもご主人はお漏れになって、ご上京もございませんでした。そこで、今は決心いたしました。なんとかしてあの島へ渡って、お行方をお尋ね申します。ついては、あなた様のお手紙をいただいて参じましょう」

俊寛のおん娘は、これはもう泣かれて泣かれて、したためて、有王にそれを与えられましたよ。

旅立ちのことは、有王は父にも母にも知らせません。もし暇を願ったとして、許しはあるはずもないとわかっておりますから。大陸の宋に向かう便船は、四月五月に和田の泊より出帆です。これに乗れば九州へも至れるわけですが、しかし有王は夏が来るのを待ちかねたのか、三月の末には都を出発して、もちろん長い船路をいろいろ苦労しつつ、ようよう薩摩の南方の海に下ったのでした。なにしろ薩摩からかの島に渡る湊では、人が有王を怪しんで、着物を剝ぎとりなどしましたよ。それでも有王は、こうして遠離の地にいることを少しも後悔しないのです。僕は、覚悟したのだから。僕は、ちゃんと意を決したのだから。そう思って動じないのです。主人の姫御前のお手紙だけは「誰にも見せないぞ」とばかり、髪の髻を結い束ねたところに隠しておりました。

さあ商人船に乗って、有王は例の島に渡りました。すると、何が見えたか、聞かれたか。都にいて少々耳に入れていたことなど、いやはや問題にもならない。田もないし畑もない。村もないし里もない。稀に人はいるけれども、今度は話す言葉もよくわからない。予想を遥かに超えた惨況です。さて、どうしたものか。それでも有王は島の者のいるところに出向いて、問いましたよ。

「もしもし」

「なにごと」

「ここに都からお流されになった、法勝寺の執行の御房なるお方のことです。どこにおられるか、ご存じないですか。もしもし」

「知らない」

相手は、ええ、本当に法勝寺とも執行とも知らなかったのです。尋ねられて、知っておれば返事はできますものの、何も知らなければ、これはもう首を振るだけ。が、そうした者たちの間にも、ついに事情を知る人間が。

「そういえば。三人。そんな人がいた。二人、召し返された。都へ。上った。もう一人は、いる。残されて。さて、どこか。あそこ。ここ。あちこち。さ迷っている。だから、どこだろう」

手掛かりは得られました。しかし心が揉めるばかりの手掛かり、まるまる気がかりの種です。有王は「もしやご主人は山のほうに」と思って、山路を遠く分け入ります。峰に登ります。谷に下ります。しかし、捜しても、捜しても。主人に目えられぬばかりか、白雲が道をただちに埋めて、そもそも往き来する道もはっきりしないのです。山中に寝めば、青葉を吹きわたる風に目を覚まされて、夢にも主人の面影が見られないのです。山では無理か、と、とうとう諦念して、海辺にそって捜しはじめましたが、いるのは砂浜に点々と足跡をつける鷗、それから沖のほうの白砂の洲に群れ集まっている浜千鳥、人など誰も通っておりません。

人影なし。

ある朝のことです。その、人影なしの海辺に、なにやら蜻蛉のように痩せ衰えた者の姿が。ええ、いきなり磯のほうから現われ出たのです。よろよろ、よろよろ、蹣跚きながら出てきたのです。もとは法師であったとは見えるのですが、髪は空に向かって突き立たんばかりに伸びている。しかも藻屑がいろいろと絡みついて、荊を冠ったようである。肉が落ち切ったために手足の関節もあらわ、皮膚はたるみ、着ているものといったら絹でしょうか、布でしょうか、その区別もわからないほど着古されています。片手には荒布をさげ、片手には魚を持ち、歩こうとはしているのですが思うように進まない。よろよろ、よたよたとするばかり。有王は息を呑みました。ご主人を捜して水際を歩きまわっていて、よもや、こんな奇怪な者に遇うとは。僕は都で数多の物乞いを見たけれども、こんなにひどいのは初めてだ。法華経には「諸阿修羅等居在大海辺」とあったぞ。もろもろの阿修羅は海辺にいるのだし、お釈迦様も修羅の住む三悪道四悪趣は深山や大海のほとりにあると説いておられたから、僕はもしかしたら、もしかしたら、餓鬼道に迷い込んだのかも。等々、考えておりますうちに、あちらはこちらに蹣跚ってきてこちらはあちらに歩いておりますから、お互いにだんだん近づいた。そこで有王は思うのです。もしかしたら、このような者でも、ご主人のお行方を知っているかもしれない、と。そこで問うのです。

「もしもし」

「なにごと」

「ここに都からお流されになった、法勝寺の執行の御房なるお方のことです。どこにおられるか、ご存じないですか。もしもし」

「私こそ、それだ」

そうなのです。有王は俊寛僧都のあまりの変わりように見忘れましたけれども、相手はどうして忘れられましょう。主人だったのですよ。有王を幼い、若い従者として目にかけ続けてきた、俊寛その人だったのですよ。答えるや否や、この僧都は手に持っていた海藻と魚を投げ捨てて、砂の上に倒れ伏しました。魚食は破戒、ですからそれを恥じたのでしょうか。

いずれにしても、有王は、こうして零落れ果てた主人と再会したのでございます。

僧都はそのまま気絶なさいます。三より二を引きまして一となり、そうやって我のみが鬼界が島に残されていた者が、その一からさらに一を引き算せんとしたかのごとく。自らを消さんとしたかのごとく。有王は気を失われた僧都を膝の上におのせして、さめざめと泣いて、申しました。

「有王が参りました。有王ですよ。どうして、どうして、長い船路にいろいろと難儀して、はるばるここまで尋ねてきた僕に、遇ったとたん、こんな目を」と、主人が死んだかと誤解もして、悲歎に暮れながら言うのでした。「こんな憂き目をお見せになるのですか。会うた驚きに死なれてしまったというのでは、甲斐もありません。僕には甲斐もありませんよ」

その声と、その有王の膝のおかげでしょうか、しばらくすると僧都も意識をとり戻されました。有王に助け起こされて、そうだ威厳も示さねばとまずは考えられたのか、こう切り出されます。

「まことに、お前が主人の私を尋ねてここまで参ったこと、感心だぞ。その志し、殊勝だぞ。私はだ、明けても暮れてもただ都のことばかり思っていた。そのために恋しい者たちの面影を夢に見る折りもあり、また幻が顕ちもした。この肉塊がすっかり衰えてな、弱り切ってな、それで夢と現実の区別もつかないのだ。だから有王よ、お前がここに来たというのも、ただもう夢のように思われる。お前は、来たのか。この鬼界が島に。俺のもとに。もしこれが夢であったら、覚めてしまった後、俺はどうしたらよいのだ」

「いいえ、夢ではございません。僕はおります。ああ、このようなご様子だなんて、俊寛様。こんな、こんな。あなた様が今までご存命であられたことが、これでは不思議だとさえ思われますよ」

「そのことよ」と俊寛は有王のその言葉におっかぶせて言われるのでした。「おお、去年、少将や判官入道に置き去りにされてからの頼りなさ。おお、俺の心中を察してくれ。その折りに俺は身投げを図ろうとはしたのだ。しかし、しかし、少将が『もういちど都からの便りをお待ちなさい』と言った慰めを、あの無駄な慰めを、信じた、愚かにも『もしかしたら』と頼みにした、それで生き存えようという気にはなったのだ。だが、この島といったら。人間の食い物などは全然ない。それでも俺に体力がある間はな、山に登って硫黄というものを採り、九州から通う交易商人と会って食物に換えなどしていた。しかし俺は、日ごとに弱る。この肉塊だよ、すっかり力が落ちて、今はそんな仕事もできない。それでだ、このように天気の穏やかな日には磯に出て、網を引き釣りをする漁夫に手を合わせ、膝を屈めて魚をもらい、潮が引いたときには貝を拾い、荒布を採り、磯辺の苔をも食って、儚い命をお前に再会する今日まで、今日までつないだのだ。そうでもしなければ、おい有王、どうして生きていく手立てがあったと思う。なあ、なあ、なあ。さて、俺は今ここで何もかも話したいとは思うが、まずはいざ、わが家へ」

家へ、とおっしゃいました。有王はもちろん「不思議だなあ」と思います。「こんなご様子でも家を持っておられるなんて」と。従いて行きますと、ひと叢の松がある中に、ございましたございました、海辺に流れ寄った竹を柱にして、葦を束ね結んで桁や梁として渡し、上にも下にも松の葉をびっしりと被せた小屋が。いやはや、雨風に耐えられる類いだとは到底思えない。なんとしたことでしょうね。有王は「不思議だなあ」とすら考えるのですよ。昔は法勝寺の寺務職で、お寺の領する八十余カ所の荘園を掌られ、棟門や平門を構えた邸に住まれ、四、五百人の召し使いや一族縁者に囲まれておられた人が、今、眼前でこの憂き目を見られている。ええ、まことに稀代、稀代不思議。

いったい人間の業には種々ございます。現世の報いを現世で受ける順現業、現世の報いを未来次生で受ける順生業、現世の報いを次生以後に受ける順後業。おもんみますと、僧都がその一生の間に身に用いたものは悉く大寺院の寺物、仏物。するとです、信施無慙の罪というのがございます。信者の布施を受けながら、それを償う功徳も積まないで、しかも心にそれを恥じないという罪です。これの報いが、早、この世に生命あるうちの俊寛僧都の身の上に来たのだと、こう釈けもしましょうね。

僧都死去 ―― 一人の最期

僧都は、こうして有王が訪れたのを、夢ではないのだと得心しまして、おっしゃいました。

「さて、去年、少将や判官入道に迎えが来たときにも、俺には、この私には、身内の者からの手紙というのがなかった。今、お前がこうして訪れても、やはり音信はない。お前は皆になんとも言わなかったのか。私を尋ねてこの島に下るだのとは」

そう問われて、有王はうつむきます。涙を落とします。噎んでいます。

しばしはお返事ができません。もう俯してしまっています。

少時過ぎてやっと起きあがり、涙を抑えて、こう言うのでした。

「あなた様が入道相国の西八条の邸にお出かけになりましたあの日、すぐに追捕の役人が参りまして、お身内の方々を捕らえ、ご謀叛の経緯を尋問して、殺めてしまいました。北の方は幼いお子様を隠すのにお困りになられて、鞍馬の奥に人目を避けてお移りになられ、この有王が、僕だけが時々そこへ参ってご奉公いたしました。どなたもお歎きは甚だしかったのですけれども、いちばんは幼いお方です。俊寛様、お父上であられるあなた様をあまりに恋しくお思いになられまして、僕の参るたびに『やい有王、鬼界が島とやらへ、私を連れていけ』と、こうおっしゃり、むずかられるのでした。その、その幼いお方は、お方は、去る二月に疱瘡などと申すご病気でお亡くなりあそばされました。それで、北の方はそのお悲しみもありますし、俊寛様、むろんあなた様のこともございますから、ひととおりでないご傷歎に沈まれ、思い沈まれて、日につれてお弱りになり、同じ三月二日、とうとう、とうとうお亡くなりあそばされて。今は姫御前ばかりがおられます。奈良のおば君のところに姫様はおられます。そして、ここに、お手紙をいただいて参りました」

僕は、姫様の、と言って有王は手紙を取り出すのです。

主人にさしあげるのです。

主人の俊寛は、披いてご覧になります。

書かれておりますは、有王が申したままに。

しかも、手紙の末のほうには、こうもあるのです。

「どうしてですの。三人流された人のうち、二人は都へちゃんと呼び戻されたのに、父上お一人が今日になってもご上京なさらないのは、どうしてですの。ああ、身分が高かろうが低かろうが、女の身であることほどにしみじみ情けないことは、絶対にございません。だって、男の身でありましたなら、父上のいらっしゃる島へ下れますもの。どうして無理だなどということがございましょう。どうぞ父上、この有王をお供にして急いでご上京なさいませ」

俊寛は黙されました。

読んで、しばし無言でございました。

おん娘からの手紙を顔に押しあてて、何も言われない。言われないのでした。

しかし涙が。

それから言葉が。順番に零れ落ちなさって、ええ、おっしゃられたことはこうでした。

「これを見よ、有王。これを。この子の手紙の書きようの、なんと幼いことよ。お前を供にして、急いで上京せよと書いてあるぞ。本当に、怨めしいよなあ。この俊寛の身が俊寛自身の思うままになるのならば、この島に三年もの月日を送るはずもないのになあ。おい、俺の娘は今年で十二歳になると思うぞ。それが、こんなに幼いのか。頼りないのか。これほど物の分別がつかないでは、結婚というのもできそうにないなあ。宮仕えをして、わが身を扶養することもできないなあ」

そうなのです。古人の詠んだ歌にいいますが、人の親の心は闇ではないけれども子を思う道には迷うものなのです。

その事実、思い知らされます。

「この島に流されてからの俺には、おい有王、暦もなかったぞ。月日が移り変わるのもちゃんとはわからなかったぞ。ただ、折りに触れて花が散り、葉の落ちるのを見て、俺は春秋の季節をそうであろうと区別した。たとえば蟬の声だ。これで麦刈りの時期が終わる、夏だ、と俺は判断した。雪が積もれば冬だと知った。三十日の経つことはもちろん上弦の月が下弦の月に変化するので知れた。だから俺はこの指を折って数え、今年あの子は六歳だ、と幼子の齢も知れもしたのに、その六歳の息子はいないのか。もう先立ってしまったのか。おお、俺が西八条の入道相国のもとへ出頭したとき、あの子は『自分も、自分もいっしょに』と慕った。それを俺は『すぐに帰るからな』と宥めすかして、出た。あのときのこと。あのときのあの子。つい今しがたのことのようだぞ。それがなあ、この世の最後の別れだとはなあ。それがあらかじめ知れていたら、俺はもっと、もっと、あの子を見ていたよ。もっと。なあ有王、親となり子となり夫婦となるのも、みな現世だけの契りではなかろう。それなのにだ、俺は、この俊寛は、その妻や子が先立ってしまったのを夢にも悟らないでいたのだろうな。夢にも、幻にも、この今日まで。なあ。俺が人目も恥じずに生き存え(ながら)ようとしたのは、それも、いかなる手立てをもってしても生きてこの世にとどまろうとしていたのは、あいつらにいま一度会いたいと願ったがため。それが、それが、そうか。そうなのか。生きつづける甲斐(かい)はないか。ああ、娘のことは案じられる、もちろん案じられるとも。しかし生きている以上は歎きつつも暮らしてはいけるだろう。なお生きつづけてはいけるだろう。そして、俺だ。それと、お前だ、有王。愛(いと)しい有王よ、俺はこんな様(さま)で無闇に生き存えて、お前に苦労をかけるのは、いやだよ。有王、それではこの俊寛は、あまりにも最後まで自分勝手だよ」

こう言われました。

それから、もともと稀(まれ)にしか得られなかった食事を断たれました。いちずに弥陀(みだ)の名を唱えられました。臨終正念(りんじゅうしょうねん)、すなわち妄執(もうしゅう)に心を乱さぬ往生を祈られました。南無阿弥陀仏、南無阿弥陀仏と。有王が鬼界が島に渡ってきてから二十三日めになるその日まで。

南。

無。
阿。
弥。
陀。
仏。

祈りつづけられ、ついに、その庵の中で生涯を閉じられたのです。享年は三十七だったとか。そして有王は。亡骸にとりつきましたよ。天を仰ぎ、地に伏して、泣き悲しみましたよ。それらはもう、どうにもならないことでしたよ。主人は生き返りません。それで、もう十分というまで泣いてから、言ったのです。

「童の僕は、このままあの世へのお供をいたすべきです。しかし俊寛様、あなた様のご菩提をお弔い申しあげる方がこの世には姫御前お一人以外におられません。僕は、ここでは命は絶たず、しばしは生きのびて、死後のご主人様のご冥福を祈るというその務めに精励します」

そして死の床は、そのままに。死の床に横たわる僧都の遺骸はそのままに。庵を壊しました。あの竹と葦と松の葉の小屋を切り崩して、上に積み重ねました。さらに松の枯れ枝を。葦の枯れたのも。どんどん集めて一面に覆い、鬼界が島の海辺で火葬したてまつったのです。その荼毘がすんでしまうと、白骨を拾い、袋に入れて首にかけ、また商人船の都合のよいのに乗って、九州の地に帰り着きましたよ。

そこからは急いで上京です。

僧都のおん娘のおられるところに参りました。

あのこと、このことと、一部始終をこまごまと申しました。

「お手紙をご覧になって」と有王は姫御前にお話しするのでした。「かえってご主人の、お父上のお歎きはお増さりになってしまわれて。あの島には、硯も紙もありません。ですからお返事をしたためることが叶わないのです。お父上がそのお胸のうちに抱かれていらしったあなた様へのお気持ちは、姫様、そのまま空しく消えてしまわれました。僕は正直に申します。今となっては、生まれ変わり死に変わり、永い永い歳月を経ましても、もうお父上のお声は聞けず、お姿も見申しあげることはできません」

こう聞いて、俊寛僧都のおん娘は倒れ伏し、そのまま転び、声も惜しまずに泣き悲しまれました。そしてこの女性はただちに十二歳という幼さ若さで尼となり、奈良の法華寺でひたすらに仏道修行に励まれて、父母の菩提を弔われました。

ひと言、哀れにございます。

そして有王は。その足跡は。

俊寛僧都の遺骨を首にかけて、高野山に登り、奥の院に納骨して、蓮華谷で法師になり、それから全国を経巡って修行してまわり、主人の死後の冥福を祈った、祈りつづけたのです。

さて、もろもろの足跡は語られました。このように世の人々の悲歎そして怨恨とが積もり積もっていって、平家の末路というのはいかに、いかに。

恐ろしいこと。

飈——占いの申すところ

同じ治承三年の五月十二日、大いなる災妖が。それを語り落とすわけにはまいりますまい。午の刻でございました。風が吹いたのでございます。それも物の諭しとしての風が、この日の正午ごろに吹いたのでございます。吹いたというか吹き荒れまして。京都にです。ええ、飈にございます。人家は数多く倒れました。倒壊です。その風、中御門京極から起こって南西のほうに吹いて棟門と平門を吹き飛ばして宙を舞う屋根付きの門に変えて四町五町また十町と飛翔させて、それどころか、家々の桁や長押や柱などが空中に散らばります。檜皮や葺板のようなものは冬の木の葉が風に乱れ舞うようです。しかもその唸り、響み、この烈しさといったら地獄に罪人を吹き送るという業風であってもこれ以上ではありますまい。そして単に家々が破損するばかりではありませんでした。死者もいっぱい出ましたよ。牛馬の類いも、いっぱい、いっぱい打ち殺されてしまいましたとも。当然のことながら、「これは尋常な出来事ではないぞ。御占が行なわれるべきだ」との声があがりまして、ただちに卜占の官庁たる神祇官で御占があって、その結果は「今後、百日の間に高禄を食む大臣の身に凶事が起こるゆえ、注意せよ。これはとりわけ天下の一大事。ひき続き、仏法また王法ともに衰微して、戦乱が相次ごう」との内容。しかも神祇官のみならず、陰陽寮もこう占い申したのです。

さて大臣はそれをどう聞いたか。

医師問答——その人臥し、そして

小松の大臣はどうだったか。

内大臣重盛公は。

万事、心細いと思われたのでしょうよ。なぜかと言うに、そのころ熊野参詣をなされたのです。本宮の証誠殿のおん前で、夜もすがら神に申しあげるということがあったのです。その敬い申した内容とは、実に、こうでございます。

「父、入道相国のありさまを見ておりますと、悪逆無道で、ともすれば法皇を悩ましたてまつっています。重盛は長男として、この父をたびたび諫めてはおりますが、私が至らぬ者であるからでしょう、その諫言をどうにも容れませぬ。父、入道のふるまいを見ますに、この一代の栄華も危ういかと。まして子孫がうち続いて栄えて、父親を顕彰し、その名を後世にとどめるのは困難であるとも存ぜられます。そこで、私、この重盛は分不相応ながら思うのです。なまじ重臣の地位に列なって栄枯盛衰に身をさらすことは、必ずしも良臣孝子の道ではないのではないか、と。名誉を捨てて遁世し、この世での名声や人望といったものは擲ち、死後、浄土に往生して仏果を得る以外にはないのではないか、と。しかし重盛はやはり煩悩に縛られる凡夫。この、果報の劣った身の悲しさゆえ、善悪の判断に迷い、やはり思い切って出家することもできずにおります。南無権現金剛童子、願わくは、もし子孫が長く繁栄して朝廷にお仕えすることができつづけるものならば、どうか入道の悪心を和らげて、天下の安泰を保たせてくださいませ。しかし、もし平家の栄華というのが父一代限りで終わり、子孫が恥を受けるということになるのであれば、この重盛の命を縮めて、来世の苦の輪廻をお救いくださいませ。私の願いごとはこの二つのどちらかでございます。平清盛の悪心を和らげるか、平重盛の寿命を縮めるか。ひたすら神のご加護を、ここに、仰ぎ願いたてまつる」

誠心からのご祈願でした。祈り、念じられつづけました。すると、どうでしょう。

灯籠の火のようなものが大臣のおん身から出て、ぱっと消えるように失せてしまったのです。大勢の人がこれを見たのでした。とはいえ、恐れて誰も口にはしなかったのですが。

また熊野からの帰りのことでございます。岩田川を渡られたのですが、これが夏のこととて、嫡子の権亮少将維盛以下の公達は、なんとはなしに川の水でお遊びになったのですよ。公達たちが着てらっしゃったのは、参詣のための白い狩衣とその下に薄紫の衣。しかし水遊びで浄衣が濡れまして。すると、下着の薄紫が透けて、それが薄墨色の喪服にも見えたのですな。そうした様を筑後の守の貞能が見咎め、「なんたることか」と申しました。

「あのご浄衣が、まるっきり縁起の悪い衣裳であるかのようにお見えになります。お召し替えになるのがよいかと」

こう貞能は申しあげたのですが、しかし大臣のおっしゃったことといったら。

「この重盛の願、もう成就したぞ。その浄衣、あえて着替えるな」

こうでございましたよ。のみならず、特別に岩田川から熊野へ、お礼の幣を奉納する使者をお立てになったのでした。もちろん人々は大臣のご真意が計れず、妙なことだと思いましたとも。しかしです、この当の公達たちがまもなく本当の喪服を着られることになったのですから、いや、まったく不思議で。

熊野から帰京して後、大臣は数日を経ずしてご病気に罹られました。熊野権現がすでに願いを受け容れられたのに相違ない、そう思われて治療はなさらないのでした。ご快復の祈禱も行なわれないのでした。ちょうど同じ時節でございましたが、大陸の宋から優れた名医が渡ってきており、日本に逗留いたしておりました。入道相国は、折りから福原の別荘にいらっしゃったのですけれども、越中の守の平盛俊を使者として小松殿にこう申し送られました。

「おん病いがいよいよ重いと聞いた。しかし間のよいことに宋から優れた名医が来ているぞ。実に具合がよい、喜ばしいことだ。この者を招いて、治療をおさせなさい」

病床に臥していた小松殿は、助け起こされて、盛俊を御前に召しました。

それから、おっしゃったのでした。

「いいか盛俊、父上に申しあげよ。まず『医療のことは謹んでうけたまわりました』と。しかしお前もよく聞け。醍醐天皇というお方はあれほどの賢王であらせられたが、外国の人相見を都の内にお入れになったのを、末代に至るまでも賢王のおん誤りだ、わが国の恥だと書かれた。ましてや重盛程度の凡人が外国の医師を都に迎え入れるなど、これはもう、日本国の恥辱ではないか。そうではないか。盛俊、聞け。漢の高祖は三尺の剣をひっさげて天下を統治したが、淮南の黥布を討ったときに流れ矢に当たり、傷をこうむった。后の呂太后が良医を迎えて診させると、この医者は『治せる傷と診断しました。が、治すには五十斤の黄金をいただかなくては』と言ったそうだ。そこで高祖が言われるには、『この私に天の守護がしっかりと与えられていた間は、さまざまな合戦に出て傷をこうむろうと、痛みもなかった。今は運がもう尽きたのだ。寿命というものは天が定める。春秋戦国の昔のかの名医扁鵲であっても、今は何の役にも立つまい。しかしだ、黄金を惜しんだように思われてもな』と、五十斤はその医者に与えながら、とうとう治療には当たらせなかった。この先人の言葉、私の耳に残っているぞ。この重盛の耳にな。私は、仮にも公卿の列に加わっている。のみならず大臣に就いている。こうした運命を推し量るに、もちろん一切は天のおん計らいだろう。だとしたら、どうして天命を考えずに愚かにも医療の手を煩わせるようなことができるのだ。さあ盛俊、さらに聞け。この私の病いが、定業、すなわち前世からの定まった業の報いに因るものならば、治療はまったく無駄だとわかろう。また、非業、すなわち前世からの定まった業に因らないのならば、私は治療など受けずとも助かるのだとお前にもわかろう。天竺には昔かの名医耆婆がおったな、盛俊よ。しかしその耆婆の医術も及ばないで釈迦は跋提河のほとりで入滅なさった。なぜだ、盛俊。これは定業の病いは医療によって治すことはできないのを示すためだぞ。定業のそれも医療でやはり治るのだというならば、どうして釈尊の入滅があった。なあ盛俊、あったというのだ。定業は、治療は不可能だということは明らかだ。想い描け、治療されるのは仏のお体、治療するのは耆婆、それでも釈尊はこの世を去られた。この重盛は、仏の身か。父上のお勧めになる宋のその医者は、耆婆に匹敵するか。たとえ唐国の四部の医書に通じていて、百病の治療に長じていたとしても、無駄よ。生滅無常の世に生きる穢れた身をどうして救えよう。たとえ五経と呼ばれる医書の説を知り尽くし、多くの病いを癒やすといっても、無益よ。前世の業に因るものをどうして治しえよう。それにだ、盛俊、聞け。もし私が宋の医術によって生きのびたとしたら、それはなんだ。日本には医道はないと、こう証すにも等しいではないか。いまいちど言うぞ、盛俊。医術に効果がないのなら、医者に面会するのはなんら甲斐はない。しかも、考えてみよ。想うてみよ。この国の大臣である身で、たまたま異国からふらりと訪れた客に会うことは、一つには国家の恥であろうよ。一つには日本の政道の衰えを示すであろうよ。私は、この重盛は、たとえ命を失うことになろうとも、国家の恥をは慮りつづける。そう父上に、申せ」

　盛俊は泣きました。

福原に帰り、盛俊はやはり、泣きながら以上の由を入道相国に申しあげました。

　入道相国も泣かれて、おっしゃいました。

「これほど、これほど国の恥を思う大臣は上古にもまだ聞いたことがない。まして、末代にあろうとも俺には思われんぞ。日本には過ぎた大臣だ。不相応に立派すぎる大臣だから、なんとしても今度は死ぬのだろう」

それから急いで都へ上られたのです。

同年すなわち治承三年七月二十八日、小松殿は出家なさりました。法名は浄蓮と付けられました。

じき、八月一日、心いっさい乱されずに臨終を迎えられました。薨去にございます。おん年は四十三。まだまだ盛りのご年配でしたのに、哀れ。まことに哀れで。

京じゅうの人々が申しましたよ。「入道相国がどれほど横暴であっても、小松殿が諫め、宥められていたからこそ、世の平穏は保たれていた。その方が、その方が。ああ、この後は天下にいかなる大事件が起こるだろう」と、身分の上下を問わずに歎きあいましたよ。

いっぽうで、これは前の右大将、宗盛卿の身内の人々なのですけれども、すなわち重盛公の弟の宗盛卿、この平家の次男に関係する人々は喜びあわれもしましたよ。「これで一門の実権というのは、じき、大将殿すなわち宗盛卿の手に帰するなあ」と。

人の親が子を思うその様は、たとえば愚かな子に先立たれても悲しむもの。まして、この人は平家のまことの重鎮です。当代きっての賢人であられたのです。親子の別れといい一門の衰微といい、どう悲しんでもなお余りあることでございました。世間では良臣をうしなったことを歎き、平家ではその武略の廃れたことを悲しんだのも、さもあるべき。そもそもこの大臣は、身のこなしが端正、忠誠心に富み、才芸に勝れて、雄弁かつ徳が兼ね具わり、まさに言行一致のお方だったのです。

どれほどのものであったかを、いま少々、見てまいりましょうか。

無文——重盛の夢見など

名残り惜しい、実に名残り惜しいお方。生まれつき内大臣の重盛公は不思議な人であられまして。だから未来のことをも前もって悟っておられたのかもしれません。去る四月七日の夢に、ええ、まことに奇しいことどもをご覧になられまして。具さに申せば、その夢の内容はこうでございます。どことも知れぬ浜辺の路をはるばる、はるばると歩いていかれ、すると路傍に大きな鳥居があった。大臣は「あれはどこの鳥居か」と夢の内で尋ねられ、すると「春日大明神のお鳥居でございます」と人が申した。人が多く群がっていた。その中に、つっ、と法師の首が現われた。差しあげられた。大臣は「さて、あれはどこの者の首だ」と問われ、すると「これは平家の太政入道殿のお首を、悪行があまりに過ぎたので、当社の大明神がお召し捕りになられたのでございます」と人が申して、そのように言われたと思うや、大臣は目覚められました。そして、ああ、あれこれとお考えになりましたよ。

当家は、保元と、平治の乱以来、たびたび朝敵を平らげた。その褒賞は身にあまるほどで、畏れ多くも天皇のご外戚として一族の者は六十余人も昇進した。

二十余年来、その繁栄は言葉で尽くせぬ。

それが、しかし。

入道の悪行超過で、もはや一門の運命は、底を払うか。

大臣は過ぎ去った時を、将来をと考えられ、思いやられつづりて、おん涙に咽ばれたのです。と、そんな折りです、何者かが妻戸をほとほとと叩きます。大臣は「いったい誰だ。正体を聞いてまいれ」とおっしゃいます。

「瀬尾太郎兼康が参上いたしました」

「どうした。何事だ」

このお尋ねに、兼康が申します。

「ただいま不思議なことがございまして、夜が明けるのが遅いと感じられるほど待ち兼ねる心となりましたので、申しあげるためにこうして参りました。お人払いをお願いできれば」

大臣は人を遠ざけまして、兼康にお会いになります。それから兼康が口を開け、この者が今夜見たという夢の話を、一々、始めから終わりまで詳しく語り申したのですが、これがなんと、大臣がご覧になったおん夢と少しも違わないのです。大臣は感心なさいました。そうか、この瀬尾太郎兼康は、確かに神霊界にも通じることのできる人間であった、と。

その朝、嫡子の権亮少将維盛が院の御所に参上しようとして出られようとするところを、大臣はお呼びになって、こう言われました。

「親の身でこのように申すのは愚かしく映るだろうが、お前は、子のなかでは勝れた者に見える。しかしながら世の中のこのありさまだ。未来はどうなるだろうかと心細いことよ。貞能はいないか。少将に酒を勧めよ」

平家重代の家人、筑後の守貞能がお酌に参りました。大臣はわが子少将におっしゃいました。

「この盃をまず少将にさしたいが、親よりも先にはまさか飲まれまい。重盛がまず頂戴して、それから少将にさそう」

大臣は三度、ご自分で盃をうけられるのでした。

のち、少将にさされるのでした。

それから言われたのでした。

「貞能、引出物をお渡しせよ」

畏まって貞能はうけたまわります。錦の袋に入ったおん太刀を取り出します。少将は、「ああ、これは当家に伝わる小烏という太刀だな」と、それはそれはうれしそうにご覧になります。ですが、違いました。大臣の葬儀のときに用いる無紋の太刀でございました。はっと少将の顔色が変わり、たいそう忌わしげに、忌わしげに、その目をお向けになるのでした。

「少将よ。貞能が間違えたのではないぞ」

おっしゃる父の大臣は、涙をはらはらと流されています。

「そのわけを、少将よ、わが嫡男維盛よ、聞け。この太刀は大臣の葬儀に際して用いる無紋の太刀だ。入道相国がお亡くなりになったとき、重盛が佩いて葬列のお供をしようと思っていたが、どうやら今はこの重盛のほうが入道殿に先立ち申しあげそうだ。そこでお前に、さしあげる」

こう言われて、ああ少将は。

少将維盛卿は、あまりのことに、ああ何もお返事になれず。

しかし涙はあふれて、俯し、その日は出仕もなさらず、衣を引きかぶって臥してしまわれました。

そして大臣でございますが、その後に熊野に参詣されて、帰京して病いに罹り、まもなく薨去された次第で。そうなってみて、「なるほど。こうこう、こういうことだったか」と初めて合点されたのですよ。

灯炉之沙汰 ——大念仏など

さても名残り惜しいお方。

こうしたこともございましたよ。だいたい重盛公は罪障を滅しよう、善根を積もうとのお志しが、それはもう深くていらっしゃったのです。来世での幸不幸もご心配になり、東山の麓に阿弥陀の四十八の誓願になぞらえた四十八間の御堂を建てられまして。さらに一間に一つずつ、すなわち四十八間に四十八の灯籠をかけられたので、九品の蓮台が目の前に耀いているかのよう。その光輝は鳳凰を背面に刻んだ立派な鏡さながらで、浄土のほんの側にいるよう。しかも大臣は、毎月十四、十五日を定めて、平家や他家の人々のうちから眉目のよい若い花盛りの女房たちを数多く招き集めまして。それを一間に六人ずつ、四十八間に二百八十八人を念仏を唱える人にあてたのです。この二日間、一心不乱なる称名の声が絶えません。まことに阿弥陀仏の来迎引摂の悲願もここに実現して、摂取不捨の光もこの大臣をお照らしになると思えたのですよ。十五日のその日中が結願でして、大念仏が行なわれます。大臣の重盛公ご自身がその行道のなかに加わって、西方に向かって「南無安養教主弥陀善逝、三界六道の衆生を、みな、お救いください」と一切の生き物を救済せんとする願を立てられます。大臣がそれまでに修められた功徳を振り向けてです。

見る人は慈悲心を起こしました。

聞く者は感激の涙を流しました。

このことがあってから世間はこの大臣を「灯籠の大臣」と申したのです。

金渡——波濤を越える黄金など

名残りが、名残りが惜しいお方。

いま一つだけ。

安元年間のころでございます。この大臣は、わが日本でどんなに大きな善根を積んでおいても、子孫がひき続き私の後世を弔うことは期待できまい、とお考えになりました。だとしたら、他国にこそ来世に善き果報をもたらす大きな善行をしておいて、そちらで後世を弔ってもらおう、と思われたのです。小松殿は九州から妙典なる船頭を招き、この者が上京するや、人払いしてご対面になりました。しかも三千五百両もの金を取り寄せてのうえでございました。

「妙典よ、お前は大の正直者であるそうだから、私は五百両をお前に与えよう。で、残る三千両は宋に運んでくれまいか。禅宗の五山の一つ、育王山にさしあげるのだ。千両は僧に贈り、二千両は皇帝に献上して、田地に代えて育王山に寄進して、この重盛の後世を弔うようにと、妙典よ、申し伝えよ」

このように依頼されました。

妙典はこれを賜わります。万里の波濤を乗り越えて、大宋国へ渡ります。育王山の住職、仏照禅師徳光にお会いしまして、このことを申しあげます。徳光は日本国の大臣重盛公のこの行ないに大いに喜び感心して、千両を僧に贈り、二千両を皇帝に献上して、重盛公の申されたことを一々奏上されました。これには宋の皇帝も大いに感動せられて、五百町の田地を育王山に寄進なされました。

さて、そうした次第で、そちらでは今も日本の大臣、平朝臣重盛公が来世は極楽浄土へ生まれるようにと、絶えず、絶えず祈りつづけられているようで。

ええ、そのように聞いておりますよ。

法印問答 ——法皇の使者、静憲さる者

そして入道は。入道相国は。

小松殿に先立たれて、万事につけて心細いと、そう思われたのでしょうか、急ぎ福原へ下られ、門を閉じて家中に引き籠られました。大臣の薨去は治承三年の八月一日、その父入道清盛の閉門は、摂津の国は福原の別荘にてひと月、ふた月と続いたのです。

いや、もっと。

三月も経ます。

その三カ月後の同年十一月七日の夜、戌の刻ごろでございますが、大地震が出来いたしました。揺れはしばし熄みませんでした。この事態に、陰陽の頭の安倍泰親が急いで内裏に駆けつけました。馬に乗りましてでございます。

「ただいまの地震、占いの文言の示すところに拠ると、『重い謹慎』とあります。陰陽道三経の一つ、金匱経の説に照らせば、『もし年が単位ならば今年、もし月が単位ならば今月、もし日が単位ならば、今日、災厄は生ず』と見えます。まさに火急のこと」

こう言い、はらはらと泣いたので、取り次ぎの役人は顔色を変えましたし、高倉天皇もひどく驚かれまして、ええ。ただし若い公卿や殿上人は、やはり何かが足りぬと申しますか、「あの泰親の泣きっぷりは、いやもう、大層ひどいね。どんなことも起こるわけがないよ」と笑いあわれまして。存じておらぬのです。この泰親は安倍晴明から五代下っての子孫で、天文道は奥義を極め、吉凶をきちんと説き明かすことに関しては掌にある物を指すように正確で、これまで一事も間違えたことがなかったので「指すの神子」とも称されている。そうした事柄を、知識はあってもちゃんとは存じておらぬのです。たとえば、この泰親の上にはかつて雷が落ちたことがあったのですよ。それでどうなったかと申せば、雷は落ちかかっただけ。着ておりました狩衣の袖は焼けたのに、その身は無事であったのです。なんとまあ、上代にも末代にも稀な陰陽師です。

このように、十一月七日に大地震があり、安倍泰親の奏上があり、そして入道は。

入道相国は。

噂が立ったのでした。それもとんでもない噂です。十一月十四日に、それまで福原にて閉門しておられた入道が、どういう気でいらっしゃるのか、数千騎の軍勢を率いて都へお入りになる、と、こうした内容がたちまち巷に流れたのです。もちろん噂は噂、はっきりとした情報なぞ誰も把んではいないのですが、まあ京じゅうの人々が上下ともに恐れおののきまして。さて何者が言い出したのでしょうか、「入道相国は朝廷に対して、報復なさるようだぞ」とも風聞は弘まりまして。すると、内々耳にしておられた報せもあったのでしょう、関白の藤原基房公が急ぎご参内になって、高倉天皇に申しあげました。

「このたびの入道相国の入洛、この基房を滅ぼそうとの企み以外のなにものでもありません。私は、どのような憂き目に遭うか」

「そのほうが憂き目に遭うのは」と天皇は驚かれながら、驚かれながら言われたのです。「帝であられる自分が遭うのと、まったく同じことです」

さらには、ああ忝い、天皇はおん涙をお流しになったのです。

言わずもがなではありますが、天下の政治は天皇と摂政関白のお計らいであるべき。これは本当にどうしたことでしょう。天皇家の祖神たる天照大神と藤原氏の氏神たる春日大明神の神慮のほどが、本当に、どうにも量りかねるのです。

十一月十五日。

入道相国がいよいよ必ず朝廷に報復するぞ、間違いないぞと伝わります。これに驚かれたのは今度は誰であったかと申せば、後白河法皇です。驚愕から、お使いを立てられました。入道相国のもとへです。使者に選ばれたのは今は亡き少納言入道信西の子息、静憲法印。法皇のおおせ遣わされました内容はこうでした。

「近年、朝廷が平穏をうしない、人心は乱れがちで、世間も落ちつかぬ様であることを、朕はすべてにおいて歎かれている。しかし清盛よ、そなたがそのように健在であるから、まあ万事大丈夫であろうと頼りに思えたのだ。それなのに、そなたはどうしたのだ。天下の動揺を鎮めるまでのことはしないにしても、なんたる騒々しい都入り。あまつさえ朝廷に対して事を起こすのではないかとさえ噂されている。一切合切、逆ではないか。なにごとぞ、清盛」

さて静憲法印は使者として西八条の入道の邸に向かいまして、朝から夕方になるまで待たれたのですが、どうも言ってこない。入道からの挨拶もない。「これは思ったとおりだったな」と合点しまして、このままでは無駄とばかり、源大夫の判官季貞に取り次ぎ役を願い、法皇のおおせの趣旨を申し入れておいて、「それではお暇申します」と言ってお出になった途端、お言葉があったのです。

「法印を呼べ」

西八条殿の主のそのお言葉が。入道が急に出てこられたのです。

「やあ法印の御房」と入道相国は呼び返した静憲法印におっしゃいました。そして自らの法名の、浄海、を出して続けられたのです。「この浄海の今から申すところ、道理に合わないか合うのか、聞かれよ。まずは内大臣が亡くなったことだ。重盛が。これに関しては、この清盛、我が平家一門の運命を考えて、努めて悲しみの涙をこらえて過ごしてきた。しかし、あなたにもご推察願いたい。保元以後はやたら謀叛が起こって合戦続き、君も安らかなお心でおられることがなかった。そのとき、誰に功があったか。私ではないぞ。この浄海はただ大まかな指図をしただけ。実のところは内大臣が進んで事に当たり、その身を砕かんばかりに精励して、たびたびの君のお怒りをお宥め申した。その他の臨時のお大事でも、朝夕の政務において、内大臣ほどに功績のあった臣はいたか。いましたか。またとないでしょう。ねえ法印よ、昔の例しを考えましょう。このことに関しての前例を。たとえば唐の太宗だ。臣下の魏徴に先立たれて、悲しみのあまり、何をなすった。『昔の殷宗は夢のうちに優秀な輔佐の臣を得た。今の私は夢から覚めて後に賢臣を失った』という碑文を自ら書かれた。廟を立てることまでなされた。そこまで、そこまで、そこまでして悲しまれた。法印よ、我が国にも前例があります。しかも最近だ。民部卿の藤原顕頼が逝去されたのを亡き鳥羽院は大いにお歎きになって、八幡宮への行幸を延期された。管絃のお遊びもとりやめられた。どうですか。ねえ法印よ、どうだ。概して臣下の死に対しては、代々の帝はみな、お歎きなさっている。だからこそ『親よりも懐かしく、子よりも睦まじいのが君と臣との仲』と申すのだろう。にもかかわらず、内大臣の死後四十九日の間にこのたびは八幡宮への行幸があった。管絃のお遊びもまた行なわれた。お歎きのご様子は見えない。一つも、一つも。どうして重盛の、内大臣の忠義をお忘れになってよいのだ。入道の悲しみに対するおん憐れみなくも、内大臣に対しての、ああそれだけは。いや、また、たとえ内大臣の忠義というのをお忘れになったとしても、入道の、この清盛の歎きを憐れんでくださらぬのは、どうしてなのだ。私は、私たち父子は、清盛と重盛とはともに法皇のお気に召さぬということで今にして面目を失ってしまった。これが、以上が第一に申したいこと。聞かれたか、法印。次に、重盛知行の越前の国のことを聞かれよ。法皇はお約束なさった、子々孫々にいたるまであの国はご変更なさらないと。そうおっしゃって賜わったのに、内大臣にこの入道が先立たれた後、ただちにお取り上げなされたのは、いかなる手違いがあってのことなのか。これが、すなわち、第二。さらに続けよう。さきごろ中納言の欠員があったとき、二位の中将基通が希望されたのを、入道もいろいろと骨を折ってご推薦申した。しかし、結局は甲斐がなかった。法皇はとうとうご承知なさらず、関白基房公の子息の、あの当年わずか八歳の師家を中納言とせられた。わずか八歳の。いかなる理由によるのか。たとえ入道が無理を申したとしても、してもだ、一度はご考慮あって当然のことと思う。まして、いろいろと重ねて言おう、二位の中将基通は本家の嫡男だ。それに比して、関白殿の三男なのが師家だ。位階の上ではどうかといえば、それだって師家は三位だ。どうなのだ、道理において合わないのか。合っているのではないか。だが法皇は二位の中将のほうをお外しになった。残念なお計らいだと、私はそう存ずる。これが第三。さらに、さらに聞かれよ、法印。新大納言成親以下の者が鹿の谷に寄り集まって謀叛の計略をめぐらした前々年の一件、成親たちの私の企みと思うか。あれは私どころか公け、すべて君のお許しがあってのことである。ああ聞かれよ、聞かれよ、この今さらながらの入道の言い分を。法印よ。さまざまなご奉公をしてきたのだ、ゆえに七代の子孫までは一門をお見捨てになれぬはずなのだ、この平家一門を。なのに、齢七十に近づいた清盛の余命もわずかな一代のうちに、ともすれば滅ぼさんとお企みになる。一門を、この平家一門を。これでは子孫がひき続いて朝廷に召し使われることなど、ましで七代など、まず期待できまいて。さあ、それこそ第四。内大臣重盛を失った入道清盛が四つめに申したいこと。およそ老いてから子を亡くすのは枯れ木に枝なきも同然よ。であるから、法印よ、もはや余命も短いこの世に気を使っても無駄、なるようになれ、どうにでも、と思うようになったのだが、おわかりか」

入道は語られながら、憤られたのです。問われながら、涙を浮かべられたのです。丁寧であり、乱暴であられた。しかし一から四まで、理路は整然であられた。いっぽう静憲法印は、やはり相手が恐ろしくもあり、大いに気の毒とも思われた。そのため汗びっしょりになられていた。

こういう場合にはどんな人でも、ひと言も返事ができないものです。しかも法印自身が後白河法皇の側近で、あの鹿の谷の謀議の寄り合いも、一度は立ち会って実際にその目に見、その耳に聞かれております。共謀者であるからといって今にも捕らえられ、監禁されるのではないかと思うと、それはもう竜の鬚を撫で虎の尾を踏むような堪らない心地です。危険だなどと言い表わせばすむ程度ではない。ところがでございます。法印もさる者、なかなかに剛毅な者。返事をしたのでございます。しかも少しも慌てず、申されたのです。

「ご奉公においては、確かに。たびたびのご奉公、まこと並々のものではございませんから、このたびのご不満はもっともかと。しかし、あなたの官位、あなたの俸禄、それらは全部が全部、満ち足りているのではありませんか。それというのも、あなたの絶大なる功績に法皇がご感心なさったから。そうではありませんか。ところが、その法皇の近臣が計略をなして、それを法皇もお許しなさったという。これは、これこそは陰謀を企む者たちの讒言なのではございませんか。耳より入る噂を信じてしまい、目にも見た事実を疑ってしまうのは、世俗の人間ならではの難。あなたは誰にもましてご恩寵をこうむっている。それなのに小人物どもの浮説なぞを重んじて、君にお背きなさらんとするのなら、神仏のご照覧につけても、また君臣の道につけても、ひじょうに虞れあることです。天の心は蒼々と深く、広く、測りがたいのです。およそ天帝とはそうしたもの、法皇のお心もまた、きっと同じこと。臣として君に逆らえば、なんとしても人臣の礼から外れてしまいます。よくよくのご熟慮を、どうか。そして今回はあなたの今のご意見、つまるところ、私、静憲が法皇にお伝えいたします。失礼」

こう言って退出されました。

いや、もう、その座に居並んでいた人々は驚歎いたしましたよ。

「これは凄い。なんたる胆力だ。入道があれほどお怒りになられているのに、ちっとも恐れず、あのように返事もして立たれるとは」

これはもう全員が法印を誉めちぎったのでございます。

大臣流罪――師長の琵琶

法印は院の御所、法住寺殿へ帰り参りました。こうした次第を奏上せられました。なにしろ入道相国の申し分はまったく道理に適っておりますから、法皇も、さらにおおせくだされることもございません。そうして翌る日です。同じ十一月の十六日、これは入道相国がここ数日思い立たれていたことなのですが、関白の藤原基房公をはじめとして、太政大臣の妙音院こと藤原師長公以下の公卿、殿上人、合計四十三人の官職が停止されました。はい、もちろん解官なさったのは入道ですとも。このように合計四十三人を追放なさったのは、平清盛公その人ですとも。たとえば関白殿を大宰の帥に左遷して、九州へ流したてまつったのですとも。

関白殿はおっしゃいました。

「こういう時勢だ。所詮、どうにもならぬ」

すでに都をお発ちになり、西国行きの船にお乗りになる直前の、場所で言ったら鳥羽の辺りの古河というところでしたが、関白基房公はそのように覚悟を決められて、ご出家になったのでございます。

おん年は三十五歳。

宮廷の儀礼にたいへんに通じておられ、理非の判断の確かさにおいては曇りのない鏡のようなお方でしたから、それはもう世の人々はお惜しみ申しましたとも。

遠流(おんる)になった人間がその途中で出家した場合、これは従来、予定された配流(はいる)の国へは送らないことになっています。そこで関白殿も、初めは日向(ひゅうが)の国へと定められていたのですけれども、ご出家なさったので、備前(びぜん)の国府の辺りの井(い)ばさまという土地にとどめられました。大臣が流罪(るざい)となった例は過去にもございます。順々に挙げれば、左大臣蘇我赤兄(そがのあかえ)、右大臣藤原豊成(ふじわらのとよなり)、左大臣藤原魚名(ふじわらのうおな)、右大臣菅原道真(すがわらのみちざね)、ああ説明するのも畏(おそ)れ多いですけれどもこのお方は北野の天神様にございます、続いて左大臣の源(みなもとのたかあきら)　高明公、そして内大臣の藤原伊周(ふじわらのこれちか)公といたりまして、すでに六人。なるほど六人もございますけれども、摂政関白が流罪となった例はこれが初めてだとうけたまわっております。そして、初めてだの異例だのには続きがございます。入道は、今は亡き中殿(なかどの)こと藤原基実(ふじわらのもとざね)公のおん子で、また、自身のおん娘の夫でもあった二位の中将基(もと)通(みち)を大臣関白になされたのでした。

ええ、お聞きになったとおりですよ。

二位の中将から、だしぬけに大臣関白へ。

その昔、円融院の御代には確かに忠義公の前例はございました。忠義公こと藤原兼通公です。天禄三年十一月一日、一条の摂政謙徳公こと藤原伊尹公がお亡くなりになったとき、そのおん弟、堀河の関白として知られる忠義公は、当時はまだ従二位の中納言でいらっしゃった。なおかつ、法興院の大入道として知られる忠義公のおん弟の兼家公が、その当時は大納言の右大将でいらっしゃって、すなわち官位においては忠義公はこのおん弟に越えられておられた。けれどもその天禄三年十一月に内大臣の正二位へと昇進して越え返しなすって、内覧の宣旨をお受けになったのでした。これはもう、耳目を驚かすご昇進だぞと人々に言わせたようで。しかしながらでございます。今回の基通公の沙汰は、その前例をずっと越えております。いまだ参議に任じられていない二位の中将から、中納言も経ず、もちろん大納言も経ないで大臣関白になられた。いや、もう、聞いた例しはもちろんございませんよ。これこそ、いずれ普賢寺殿として知られることになる基通公が初のおん事。よって官職任命の事務に当たりました上卿の宰相から大外記、大夫史にいたるまで、みな啞然とするやら呆れるやら。そうした様子でしたよ。

以上が関白殿の罷免に関しますあれやこれやでして、では大臣以下は。

まずは大臣、師長公でございます。

この太政大臣は官職を停止せられ、東国のほうへお流されになりました。痛々しいばかりでして、と申すのも、この師長公は去る保元年間に、父、悪左府こと頼長殿の縁者だからと巻き添えになって、兄弟四人ともどもに流罪に遭われていたからです。このうち、おん兄の右大将兼長、おん弟の左中将隆長と範長禅師の三人、すなわち師長公その人以外はみな、帰京を待たずにそれぞれの配所で亡くなられました。師長公は土佐の国の畑というところで九年の歳月を過ごしまして、長寛二年八月に召し返されて、もとの官位に復し、次の年には正二位となって、仁安元年十月に前中納言から権大納言に上がられたのです。そのときは大納言に欠員がなかったので、権、すなわち員外の大納言に加えられたのです。大納言が六人になったのは、これが最初でございました。また前中納言から権大納言に上がることも、後山階の大臣躬守公、宇治の大納言隆国卿のほかはまだ前例のないことでございました。師長公は管絃の道に秀で、学才も芸能もと優れておられたので次第にとどこおりなく昇進し、極官である太政大臣にまで上られたのに、これはまた、どうしたことでしょう。どのような前世の罪の報いなのでしょうか、いま一度お流されになるとは。

昔、保元年間には、南海の土佐の国。

今、治承年間には、逢坂の関を越えて尾張の国。

そこにやられてしまったのだとか。

ただし真の風雅を解するほどの人ともなれば「罪なくして配所の月を見たい」と願

うもの。そして師長公こそは、まさにそう。この大臣はそれゆえに少しも憂しとはお思いにならなかった。心にあったのは唐の白楽天です。春宮付きの官にあった白楽天が、潯陽江のほとりに左遷されていたその古えを思いやって、そこ尾張の鳴海潟の海をはるか遠くに眺め望み、いつも澄みわたる明月を見、浦風に詩歌を吟じ、琵琶を弾き、和歌を詠んで、なんとも悠々と月日を過ごしておられました。

そして尾張の国の第三の宮である熱田明神にご参詣になった、あるときのことでございます。

奇瑞があったのでございますよ。

その夜、明神をお慰めするために琵琶を弾き、詩歌を朗詠されましたけれども、まあ風流には無知な鄙のこととて誰も情趣をちゃんとはわかれません。老人たちや村の女、漁師、農夫といった者どもは頭を垂れて、耳をそばだてて聞き入ってはいるのですけれども、その音の清濁も、それこそ旋律の見事さも解せません。しかしながらでございます。ほら、「楚の瓠巴が琴を弾じると水中の魚が躍りあがり、漢の虞公が歌をうたうと梁の上の塵も動いた」と言われているでしょう。琴であれ歌であれ、名人とはそういうものでして、あらゆる物事はその妙を極めるとき、自然に感動が起こるのが道理なのです。田舎者ばかりであったとはいえ、人々はこの演奏をいつしか身の毛をよだてて聞き、全員がそのことに不思議の感を覚えるのでした。しだいに夜が深けます。風香調で曲が弾かれれば、花の芳しい香りが漂うかのよう。流泉の曲が奏されれば、月光がその清らかさを増すかのよう。それから大臣が朗詠されたのです。「願わくは今生世俗文字の業、狂言綺語の誤りをもって」と。文筆の罪、妄りに飾った言葉の過失を転じて、仏の御教えを讃仰し、それを弘める機縁としたい、と詠じ、琵琶の秘曲をお弾きになり、するとどうでしょう、神もまた深く感動なさって、宝殿が大いに震動したのでした。

大臣は、おっしゃいましたよ。

「平家の悪行がなかったならば、今、私がこうして霊妙なお徴しを拝むことは決してなかったというわけか」

それから感激の涙をこぼされたのです。

以上、妙音院こと太政大臣師長公の免職に関します事柄でしたが、これより下位の主だった人々は。

語って参りましょう。按察の大納言資賢卿の子息で、右近衛少将兼讃岐の守の源資時は、この二つの官職を罷免されました。参議で皇太后宮権大夫兼右兵衛の督の藤原光能、大蔵卿で右京の大夫兼伊予の守の高階泰経、蔵人で左少弁兼中宮権大進の藤原基親は、それぞれ三つの官職を全部停められました。そして後白河法皇の寵臣であった按察の大納言資賢卿と子息の右近衛少将、さらに孫の右少将雅賢は「この三人、ただちに都の内から追放しろ」との沙汰で、これを命じられた上卿の藤大納言こと実国と明経博士で検非違使の尉の中原範貞がその日に始末にとりかかりました。

大納言資賢卿は、こうおっしゃったそうですよ。

「この三千大千世界は広大無辺だというが、やれやれ、たった五尺のこの身の置き場もないか。一生は短いというが、やれやれ、一日を暮らすのも容易ではないか」

わずか今日一日を暮らすのも、と慨歎され、夜中に宮中をまぎれ出て、都のはるか遠方に落ちのびていかれたのでした。通りました道は歌枕としても名高い大江山や生野のそれ。その後、丹波の国の村雲というところに少しのあいだ身をひそめていらっしゃったそうで。ですが、ついには捜し出されてしまったそうで。話によると信濃の国に流されたそうでございます。

行隆之沙汰 ——一夜にして

大江遠成の父子のことなども少々。

この遠成と申す者は前関白の松殿こと藤原基房公の侍でございました。江大夫の判官遠成と呼ばれておりました。はい、大夫ですから位階は五位の、判官ですから検非違使の尉でございます。この江大夫の判官も平家に睨まれていた人物でしたので、今すぐにも六波羅から使いが押し寄せてきて捕らえられてしまうだろうと噂されておりました。そこで子息の江左衛門の尉家成を伴い、いずこへとも決めずに落ちていったのですが、その道中、親子は稲荷山に登ったのでございます。麓に稲荷大社のあるあの山ですよ。そして次のように相談したのでした。

「私たちは、これから東国へ下り、伊豆の国の流人である前の右兵衛の佐を頼らんと考えている。すなわち佐殿だ。佐殿こと源頼朝殿だ。しかしどうかな。この方も今は天子のお咎めをこうむった身。そうした勅勘の身では、おのれのこと一つも思うにまかせぬのではないかな。なあ、私たちは父子ともどもに考えるわけだが、この日本国に、今、平家の荘園ではない土地があるのか。ないのではないか。だとしたらだ、どうせ逃れきれないのであればだ、第一に考慮すべきは恥のこと、恥をかかないことだぞ。たとえば屋敷だ。長年住み慣れた屋敷を、追っ手などという者どもに荒らされ、覗かれるのも恥さらし。そこで私たち父子の結論としてはだ、ここから引き返すぞ。そして六波羅より召し捕りの使いがあったならば、やってやろうぞ。腹をかき切って果てるわ。なに、これこそ最高」

　これこそ武士の誉れよとばかり、再び東山は阿弥陀峰の南の、川原坂の宿所へと戻ったのです。すると予想に違わず、六波羅からの軍勢というのが、じき押し寄せました。源大夫の判官季貞がいて摂津の判官盛澄がいて、武装した軍兵は実に三百余騎、これが八条から山科へと通じる川原坂の宿所に、寄せ来た、ああ寄せ来た、そして鬨の声をあげた。

と、江大夫の判官は縁に立ち出たのです。

こう告げたのです。

「ご覧あれ、おのおの方。大江遠成とその息子、大江家成はこのようにしたぞと六波羅に申されよ」

父子は、館に火をかけました。父子は、ともに腹をかき切りました。父子は、火炎のただなかで焼け死にました。

この凄絶さ、想い描いていただけますか。

それにしても一体、なんなのか。上も下もさまざまに人々が滅ぼされ、損われるのはいかなる所以か。それは、こう言われているのでございます。入道相国の婿だからと今回関白になられた二位の中将基通殿と、前関白の松殿のおん子、三位の中将師家殿が、中納言の官職のことで争われた一件。師家殿がおん年わずか八歳であったのに後白河の法皇様はこちらを任じられてしまったことが謂れなのだと、こう言われているのでございますよ。もちろん、それならば松殿お一人がどのような目にもお遭いになればよいこと。それが、ああそれが、四十余人もの人々の処罰でございます。さて、理屈がつきますか。

もちろん世間は晴れ晴れとはいたしません。去年、讃岐院へのご追号がありました。宇治の悪左府への贈位贈官がございました。祟りはどうにかなったと思われましたが、そうではないようで。鎮まらないどころか、さらに何かが、何かがありそうで。入道相国の心に天魔が入ってしまっているのだとも噂されました。その天魔がなんでも我慢しきれないでおられるのだ、とも。

「だとしたら、次には天下にどのような大事が捲き起こるのだろう」

身分の上下を問わず、京都じゅうの人々が恐れ戦慄きましたよ。

それに関しては引き続き語りますが、その前に、決して語り落としてはならないことも少々。これは「沈む者あれば浮かぶ者あり」という、短い挿話でございます。

その当時、前の左少弁行隆といった人は、亡き中山家の中納言藤原顕時卿の長男でした。二条院の御代には弁官にも任じられて、たいそう羽振りがよかったのですけれども、それも今は昔。ここ十年余りは官職を停められて、夏冬の衣更えもできない、朝夕の食事にも事欠いてしまう、そうしたありさま。細々としていらっしゃいました。そんなお方のところに、太政入道清盛がいきなり使いを送ったのです。そして「申したいことがあるので、必ず西八条殿にお立ち寄りあれ」と言い遣わされたのです。行隆はもう慌てまして。「俺は、この十余年は、いっさい何事にも関与しなかったぞ。それが、どうしたのだ、どうしてなのだ。きっと誰かが讒言したとか、そうしたことがあるのだ。さあ、どうする、どうする」と、もう大いに恐れて騒ぎます。もちろん行隆の北の方も動揺すれば、若君たちだって同じです。揃って「どんな目に遭うの。遭われてしまうの」と泣き悲しまれます。

西八条からの使いは、一度だけではありません。ひっきりなしです。

行隆は、これはもう致し方がない、と人に車を借りられます。なにしろ牛車も持たない困窮ぶりですから。そして西八条へ出向かれたのです。

しかし、おや、と思われます。

おやおや。

入道がすぐにお出になって、対面なさるのです。

しかも亡き父親のことなど言い出されるのです。

「あなたの父上の顕時卿は、この入道が何事につけても相談してきた人だ。ご存じであろう。だからあなたのことも疎略には思っていない。それどころか長年籠居の身であることを気の毒に思い申してきたのだ。だが力は及ばなかった、なぜならば法皇がご政務をとっておられたからだ。納得されるだろう。しかし入道のその力、今は及ぶぞ。これからは出仕なさるがよい。その仕官の途、手配いたそう。さあ、では早々お帰りなさい」

以上を言って、奥へ入られたのでした。

そうして行隆は家へ帰られましたが、一家の者はそれはそれは大騒ぎ。女房たちは死んだ人が生き返った心地となって、集まって皆うれし泣きに泣かれます。

間を置かずに太政入道は源大夫の判官季貞を使いにやります。今後は行隆の領有されることになる荘園（しょうえん）の権利証書などを数多（あまた）届けられて、そればかりか、当座もさぞ困っているだろうと、絹百疋（ひき）、金百両に米を積んで送られたのでした。また、出仕の用にといって雑色（ぞうしき）と牛飼い、牛車まで調（ととの）えてお遣わしになったのでした。行隆は、思わず知らず踊り出すほどの喜びよう。「これは、それでは、夢か。夢か」と驚かれるのでございました。同月十七日、ただちに五位の蔵人（くろうど）に任ぜられまして、もとの左少弁に復帰なさいました。今年は五十一歳でしたが、今さら若返られたわけです。沈んだ者が、浮かびに浮かんだのです。それが一時（いっとき）だけの栄華だと見えたのは、まあ確かなのではございますけれども。

法皇被流（ほうおうながされ）――停（と）められた院政

同月二十日。

治承（じしょう）三年の十一月二十日でございますよ。

なんと、なんと、ああ。

院の御所を軍兵が取り囲んだのでした。法住寺殿の四方を。もちろん平家の軍勢でした。なんと、なんと、なんと、ああ。たちまち噂が殿中にひろがります。平治の乱では藤原信頼が院の御所の三条殿を焼いておりますから、これはもう、平家は法住寺殿に火をつけて、誰も彼も焼き殺してしまうつもりだ、との虚説です。身分の高い女房も低い女房も、女童も、ただちに逃れ出さねばと大慌て。それこそ衣も笠もかぶらずに逃げ走るのでした。

法皇も驚かれます。

後白河法皇も、大いに、大いに。

すると軍兵の内側から現われる人物が。そして寄せられるお車が。後白河法皇をお迎えに来た前の右大将宗盛卿なのでした。すなわち入道相国の次男。

「早く、お乗りになられませ」

法皇に申しあげるのでした。

「朕に、乗れとな、宗盛」と法皇は平家のこの次男におっしゃいました。「しかし、これはいったい何事か。法皇であられる自分におん過ちがあったとは思われないぞ。にもかかわらず、成親や俊寛のように遠い国なり遥かの島なりに朕を遷しやらんとするのか。よいか宗盛よ。朕はただ、いま現在は主上がな」と高倉天皇に触れられます。

「あのようにお若くいらっしゃるから政に口出しするだけのことだぞ。それさえいけないというか。だったら、よし、以後はそれもするまい」

「そういうことではありません。父入道が申すには、世間を鎮めるまでの間、鳥羽殿へお出でいただこうと」

「父、とな。父が申す、とな。それでは宗盛、このまま朕のお供をせよ」

しかし宗盛は、応じられません。

父親の入道の機嫌を害するのを恐れ、参られないのです。

なんたることよ、と法皇は思われるのでした。なんたること、これを見ても宗盛という者は兄の内大臣と比べて格段に劣った者よ。兄、重盛は違った。先年もこうした目に遭うはずだったところを今は亡き内大臣の重盛が身を挺して制したのだ。制した、父の清盛を。だから今日までも無事であったのだ。しかし、もう諫める息子はない。だからこそのかような事態か。将来は、おお、すこぶる案じられるぞ。

法皇はおん涙をお流しになります。

忝い、忝い。

それからお車にお乗りになるのでした。

あろうことか公卿と殿上人はただの一人もお供をなさらないのでした。

北面の下級の武士と、それから金行という名の力者法師がわずかに従うばかりなのでした。

お車の後ろのお座席には、尼御前が一人。同乗せられたこの方は、ほかならぬ法皇のおん乳母、紀伊の二位でございました。

七条大路を西へ。

朱雀大路を南へ。

お車は洛南をめざしております。

それを眺めながら路傍では、卑賤な男が涙を落とします。市中の下賤な女が袖を濡らします。万人がそうなのです。そして口々に唱えるのです。

「ああ法皇様が」

「法皇様が」

「お流されになる」

法皇の流罪。なるほど、去る七日の夜の大地震というのもこれの前触れであったか、地底のまさに底の底までも感応して、堅牢地神が驚き騒がれたのであったか。そう合点して、尤もよのうと言いあったのです。

お車はそうして鳥羽殿にお入りになりました。都より南へ、南へと遠ざかった離宮に。警戒厳重にここに押し込められるわけですから法皇にお仕えする人間はいないはずでしたが、はて、いかにして紛れ込んだものか、近臣である大膳の大夫信業の姿がそこに。御前の近くにしっかりと伺候していたのです。法皇は、おお信業、とばかりにお召しになって、次のように言われました。

「きっと今夜にも朕は殺されるのだろう。法皇であられる自分はそのようにも思われるぞ。そうであれば、朕のおん身を洗い清めるために、おん湯浴みをせねばなるまい。どうかな」

問われて、信業は畏まるのでした。そうでなくても信業は今朝から肝を潰されて、ただただ動転しております。しかしながら、ああ、畏れ多いこのおおせ。信業は、狩衣にたすきをかけました。小柴垣を壊し、広廂の間の短い柱を割ったりして薪を用意しました。そして水を汲み入れ、形どおりにお湯を沸かしてお入れ申しあげたのです。

一人の近臣は、こうでした。

それでは他には。

あの静憲法印がおります。法印の消息やいかに。入道相国の西八条の邸へ出かけて行ったのでした。対面した入道にこのように申されたのでした。

「法皇が鳥羽殿に御幸あそばされたと聞いておりますが、御前には一人もお仕えしていないとの由。あまりのことに驚き入っております。さしさわりはございません、どうぞ、この静憲だけはお許しを。あちらに参じたいと思います。どうぞ」

「行きなさい」と相手は応じられたのでした。「すぐに行ってよい。許す。あなたはな、法印よ、過ちを犯す懸念のないお人だから」

入道相国のお許しは出ました。法印はただちに鳥羽殿に参るのでした。門前で牛車から降りられます。そして門の内に入られると、おお、ちょうど法皇が声を張りあげ、張りあげ、読経されているところ。そのお声が普段と違って、なにしろ凄まじいもののように聞こえるのです。法印は、そこにつっと入っていかれた恰好です。その場面に。ですから法皇は、法印の姿をお認めになるや、お読みになっていたお経の上に、おん涙を、はらはら、はらはらと落とされます。それがあまりに悲しいのは法印にとっては当然。僧衣の袖を顔に押しあてて、泣く泣く御前に進み出られるのでした。このとき、御前に侍っておられたのはおん乳母の尼御前ばかりです。すなわち紀伊の二位、この女性は今は亡き少納言入道信西の妻で、静憲法印も、母こそ違えど信西の子息ですから、縁ある二人がここ幽閉の御前に揃ったのです。その紀伊の二位が言われます。

「法印の、御房、ああ御房、いらっしゃったのですね。君は、ああ法皇様は、昨日の朝、法住寺殿でお食事を摂られてからは、ゆうべも、ああ今朝も、召しあがられませぬ。長い夜をお寝みにもならず、お命も、今は、ああ今は、危うくお見えになりますよ」

法印は、涙を抑えられます。

抑えられ、申されます。

「何事にも限りのあることでございます。平家一門はこのように富み栄えて二十余年、しかし悪行は度を過ぎました。もはや滅亡の時でしょう。今にも、今にもです。法皇よ、天照大神も正八幡宮も君をお見捨て申されることはございませんし、なかでも君の深く頼みにしておられる日吉山王七社です。この七社、法華経守護のお誓いをお変えなさらぬ限り、八巻の法華経を読誦されているところへご来臨あって、君をお護りくださるでしょう。したがって、必ずや政務は君がお執りになる世の中にふたたび戻り、凶徒はみな水の泡と消えるでしょう」

この言葉に、法皇は少し心を慰さめておられるのでございましたよ。

鳥羽殿の様子とはこうなのでございました。それでは内裏はどうでしょう。法皇がこうであられるとき、一方、内裏の主上はどうなのでございましょう。高倉天皇のそのご動静は。

歎いておられたのでございますよ。関白が流され、臣下が多く殺されるなどしたのですから、無理からぬことでございますけれども、さらに法皇が鳥羽殿へ押し込められなさるようだとの由を聞かれたのですよ。これ以後、少しも食事をお摂りになりません。ご病気ということでいつもご寝所に入っていらっしゃって。高倉院の后の宮と申す方は、もちろん入道相国のおん娘であられ院号を贈られてからの建礼門院でございますけれども、この方も何をどうしてよいやら、またその他の御前の女房たちもどうしてよいやら、すっかり途方に暮れておられました。

実際に法皇が鳥羽殿に押し込められなさって後は、内裏では臨時のご神事として、天皇が夜ごとに清涼殿の石灰の壇で伊勢大神宮を遥拝なされました。ひたすら法皇のご無事を願うお祈りです。いやいや、もう、同じ後白河法皇の皇子であってもずいぶんと、ずいぶんと異なられるものです。先々代の二条天皇がでございます。賢王ではあられましたが「天子に父母なし」なぞと言われて、父、後白河法皇のおおせにもいつも口答えなされて。先帝を継がれて制法を守られ、それを嫡子にもお継がせになる君主とはとても申せず、そのためにでしょうか、二条天皇より譲位をお受けになった皇子であられる六条天皇も、安元二年七月十四日、おん年わずか十三歳で崩御なさって。まこと、歎かわしや、お痛ましや。

城南之離宮 ――冬深ける

多くの行為のうち、その第一となるのは孝行です。

明君は、よって孝行をもって天下を治めます。

そのように言われているだけではございません。古書にはまた、唐堯が老い衰えた母を尊んだとも、虞舜が頑迷な父を敬ったとも見えています。こうした賢王、聖主の先例に倣われた高倉天皇のご孝心、本当にご立派でございました。

同じころ、天皇はひそかに内裏から鳥羽殿へとお手紙をさしあげられました。おしたためになった内容とは、次のようなもの。

「こんな世の中になってしまったのです。自分が宮中で天皇の位にあっても、無益なことでございます。寛平年間の昔には宇多天皇がご退位しご出家されました。花山天皇もご同様、諸国を巡拝なされました。これらの古例に従い、出家遁世し、山林流浪の行者となってしまおうかと考えているのでございます」

これに対しては後白河法皇がお返事をお書きになりまして、その内容とは次のよう。

「そのようにお考えになってはいけません。今、現にあなたが天皇の位におられることが父親たる自分には唯一の頼みなのですよ。それなのにご遁世あっては、この父は、いったい将来にどのような期待を持てばよいのか。ですからお願いします、老いたこの父がこれからどうなるのかを、どうぞただ最後まで見届けていただきたい」

天皇はこのお返事を、お顔に押しあてられ、いっそうおん涙に咽ばれまして。

そうなのです。譬喩を用いますならば君は船でございます。臣は水でございます。水はよく船を浮かべます。また、よく船を覆すこともあると言われます。思うに保元や平治のころは入道相国は君を輔佐し申しあげておりました。しかし安元や治承の今はかえって君を蔑ろにしたてまつっております。史書の貞観政要の文句そのままなのでございます。

それでは臣のうちでも入道相国以外の、名立たる古老たちは、正義の老臣たちは。大宮の大相国こと藤原伊通、三条の内大臣こと藤原公教、葉室の大納言こと藤原光頼、中山の中納言こと藤原顕時、どなたもすでに亡くなられました。かろうじて見識のある臣として残るのは藤原成頼と平親範ばかり。この二人も、「このような世になっては朝廷に仕えて身を立てるだの、大納言、中納言になるだの、いっさい無駄なことよ」と、まだ働き盛りではあったのですがともに出家、遁世して、民部卿入道親範のほうは大原の地で深い深い霜と生き、宰相入道成頼のほうは霧いっぱいの高野山に登って、ひたすら後世菩提を願う仏道修行に勤めていると言われておりました。大陸にもその昔、雲いっぱいの商山に隠棲し、穎川の清い清い月に心を澄ます人もあったということですから、この親範や成頼なども学識が豊かであるがゆえに、心高潔であるがゆえに世を遁れたのでしょう。ええ、きっとそうでしょうよ。なかでも高野山におられる宰相入道成頼は、ただ今の都のありさまを伝え聞いて、次のようにおっしゃったそうですよ。

「なるほど、いち早い遁世の決意、誤ってはおらなんだ。耳にする事態は同じであれ、出家してここにいるか都にあって過中の一人となるかでは、まるで心憂さが違う。保元の乱、平治の乱をこそ歎かわしいと思ったのだが、世も末になるとこれほどのことが出来するか。いや、あるいは今後、さらにさらに酷いことも起きるか。これはもう雲をかき分けてもさらに山高く登り、山を越えてでもなお奥深く埋もれたいものだぞ」

本当にそうでございます。心ある人がとどまって住んでいられる世だとは、まあ到底思えませんで。

同月二十三日には天台座主の覚快法親王がしきりに辞退なさるので、前座主の明雲大僧正が復職なさりました。返り咲かれたわけでございます。もろもろ政情はいっきに変わりました。十一月二十三日といったら、あの大地震からはたった十六日め。さて入道相国でございますが、以上のようにさんざんに思いのままの処置をとられて、政界に関しては万事が磐石です。おん娘は高倉天皇の中宮であられますし、関白の基通公もご自身の娘婿。もはや憂慮の芽は摘み終えたと思われたのでしょう、「ここからの政はまったく主上のお心のままに」と言われて福原へ下られたのでした。これを受け、前の右大将宗盛卿が急ぎ参内し、そのような由を奏上せられました。

高倉天皇はおっしゃいました。

「法皇からお譲りをうけた世の中であるのならば、もちろん私が政務を執ろう。しかし、これがそうか。そうだと言えるか。さあ宗盛、関白とのみ速やかに相談せよ。そしてお前が何事もよいように計らえ」

平家代表のお前がとばかりに言い放たれまして、宗盛卿のその啓奏はまったくお聞き入れにならなかったのです。

十一月からそして十二月へ。さて法皇でございます。城南の離宮とも称されます鳥羽殿で冬もなかばをお過ごしになるのですけれども、これはなんという寂しい冬。院の御所のことをまた藐姑射の山とも呼びますけれども、その山の嵐の音ばかりが烈しい。寒々とするばかりで人影のない庭には、月光がやたら冴えすぎて、明るい。やがて庭には雪ばかりが降りつもる。しかし足跡をつけて訪れる人間が、いない。一人もいない。池には氷が幾重にも、幾重にも張る。だから群れていた鳥も消える。一羽残さず失われる。大寺の鐘の音がするのだが、それは白楽天が詩に詠んだ遺愛寺の鐘を想い起こさせるし、西山の雪の色はやはり同じ詩中にある香炉峰の眺望をも喚ぶ。夜の霜には砧の音が寒々と響いている。法皇のおん枕もとまで、それは伝わる。暁の氷には軋りとともに車の轍の跡がつき、それは門前に遠く、遥か遠く続いている。法皇は、そうして寂しい冬のうちでお思いになられる、道往く人馬の忙しげな様子を。儚い現世を生きんとする人々のありさまを。法皇は、ああ勿体ない、これらの情景にお心を打たれている。哀れまれるがあまり、「宮門を護る武士たちが、あのように夜も昼もと警固を務めている。前世にどのような契りがあって、彼らは鳥羽殿におられる法皇のこの自分と、そうした縁を結ぶことになったのだろうな」などとおっしゃる。畏れ多い。まことに畏れ多いのでございますよ。いかなる物事に触れられても、お心を傷められないことはなかったのですよ。

この冬。深ける冬の暮らし。それを送られるにつけても、以前の折り折りのご遊覧やあちらこちらへのご参詣、またご祝賀の行事の見事であったことなどが思い出されつづけて、懐旧のおん涙はお抑えになれません。そして年が去り、年が来る。大晦日を越えて、治承も四年となったのでした。

（第2巻へ続く）

参考資料

桓武平氏系図　作成：佐伯真一

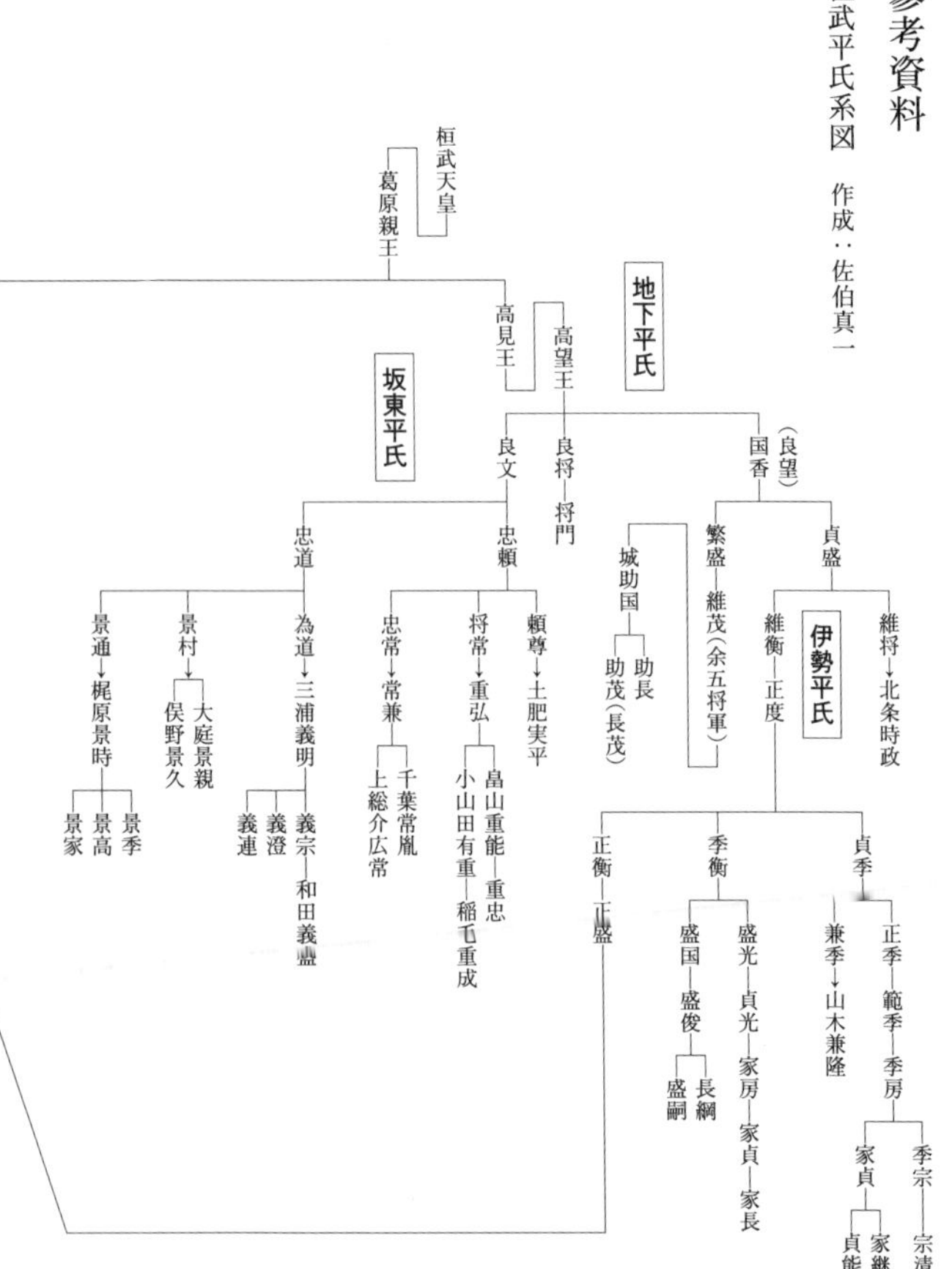

＊↓は途中略
＊左右は必ずしも兄弟姉妹の長幼を意味しない
＊『平家物語』の記述による部分がある

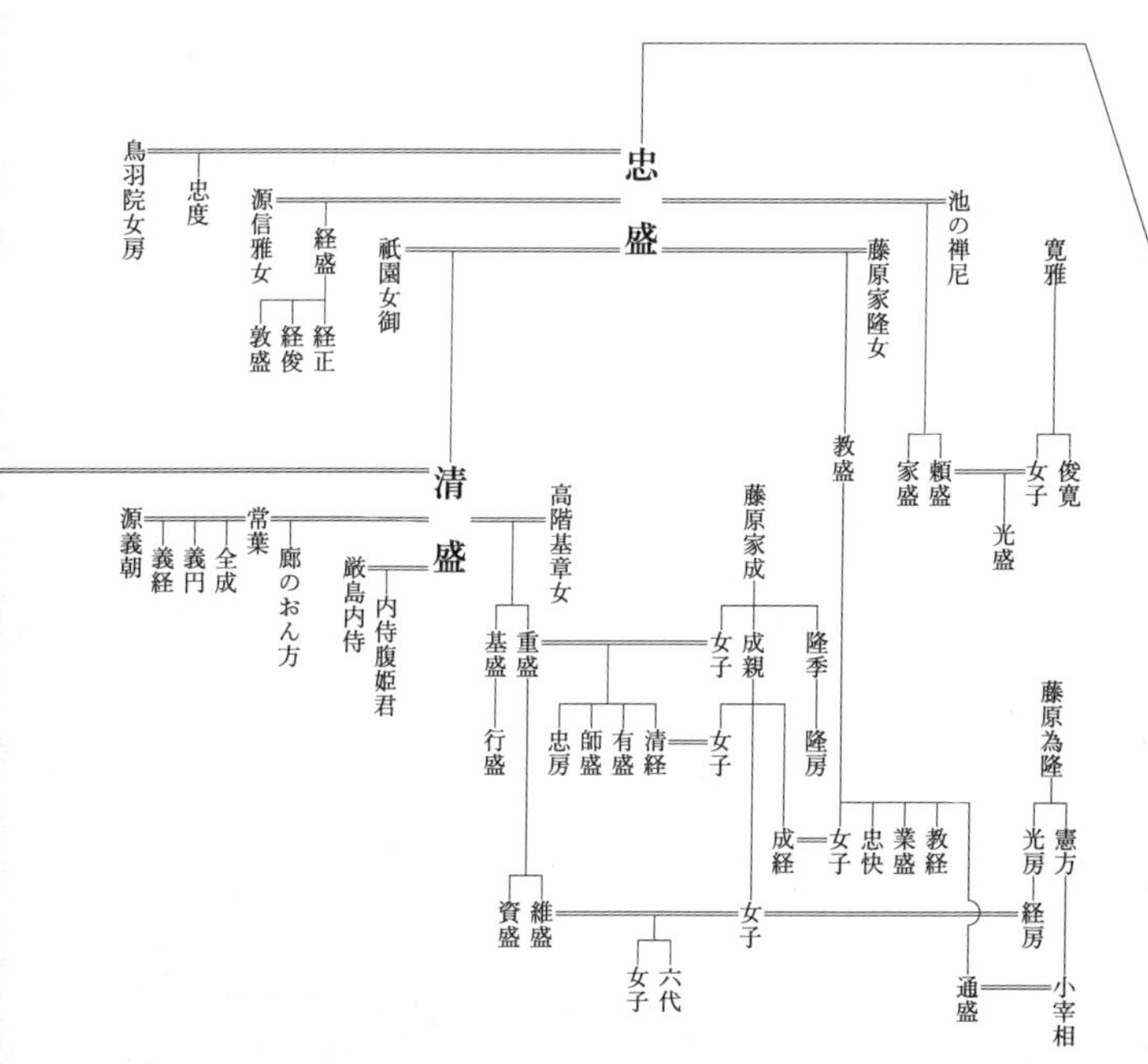

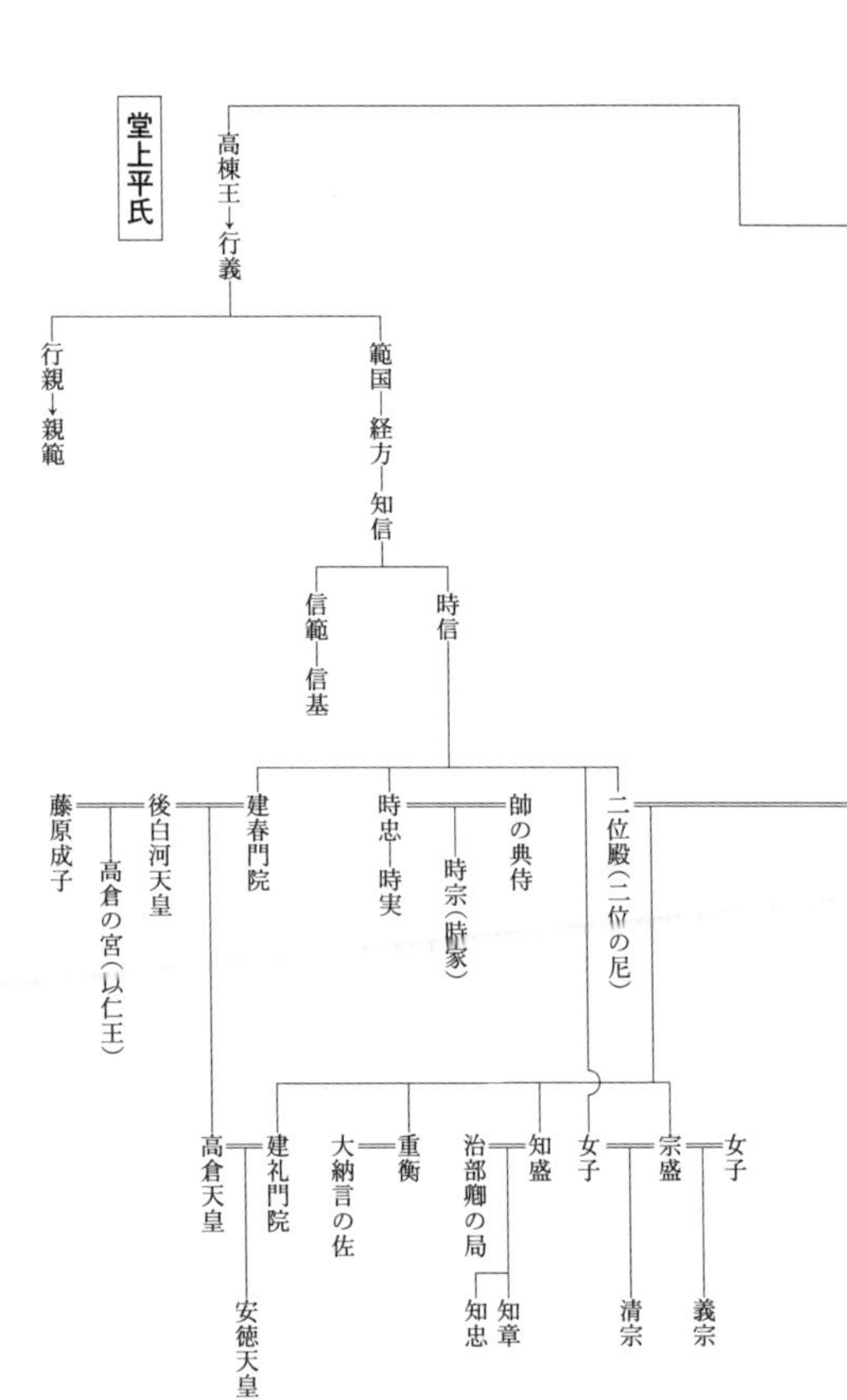

堂上平氏
高棟王
行義
行親
親範
範国
経方
知信
信範
信基
時信
藤原成子
後白河天皇
高倉の宮（以仁王）
建春門院
時忠
時実
帥の典侍
時宗（時家）
二位殿（二位の尼）
高倉天皇
建礼門院
安徳天皇
大納言の佐
重衡
治部卿の局
知盛
知章
知忠
女子
宗盛
清宗
女子
義宗

和暦と西暦の対応　作成：古川日出男

和暦	西暦	出来事
治承元年（安元三年）	一一七七年	延暦寺衆徒が蜂起して入京、鹿の谷の事件
治承二年	一一七八年	のちの安徳天皇が誕生
治承三年	一一七九年	平重盛死去
治承四年	一一八〇年	宇治橋の合戦、源頼朝挙兵、富士川の合戦
養和元年（治承五年）	一一八一年	木曾義仲が叛乱、平清盛死去
寿永元年（養和二年）	一一八二年	横田河原の合戦
寿永二年	一一八三年	平家一門の都落ち、義仲が入京
元暦元年（寿永三年）	一一八四年	義仲討たれる、一の谷の合戦
文治元年（元暦二年）	一一八五年	屋島の合戦、壇の浦の合戦、京都で大地震
文治二年	一一八六年	後白河法皇が大原に建礼門院を訪ねる

後白河抄(ごしらかわしょう)・一

ここで物語にいきなり西暦を挿(はさ)めば、いまは二〇二三年の夏で、私が平家を訳し了(お)えてから丸七年は過ぎている。しかし思い出す、私は、俺にこんな長大な、こんな拡散しつづける、というよりも節度を欠いているように見える膨張傾向の古典（物語）が訳せるのか？　とその七年前に先立った二、三年間ずっと悩んでいたのだった。だから原文はもちろん通して読んだが、同時にお勉強というのをした。いろいろと平家の関連物を読み漁(あさ)ったということだ。しかしながらお勉強というのは虚(むな)しい。「お（御）」が付いている時点でこれはもう皮肉るしかない。だから胸に刺さった資料は、お、もなければ、勉強、もないものだったと簡潔にまとめることはできる。こうして七年だの九、十年だのが経過して一冊をあえて挙げるとすれば、なにが最初の自分の駆動力たる書だったか？　は、言おうと思えば言える。石母田正(いしもだしょう)の『平家物語』（岩波新書）である。

平家を通して読んで、変だ、と思うポイントは、どうも無理矢理に平清盛(たいらのきよもり)を悪人にしようとしているな、だの、なのに語り手は結構清盛が好きだな、だの、なんでこんなに源頼朝に遠慮しているの、だの、源義経って冷たいやつだね、だの、いろいろあるのだけれども、そしてまた、木曾義仲に対して語り手は、虚仮にしているくせに尊敬しているじゃんなんなんだこれ？　だの、それもあるのだけれども、こうして列挙した清盛、頼朝、義経、義仲は驚いてしまうことに平家全篇を通しては出ない。途中退場するか、途中出場するか、途中出場して途中退場する。つまり主役を張っていない。じゃあ誰が、平家のだいたい初めの辺から出ていて最後の最後にもドラマの回収に貢献するか？

後白河である。

これは死後に贈られた名前（追号という）だからここで諱を出せば、雅仁、となるのだけれども、こう呼ぶのも畏れ多いのでやっぱり後白河で通すが、即位は一一五五年、あえて西暦の挿入を続けると退位が一一五八年で、この間は後白河天皇である。この天皇に関して広く知られているのは「後白河は中継ぎの天皇だった」という事実で、要するに別に誰も彼を天皇に即けたい、とは考えていなかったし当人も天皇になれるとか、天皇になりたいとかは考えていなかった、と想像する。そういう皇子が少年時代、青年時代に芸能、芸術に嵌まるのだけれども、つまり芸能者、芸術家の後白河というのが生まれ出すのだけれども——その種が蒔かれる——、しかし一一五八年の退位、二条天皇への譲位の時期に話を戻すと、この一一五八年というのは和暦に換算すれば保元三年、そして後白河は後白河上皇となった。ただちに院政ができるかというと、できない。まだまだ「所詮、中継ぎだよね」と舐められている。ちゃんと院政を確立させるのには十年弱待たなければならない。だから平清盛という「イケイケ」な存在と協調した、と私だったら言える。そしてその後白河上皇が、一一六九年に出家して、以後、後白河法皇だ。

四十三歳で出家した。六十六歳で没した。

そういう後白河法皇は、たぶん平清盛よりも源頼朝よりも源義経よりも、木曾義仲よりも興味深い人物である。そして前述したけれども平家のいちばん初めのほうから最後までだいたい出突っ張りである。だったら後白河法皇が主役でいいんじゃないか、と私は考えるしたぶん誰でも考える。なのに後白河法皇には主人公感というのがゼロで、それはなぜなのか。この問いに明快に回答するのが石母田正の『平家物語』であって、以下にその要点を挙げる。

・（後白河法皇は）「院政下においては天皇以上の権威をもっていたから、それを物語中の人物とすることをはばかった」（のかもしれない、と記述は続いている）

・（源頼朝や後白河法皇は）「舞台の背後にいることによって、その才能を発揮するような人物である」
・「平家物語はあくまで舞台の前面に出て演出する人物のみを描くことができる」（のだから、後白河法皇は描けない。ここでの〝演出〟とは政治的演出のこと）

なるほどと私は唸る。だから私がやりたいのは、後白河法皇を舞台の前面に登場させてしまいたい、だ。「できない」と言われているから試したい。ここで試したい。キーワードは舞台である。その〝舞台〟を必要とするのはパフォーミング・アーツの関係者、すなわち芸能者、芸術家である。さて後白河法皇は、法皇となった四十三歳から六十六歳の間も芸能者、芸術家だったか？

だったのだ、これが。

なぜならば四十三歳のまさに一一六九年、これは嘉応元年だけれども、今様の歌詞集『梁塵秘抄』を編み了えている。後白河法皇こそが編者である。そして『梁塵秘抄口伝集』なる文章を遺している。これは嘉応元年には書かれていて、成立は一一七九年以降だと言われている。一一七九年というのは治承三年である。ちなみに平家の三の巻は「治承も四季になりにけり」で終わっている。治承も四年となったのでした。

今様とは何か。そして『梁塵秘抄口伝集』とは。

今様とは流行歌謡である。当時、であれば平安時代末期の流行歌謡、となる。実際には平安中期から流行(はや)った。『梁塵秘抄口伝集』は、というか現存するのはわずかな部分のみなので、『梁塵秘抄口伝集』の巻第十に限定すれば、これは回想録である。誰の回想録か？　後白河法皇のである。ということは著者は後白河か？　そうなのである。すると自叙伝だ……ということになる。

自叙伝を遺している人物は、ただの政治家というよりも作家だ。文学者だ。もっと言えば芸術家だ。

そして口伝集巻第十のその内部で何を後白河法皇は回想したか？

今様を。今様修行を。

朕(ちん)は十歳あまりの頃から今様を好んで、練習を怠ることはなかったよ、と語り出している。

これは数え年の十歳である。少年である。そして青年である。昼は一日じゅう歌ったよ、と書き、夜はもう終夜(よもすがら)ずっと歌って歌って、歌い明かしたね、そう書いている。

この、とんでもない「芸能命」の人物が、いずれ源頼朝に「日本一の大天狗(おおてんぐ)」と言われる。

こういう人物に個性がないわけがない。むしろ後白河法皇には、個性しかない、のだ。調子づいて断じてしまうが、鎌倉殿(かまくらどの)こと源頼朝にはそんなものはない。

古川日出男

(「後白河抄・二」へ続く)

本書は、二〇一六年十月に小社から刊行された『平家物語』(池澤夏樹＝個人編集　日本文学全集09)より、「前語り」「一の巻」「二の巻」「三の巻」を収録しました。文庫化にあたり、一部加筆修正し、書き下ろしの「後白河抄・一」を加えました。

平家物語 1

二〇二三年一〇月一〇日 初版印刷
二〇二三年一〇月二〇日 初版発行

訳 者 古川日出男
発行者 小野寺優
発行所 株式会社河出書房新社
〒一五一-〇〇五一
東京都渋谷区千駄ヶ谷二-三二-二
電話〇三-三四〇四-八六一一（編集）
〇三-三四〇四-一二〇一（営業）
https://www.kawade.co.jp/

ロゴ・表紙デザイン 粟津潔
本文フォーマット 佐々木暁
本文組版 株式会社キャップス
印刷・製本 大日本印刷株式会社

Printed in Japan ISBN978-4-309-41998-5

河出文庫　古典新訳コレクション

古事記　池澤夏樹［訳］
百人一首　小池昌代［訳］
竹取物語　森見登美彦［訳］
伊勢物語　川上弘美［訳］
源氏物語1〜8　角田光代［訳］
堤中納言物語　中島京子［訳］
土左日記　堀江敏幸［訳］
枕草子1・2　酒井順子［訳］
更級日記　江國香織［訳］
平家物語1〜4　古川日出男［訳］
日本霊異記・発心集　伊藤比呂美［訳］
宇治拾遺物語　町田康［訳］
方丈記・徒然草　高橋源一郎・内田樹［訳］
能・狂言　岡田利規［訳］
好色一代男　島田雅彦［訳］
雨月物語　円城塔［訳］
通言総籬　いとうせいこう［訳］
春色梅児誉美　島本理生［訳］
曾根崎心中　いとうせいこう［訳］
女殺油地獄　桜庭一樹［訳］
菅原伝授手習鑑　三浦しをん［訳］
義経千本桜　いしいしんじ［訳］
仮名手本忠臣蔵　松井今朝子［訳］
松尾芭蕉　おくのほそ道　松浦寿輝［選・訳］
与謝蕪村　辻原登［選］
小林一茶　長谷川櫂［選］
近現代詩　池澤夏樹［選］
近現代短歌　穂村弘［選］
近現代俳句　小澤實［選］

＊以後続巻
＊内容は変更する場合もあります

平家物語　犬王の巻

古川日出男　41855-1

室町時代、京で世阿弥と人気を二分した能楽師・犬王。盲目の琵琶法師・友魚（ともな）と育まれた少年たちの友情は、新時代に最高のエンタメを作り出す！　「犬王」として湯浅政明監督により映画化。

ギケイキ

町田康　41612-0

はは、生まれた瞬間からの逃亡、流浪――千年の時を超え、現代に生きる源義経が、自らの物語を語り出す。古典『義経記』が超絶文体で甦る、激烈に滑稽で悲痛な超娯楽大作小説、ここに開幕。

ギケイキ②

町田康　41832-2

日本史上屈指のヒーロー源義経が、千年の時を超え自らの物語を語る！兄頼朝との再会と対立、恋人静との別れ…古典『義経記』が超絶文体で現代に甦る、抱腹絶倒の超大作小説、第2巻。解説＝高野秀行

現代語訳 義経記

高木卓〔訳〕　40727-2

源義経の生涯を描いた室町時代の軍記物語を、独文学者にして芥川賞を辞退した作家・高木卓の名訳で読む。武人の義経ではなく、落武者として平泉で落命する判官説話が軸になった特異な作品。

現代語訳 古事記

福永武彦〔訳〕　40699-2

日本人なら誰もが知っている古典中の古典「古事記」を、実際に読んだ読者は少ない。名訳としても名高く、もっとも分かりやすい現代語訳として親しまれてきた名著をさらに読みやすい形で文庫化した決定版。

現代語訳 日本書紀

福永武彦〔訳〕　40764-7

日本人なら誰もが知っている「古事記」と「日本書紀」。好評の『古事記』に続いて待望の文庫化。最も分かりやすい現代語訳として親しまれてきた福永武彦訳の名著。『古事記』と比較しながら読む楽しみ。

現代語訳 竹取物語

川端康成〔訳〕 41261-0

光る竹から生まれた美しきかぐや姫をめぐり、五人のやんごとない貴公子たちが恋の駆け引きを繰り広げる。日本最古の物語をノーベル賞作家による美しい現代語訳で。川端自身による解説も併録。

桃尻語訳 枕草子 上

橋本治 40531-5

むずかしいといわれている古典を、古くさい衣を脱がせて、現代の若者言葉で表現した驚異の名訳ベストセラー。全部わかるこの感動！ 詳細目次と全巻の用語索引をつけて、学校のサブテキストにも最適。

桃尻語訳 枕草子 中

橋本治 40532-2

驚異の名訳ベストセラー、その中巻は――第八十三段「カッコいいもの。本場の錦。飾り太刀。」から第百八十六段「宮仕え女（キャリアウーマン）のとこに来たりなんかする男が、そこでさ……」まで。

桃尻語訳 枕草子 下

橋本治 40533-9

驚異の名訳ベストセラー、その下巻は――第百八十七段「風は――」から第二九八段「『本当なの？ もうすぐ都から下るの？』って言った男に対して」まで。「本編あとがき」「別ヴァージョン」併録。

現代語訳 歎異抄

親鸞 野間宏〔訳〕 40808-8

悩める者や罪深き者を救う念仏とは何か、他力本願の根本思想とは何か。浄土真宗の開祖である親鸞の著名な法話「歎異抄」と、手紙をまとめた「末燈鈔」を併録。野間宏の名訳で読む分かりやすい現代語の名著。

現代語訳 徒然草

吉田兼好 佐藤春夫〔訳〕 40712-8

世間や日常生活を鮮やかに、明快に解く感覚を、名訳で読む文庫。合理的・論理的でありながら皮肉やユーモアに満ちあふれていて、極めて現代的な生活感覚と美的感覚を持つ精神的な糧となる代表的な名随筆。

現代語訳 南総里見八犬伝　上

曲亭馬琴　白井喬二〔現代語訳〕　40709-8

わが国の伝奇小説中の「白眉」と称される江戸読本の代表作を、やはり伝奇小説家として名高い白井喬二が最も読みやすい名訳で忠実に再現した名著。長大な原文でしか入手できない名作を読める上下巻。

現代語訳 南総里見八犬伝　下

曲亭馬琴　白井喬二〔現代語訳〕　40710-4

全九集九十八巻、百六冊に及び、二十八年をかけて完成された日本文学史上稀に見る長篇にして、わが国最大の伝奇小説を、白井喬二が雄渾華麗な和漢混淆の原文を生かしつつ分かりやすくまとめた名抄訳。

三種の神器

戸矢学　41499-7

天皇とは何か、神器はなぜ天皇に祟ったのか。天皇を天皇たらしめる祭祀の基本・三種の神器の歴史と実際を掘り下げ、日本の国と民族の根源を解き明かす。

陰陽師とはなにか

沖浦和光　41512-3

陰陽師は平安貴族の安倍晴明のような存在ばかりではなかった。各地に、差別され、占いや呪術、放浪芸に従事した賤民がいた。彼らの実態を明らかにする。

八犬伝 上

山田風太郎　41794-3

宿縁に導かれた八人の犬士が悪や妖異と戦いを繰り広げる雄渾豪壮な『南総里見八犬伝』の「虚の世界」。作者・馬琴の「実の世界」。鬼才・山田風太郎が二つの世界を交錯させながら描く、驚嘆の伝奇ロマン！

八犬伝 下

山田風太郎　41795-0

仇と同志を求め、離合集散する犬士たち。息子を失いながらも、一大決戦へと書き進める馬琴を失明が襲う——古今無比の風太郎流『南総里見八犬伝』、感動のクライマックスへ！

柳生十兵衛死す　上

山田風太郎　41762-2

天下無敵の剣豪・柳生十兵衛が斬殺された！　一体誰が彼を殺し得たのか？　江戸慶安と室町を舞台に二人の柳生十兵衛の活躍と最期を描く、幽玄にして驚天動地の一大伝奇。山田風太郎傑作選・室町篇第一弾！

柳生十兵衛死す　下

山田風太郎　41763-9

能の秘曲「世阿弥」にのって時空を越え、二人の柳生十兵衛は後水尾法皇と足利義満の陰謀に立ち向かう！『柳生忍法帖』『魔界転生』に続く十兵衛三部作の最終作、そして山田風太郎最後の長篇、ここに完結！

室町お伽草紙

山田風太郎　41785-1

足利将軍家の姫・香具耶を手中にした者に南蛮銃三百挺を与えよう。飯綱使いの妖女・玉藻の企みに応じるは信長、謙信、信玄、松永弾正。日吉丸、光秀、山本勘介らも絡み、痛快活劇の幕が開く！

信玄忍法帖

山田風太郎　41803-2

信玄が死んだ⁉　徳川家康は真偽を探るため、伊賀忍者九人を甲斐に潜入させる。迎え撃つは軍師山本勘介、真田昌幸に真田忍者！　忍法春水雛、煩悩鐘、陰陽転…奇々怪々な超絶忍法が炸裂する傑作忍法帖！

外道忍法帖

山田風太郎　41814-8

天正少年使節団の隠し財宝をめぐって、天草党の伊賀忍者15人、由比正雪配下の甲賀忍者15人、大友忍法を身につけた童貞女15人による激闘開始！怒濤の展開と凄絶なラストが胸を打つ、不朽の忍法帖！

忍者月影抄

山田風太郎　41822-3

将軍の妾を衆目に晒してやろう。尾張藩主宗春の謀を阻止せんと吉宗は忍者たちに密命を下す！氷の忍者と炎の忍者の洋上対決、夢を操る忍者と鏡に入る忍者の永劫の死闘など名勝負連発、異能バトルの金字塔！

笊ノ目万兵衛門外へ

山田風太郎　縄田一男〔編〕　41757-8

「十年に一度の傑作」と縄田一男氏が絶賛する壮絶な表題作をはじめ、「明智太閤」、「姫君何処におらすか」、「南無殺生三万人」など全く古びることがない、名作だけを選んだ驚嘆の大傑作選！

婆沙羅／室町少年倶楽部

山田風太郎　41770-7

百鬼夜行の南北朝動乱を婆沙羅に生き抜いた佐々木道誉、数奇な運命を辿ったクジ引き将軍義教、奇々怪々に変貌を遂げる将軍義政と花の御所に集う面々。鬼才・風太郎が描く、綺羅と狂気の室町伝奇集。

天下奪回

北沢秋　41716-5

関ヶ原の戦い後、黒田長政と結城秀康が手を組み、天下獲りを狙う戦国歴史ロマン。50万部を超えたベストセラー〈合戦屋シリーズ〉の著者による最後の時代小説がついに文庫化！

東国武将たちの戦国史

西股総生　41796-7

応仁の乱よりも50年ほど早く戦国時代に突入した東国を舞台に、単なる戦国通史としてだけではなく、戦乱を中世の「戦争」としてとらえ、「軍事」の視点で戦国武将たちの実情に迫る一冊。

羆撃ちのサムライ

井原忠政　41825-4

時は幕末。箱館戦争で敗れ、傷を負いつつも蝦夷の深い森へ逃げ延びた八郎太。だが、そこには——全てを失った男が、厳しい未開の大地で羆撃ちとなり、人として再生していく本格時代小説！

天下分け目の関ヶ原合戦はなかった

乃至政彦／高橋陽介　41843-8

石田三成は西軍の首謀者ではない！家康は関ケ原で指揮をとっていない！小早川は急に寝返ったわけではない！…当時の手紙や日記から、合戦の実相が明らかに！ 400年間信じられてきた大誤解を解く本。

裏切られ信長

金子拓　41868-1

織田信長に仕えた家臣、同盟関係を結んだ大名たちは“信長の野望”を恐れ、離叛したわけではなかった。天下人の“裏切られ方”の様相を丁寧に見ると、誰も知らなかった人物像が浮上する！

史疑　徳川家康

榛葉英治　41921-3

徳川家康は、若い頃に別人の願人坊主がすり替わった、という説は根強い。その嚆矢となる説を初めて唱えたのが村岡素一郎で、その現代語訳が本著。2023ＮＨＫ大河ドラマ「どうする家康」を前に文庫化。

完全版　本能寺の変　431年目の真実

明智憲三郎　41629-8

意図的に曲げられてきた本能寺の変の真実を、明智光秀の末裔が科学的手法で解き明かすベストセラー決定版。信長自らの計画が千載一遇のチャンスとなる!?　隠されてきた壮絶な駆け引きのすべてに迫る！

伊能忠敬の日本地図

渡辺一郎　41812-4

16年にわたって艱難辛苦のすえ日本全国を測量した成果の伊能図は、『大日本沿海輿地全図』として江戸幕府に献呈された。それからちょうど200年。伊能図を知るための最良の入門書。

伊能忠敬　日本を測量した男

童門冬二　41277-1

緯度一度の正確な長さを知りたい。55歳、すでに家督を譲った隠居後に、奥州・蝦夷地への測量の旅に向かう。艱難辛苦にも屈せず、初めて日本の正確な地図を作成した晩熟の男の生涯を描く歴史小説。

大河への道

立川志の輔　41875-9

映画「大河への道」の原作本。立川志の輔の新作落語「大河への道」からの文庫書き下ろし。伊能忠敬亡きあとの測量隊が地図を幕府に上呈するまでを描く悲喜劇の感動作！